Stort tack till min fru Marie, som i hög grad bidragit till resultatet

Axel Vilde

Även ett luder kan dansa

© 2022 Axel Vilde

Omslagsbild: Istock
Förlag: BoD – Books on Demand, Stockholm, Sverige
Tryck: BoD – Books on Demand, Norderstedt, Tyskland

ISBN: 978-91-8027-008-3

Veronica doppade tårna i poolens ljumna vatten. Hon tog av sig sina solglasögon, kisade med ögonen och lät solen blända henne för ett ögonblick. Långt där ute över Hjälmarens blanka vatten svävade en havsörn majestätiskt och spanade efter fisk vid ytan.

Det kändes som en ganska bra dag. Det var inte så ofta som hon unnade sig att koppla av på det här viset. Bara sitta lugnt och stilla och låta tankarna flyga varhelst de ville. En lyckokänsla svepte över henne. Det kändes ovant. Inte för att hon var en särskilt olycklig människa. Långt därifrån. Hon hade nästan allt hon kunde önska sig. Allt bortsett från några minnen från sin uppväxt. Minnen som skulle få alla bitar att falla på plats, och en gång för alla sätta punkt för de stunder av ångest som fortfarande kunde plåga henne. Hon var på god väg och var övertygad om att det nu inte var långt kvar.

Sina 58 år till trots, var hon i sitt livs form. Visst hade åldern satt sina spår och hon hade kanske inte samma spänst och vighet som för tjugo år sedan. Men den inre styrka hon samlat på sig genom åren speglades också i hennes yttre. Där vid kanten av den stora poolen vid sjövillan satt en kvinna med ett självförtroende starkare än granit. En kvinna som ingen kom åt och som kunde göra vad hon ville med sitt liv.

Så hade det inte alltid varit.

Kapitel 1

Veronica hade tappat räkningen på alla sniglar hon plockat. De där jävla asen som förstörde hennes grönsaker. Nog för att hon skulle kunna anlita en hel armada av snigelplockare och bli kvitt problemet för alltid. Men nu hade det nästan blivit till en utmaning. Ett krig hon ville utkämpa ensam och som hon var fast besluten att vinna. Trädgårdsmästaren hade erbjudit sig att hjälpa till och kände till metoder som skulle vara bra mycket effektivare, men hon hade avböjt hans erbjudande. Hon tyckte att det fanns annat han kunde sysselsätta sig med. Det här var hennes krig.

Hon samlade alla sniglar hon plockat i en hink som hon tömde i tunnan där hon brukade elda ris och gamla tidningar. Det var nog flera tusen hittills och ändå verkade de inte minska i antal. En timme varje morgon utom på söndagar, skulle hon plocka. Det var vad hon hade förutsatt sig.

Dollan, eller Dolores som hon egentligen hette, kom ut på altanen och pinglade i en bjällra. Det gjorde hon alltid när hon ville något. Veronica hade sällan mobilen på sig när hon var ute i trädgården.

"Vad vill du?" ropade Veronica.

"Det är Sandberg! Han säger att han vill prata."

Veronica suckade tungt och torkade svetten ur pannan.

"Säg åt honom att han kan dra åt helvete."

Dollan sa något i telefonen och ropade sedan tillbaka.

"Han säger att det är dit han är på väg. Han kommer om tjugo minuter."

George Sandberg var läkare och psykiatriker och den som Veronica gått i terapi hos de senaste nio åren. Hatkärlek är ett ord som väl kan beskriva deras relation. De kände varandra utan och innan och ingen av dem höll tillbaka eller skrädde orden när det uppstod en konflikt, vilket det ofta gjorde efter en session. Vid det senaste mötet hade hon irriterat sig på och ifrågasatt hans tolkning av varför hon hade så svårt för att gråta. Det hade uppstått ett häftigt gräl och George hade tappat all sin professionalitet när han inte kunnat hålla tillbaka sin ilska. Veronica hånade honom för detta och de hade skilts åt i vredesmod.

Våren 2006 var första gången de träffades. George hade lovat att prata med henne efter påtryckningar från en gemensam vän. Vanligtvis brukade han inte åta sig privata sittningar då han var upptagen med annat, men den här gången hade han gjort ett undantag.

De första mötena var inte särskilt dramatiska. Han försökte koppla samman det hon berättade om sin uppväxt med hur hon mådde just nu. Det var först efter att han fått försätta henne i hypnos som det började dyka upp saker som han kunde ha nytta av i läkningsprocessen.

Till en början hade Veronica varit mycket skeptisk till metoden han föreslagit och kategoriskt nekat till att låta sig hypnotiseras. Visserligen visste hon att han var erkänt skicklig. Han syntes ofta på tv och hade medverkat som expert i svåra brottsutredningar. Men hon var inte bekväm med att lämna ut sig och förlora kontrollen. Lite av sin skicklighet hade han visat genom att övertala henne att göra ett försök. Det tog några gånger, men snart hade han hittat ett sätt att nå hennes inre. Det var inte särskilt mycket information han fått fram. Han fick intrycket av att Veronica på något sätt lyckades trycka tillbaka minnen som låg djupt dolda och han insåg att det skulle ta tid att gräva fram dem. Den tiden hade han inte. Efter några månader ansåg George att de var klara med varandra. Hans bedömning var att den ångest som då och då gav sig till känna, inte var av så svårartad karaktär och att det var något som de flesta råkade ut för och fick stå ut med. Men Veronica höll inte med. Terapin hade blivit som en drog för henne och något hon inte ville vara utan.

George hade förklarat att han var mycket upptagen med andra åtaganden och inte kunde lägga så mycket tid på henne. Hon hade då erbjudit honom ett arvode han hade svårt att tacka nej till. Sedan dess hade det pågått.

****

Veronica Stjerne hade fått sitt efternamn då hon gift sig med sin tredje man, advokat Knut Stjerne. Efter att Knut hastigt avlidit i hjärtinfarkt, hade hon funderat på att återta sitt flicknamn, men hon hade vant sig med namnet och börjat tycka om det.

Vid första anblicken var det svårt att tänka sig att Veronica var en av de rikaste och mest inflytelserika kvinnorna i Sverige. Hon klädde sig enkelt och var inte så noga med om håret var rufsigt eller om sminket inte satt exakt där det skulle. Många gånger hade hon fått kritik för att hon inte följde den klädkod som var bruklig i vissa sammanhang, och att hon inte alltid uppträdde med den värdighet som anstod en kvinna i hennes position. Hon kunde inte bry sig mindre.

Visst kunde hon piffa till sig om hon kände för det. Det hade hon gjort till Nobelfesten för två år sedan. Då hade hon överglänst både drottningen och prinsessorna. Det var i alla fall vad som stått i Svensk Damtidning. Men för det mesta var hon mycket enkelt klädd. Hon trivdes bäst i jeans och linne och det var vad hon brukade ha på sig när det var styrelsemöten eller liknande.

Veronica var slank och i mångas ögon en skönhet. Det enda som vittnade om att hon var en mogen kvinna, var lite gråa hårstrån och några rynkor, fast det var inget som bekymrade henne. Det skulle ha varit mycket enkelt att åtgärda men för henne var det oviktigt. Hon trivdes ypperligt med sig själv

precis som hon var. Ibland hade det stått någon nedlåtande
kommentar om hennes stil i någon veckotidning. Inte för att
hon själv läste den typen av tidningar men hon brukade alltid
få reda på det av någon. Hennes åsikt var att de fick skriva vad
fan de ville. Hon brydde sig inte.

Fast en gång hade hon gjort det. Det var i samband med en
vernissage som en av hennes anställda hade haft. Inte för att
hon var konstintresserad, men hon ville visa sitt gillande för
personens kreativitet, så hon hade lovat att gå. Det hade varit
en del journalister och fotografer där. Veckan efter hade det
skrivits i en veckotidning att Veronica Stjerne hade varit full
och skämt ut sig, klädd som en slampa. Visst hade hon varit
lite berusad, men absolut inte skämt ut varken sig själv eller
konstnären. Hon hade då tagit reda på var skribenten i fråga
bodde, köpt in fastigheterna från hans närmaste grannar och
sålt dem mycket förmånligt till några livfulla familjer med
mycket stora släkter och barnaskaror. Efteråt hade hon ångrat
sig och tyckt att det var barnsligt överreagerat, men det förde
det goda med sig att journalister blev lite mer försiktiga med
vad de skrev om henne. Dessutom fick några familjer som
annars har svårt att få plats i samhället, tillgång till ett
anständigt boende.

Veronica masade sig upp mot huset. Det var jobbigt att plocka
sniglar. Man fick böja sig ner hela tiden. Nog för att hon var
stark, men det gick hårt åt ryggen.

"Fy fan! I dag var det fler än nånsin. När sa han att han skulle komma?"

"Om tjugo minuter," sa Dolores" så han är väl här snart, kan jag tro."

***

Dolores var kort och mullig och bar nästan alltid en liten vit mössa som hon knutit under hakan. Hon var från Portugal och hade kommit till Sverige för trettio år sedan, då hon träffat en svensk sjöman. Hon hade arbetat som hushållerska åt Veronica i över fyra år nu.

Det var nära att hon bara stannat en kort tid. Hon var djupt religiös och när hon blivit varse att hennes arbetsgivare både var ateist och använde fula ord, hade hon inte tyckt att det var en lämplig plats att arbeta på. Veronica var ganska trött på att byta hushållerska och var det svårt att få tag i någon som kunde laga riktig mat. Det hade krävts en hel del övertalning, men var det något hon var bra på så var det att övertala folk och få sin vilja igenom.

Nu hade Dolores vant sig. Med en månadslön som en civilingenjör, mat och husrum så fick väl arbetsgivaren svära och stå i så mycket hon ville. Vad gällde bristen på gudstro så fick hon väl skylla sig själv. Hon skulle nog ångra sig när det visade sig att hon inte var välkommen in i paradiset, när den dagen kom.

En svart BMW rullade in på gårdsplanen.

”Frun! Han är här nu.”

Veronica suckade. Att hon envisades med att kalla henne frun.

Det hjälpte inte vad man sa till människan. Att det skulle vara

opassande att använda förnamnet, kunde hon inte förstå. Att

bli kallad frun eller fru Stjerne lät så oerhört gammaldags.

George Sandberg körde upp på gräsmattan och parkerade i

skuggan av ett stort pilträd.

”Men se god dag Dolores. Hur står det till?”

Dolores neg och tittade upp på den långe mannen.

”Tack, bara bra herr Sandberg. Det är lite för varmt bara.”

”Ja, det kan jag hålla med om. Men Dolores har ju tillgång till

swimmingpool och så har ju Veronica nyligen låtit installera

luftkonditionering har jag hört.”

”Ja, jag ska väl inte klaga, men att bada i en sån där pöl som

ligger så öppet, skulle aldrig falla mej in. Visa sig halvnaken

inför folk. Nej, vet du vad.”

George tittade på henne och log.

”Förresten så tänkte jag ta ett dopp själv. Vad säger du

Dolores, ska du göra mej sällskap?”

Hon blev röd i ansiktet och gick därifrån med ett leende på

läpparna. Hon tyckte om Sandberg. Han var både vänlig och

såg bra ut. Han pratade och skojade alltid med henne när han

var där. Han kallade henne för Dolores, det tyckte hon om. Hon

var inte så förtjust i att bli kallad Dollan.

Veronica kom ut på gårdsplanen. Hon hade fortfarande bikini, trädgårdshandskar och gummistövlar på sig.

"Hej Veronica! Jag ser att du klätt upp dig. Det hade du inte behövt göra."

"Jo, jag tänkte att jag skulle göra mej extra fin när du skulle komma. Den här uppsättningen tyckte jag passade din stil och smak."

"Ja, du har då alltid haft känsla för sådant där. Har du något emot att jag tar ett dopp innan vi börjar?"

"Gör det du, men ge fan i att pissa i vattnet."

George hämtade en bag i bilen och gick till paviljongen bredvid poolen. Han kom ut brunbränd och iklädd badshorts. Efter några lätta gungningar på trampolinen, gjorde han ett svanhopp ner i polen. Dolores som vattnade blommor på altanen, tittade lite diskret.

Han crawlade några längder i rask takt för att sedan lägga sig på rygg och flyta. När han såg att Dolores tittade på honom, vinkade han. Hon vände genast bort blicken.

Efter en kort stund gick han upp, duschade av sig kloret och bytte om.

Veronica hade nu tagit av sig uniformen för snigeljakt och tagit på sig en tunika.

"I dag tänkte jag att vi ska vara i biblioteket. Där är lagom svalt. Kan du Dollan se till att luftkonditioneringen är påslagen och att det finns mineralvatten?"

Dolores skyndade sig in men vände i dörren.

"Ska herr Sandberg äta lunch i dag?"

George skulle precis svara, men Veronica hann före.

"Det ska han nog, men inte här."

Dolores tittade nervöst på Sandberg.

"Det är lugnt. Jag och min fru ska äta ute i dag."

Biblioteket var stort och väggarna kantades av bokhyllor fulla med litteratur från världens alla hörn. Böcker som Knut Stjerne hade samlat på sig under sina många resor utomlands. Det var inrett i mörka färger och de tunga ekmöblerna passade väl in i miljön. Kraftiga sammetsgardiner täckte de höga blyinfattade fönstren. Det var nästan en dyster stämning där inne. Veronica tillbringade inte så mycket tid där, men ibland, speciellt då hon kände sig lite nere, brukade hon gå dit och bläddra i någon bok. Att läsa var hon inte särskilt intresserad av, men det fanns många fotoböcker som hon tyckte om att titta i.

Vid ett av fönstren stod en ljus modern läderfåtölj. Den passade inte alls in i den rustika miljön, men hon hade ställt den där för att den var bekväm.

George hade kammat sig och tagit på en välstruken skjorta. Det luktade rakvatten lång väg. Veronica grimaserade.

"Måste du ha så starka lukter jämt? Du vet ju att jag inte är så förtjust i det. Det luktar i flera dagar efter att du varit här."

George brydde sig inte om att svara.

”Jaha fru Stjerne, vart hade du tänkt att vi skulle ta oss i dag
då?”

Veronica satte sig i läderfåtöljen, fällde ner ryggstödet och lade
upp fötterna på fotpallen.

”Vi bestämmer inget utan vi får se var vi hamnar. Det blir
nästan mer spännande då.”

Den här ritualen hade de gjort så många gånger att de tappat
räkningen. I början hade det krävt en hel del arbete med att
försätta henne i hypnos, men nu räckte det att Georg sa några
ord så var det klart.

Veronica tog en klunk mineralvatten, lutade sig tillbaka och
slöt ögonen. George ställde sig intill henne.

”Jag räknar ner nu. Fem fyra tre två ett.”

Veronica såg nästan död ut. Hon rörde inte ett finger och
andades långsamt. Efter en stund började ögonen röra på sig
precis som om hon drömde.

”Var är du?”

”Jag vet inte än.”

Hon talade långsamt och lite sluddrigt, nästan som om hon var
berusad.

”Jag ser min syster. Vi är nog hemma i vårt rum.”

”Hur gamla är ni?”

Veronica sökte i minnet.

”Karin ser ut som strax innan hon dog, så då är hon runt
femton.”

”Du då?”

”Jag vet inte. Mycket yngre i alla fall.”

Det där var något som George hört förut och som han var förvånad över. Att Veronica inte kunde tala om exakt vilken åldersskillnad det var mellan syskonen. När han frågat henne i vaket tillstånd hade hon svarat att hon inte riktigt kunde minnas. Att hon förträngt det som en följd av det trauma som självmordet inneburit. Så kunde det naturligtvis vara, men det var ändå märkligt att hon inte långt senare tagit reda på det. De hade vid flera andra tillfällen berört hennes systers självmord men aldrig riktigt gått till botten med varför hon gjorde det. George hade sina aningar om att det hade med pappan att göra, men det var inget som Veronica kunnat eller velat bekräfta. Inte ännu. Nu kanske det var dags.

George smög försiktigt iväg och satte sig en bit bort. Han tog ner en bok och började läsa. Nu var det bara att vänta.

Han hade nästan plöjt igenom två kapitel när Veronica började prata igen.

”Karin är ledsen.”

George lade ifrån sig boken och gick fram till henne.

”Varför är hon ledsen?”

”Jag vet inte.”

George satte sig ner.

”Fråga henne.”

Veronica skruvade på sig och verkade besvärad. Ögonen flimrade under de slutna ögonlocken men efter en stund var hon helt lugn.

"Karin, har det hänt något? Varför är du ledsen?"

"Nej, det är inget, jag är bara trött."

"Men du gråter ju."

Karin torkade snabbt bort tårarna och satte sig på sängen bredvid Veronica. Hon strök henne över kinden och log.

"Vet du, i morgon ska jag på fest hos Ola. Hans föräldrar är bortresta och han har fixat öl. Lova att inte säga något till mamma och Valter."

Veronica satte sig upp och rättade till kudden mot sänggaveln.

"Jag lovar. Kommer ni att pussas?"

Karin log.

"Kanske, vi får se. Fast vi blir ganska många så det är inte säkert att vi kommer att kunna vara ensamma."

Det hördes ett brak och efter det en kaskad av svordomar.

"Nu har Valter kommit hem. Han verkar vara full."

Det rumlade om i rummet intill och sen blev det tyst. Veronica viskade.

"Karin, varför säger vi Valter och inte pappa?"

"Därför att han inte är våran riktiga pappa."

"Men mamma säger ju att han är det."

"Hon ljuger. Det ser du väl att han inte kan vara. Det finns inte någon likhet med oss, och om vi skulle ha några gener från honom så skulle det väl finnas något som såg likadant ut? Då skulle vi väl också vara elaka och det är vi ju inte."

Veronica såg fundersam ut.

"Vad är gener?"

"Det är svårt att förklara, sånt man ärver från sina föräldrar.
Man kanske är lika till utseende eller att man pratar likadant.
Du har ju nästan samma näsa som mamma och jag har
hennes ögon. Ser du något vi har som liknar Valter?"
Veronica tänkte en lång stund. Hon såg honom framför sig och
studerade noga varje anletsdrag.
"Nej, jag kan inte se något. Kanske att han pruttar likadant
som du?"
Karin började skratta och nöp henne i örat.
"Du ditt lilla monster, akta dej så jag inte pruttar under
täcket."
De låg länge och fnittrade.
"Vill du att jag ligger här tills du somnat?"
"Ja, jättegärna. Kan du inte berätta en saga?"
"Hmm, vad ska vi då ta?"
"Berätta om Rödluvan och vargen. Den är så spännande."
Karin började berätta som så många gånger förut. Innan hon
kommit halvvägs hade Veronica somnat.

***

George var besviken. Den här gången hade det inte
framkommit något som han kunde analysera eller sätta in i
något sammanhang. Det hände ytterst sällan att det kom fram
något nytt eller uppseendeväckande.
"Okej, jag räknar. Tre två ett och vakna."

Veronica öppnade ögonen. Hon kände sig lite trött men ändå utvilad på något sätt.

"Ja, vad säger du om det här då?"

"Tja, vad ska jag säga? Det fanns väl inget som vi har någon nytta av att dissekera. Vad säger du själv?"

"Jag säger att det är jävligt bra betalt för så lite."

"Ja du, jag avstår gärna. Det är inte jag som har propsat på att träffas. Det vet du mycket väl. Förresten så har jag inte tid längre. Ulla är nog klar nu och vi ska äta lunch."

George reste sig och gick. Veronica låg kvar en stund i fåtöljen och tänkte på vad hon upplevt den här gången. Det kändes skönt men också lite sorgligt när saknaden efter Karin blev så påtaglig.

Hon mindes nu en del av det som hänt, tiden innan Karin tagit sitt liv. Hur nära varandra de kommit och allt som Karin berättat om Valter. Hur han tafsat på henne när han varit full. Vid den tiden hade hon inte riktigt förstått innebörden av allt vad Karin berättat, men senare hade det stått klart att han nästan förgripit sig på henne. Om det var den enda orsaken till hennes självmord, var inte Veronica helt säker på. Karin hade varit stark och det fanns inget som tydde på att hon skulle ge upp på det sättet. Det måste ha varit något mer. Karin var inte typen som lät sig tryckas ned. Visst var hon ledsen ibland, men inte någon längre stund och inte på ett sätt borde kunnat leda till att hon ville ta livet av sig. Det var hon för tuff för. Tids nog skulle sanningen komma fram. Några gånger hade de berört detta och George var övertygad om att det var övergreppen från Valter som utlöst självmordet. Men George kände inte Karin och hade han gjort det, skulle han nog inte varit lika säker.

Veronica sträckte på sig, gäspade högljutt och reste sig från fåtöljen. Det började kurra i magen och de ljuvliga dofterna från köket hade letat sig in genom dörrspringan. Veronica gick mot köket med bestämda steg.
"Dollan! Vad blir det i dag?"
Dolores hörde inte då hon hade radion på, så Veronica ropade igen. Den här gången hörde hon.
"Det blir grekiskt. Jag har lagat moussaka. Det var tråkigt att inte herr Sandberg kunde äta med oss i dag. Nu kommer det att bli mycket över."
"Bekymra dej inte om det du. Du kan bjuda Seppo, han kommer och klipper gräset i eftermiddag."

Seppo var trädgårdsmästaren. Han var pensionär, men jobbade för Veronica några dagar varje vecka. Seppo hade jobbat med trädgårdar i hela sitt liv och var det någon som visste hur en trädgård skulle skötas så var det han. Efter sin pensionering hade han tänkt att bara ta det lugnt och inte göra ett handtag åt andra mer. Han bodde inte så långt från Veronica och hade träffat på henne under en promenad då de börjat samspråka. När han fick höra att hon bodde i sjövillan, tänkte han att hon var någon snobbig överklassmänniska som han inte hade något gemensamt med. Har man råd att köpa ett hus för femton miljoner så kan man väl inte vara annat. Men efter att de pratat en stund, märkte han att hon kanske inte var av den sort han först trott. Hon hade frågat om han kunde komma över och ge henne lite råd och på den vägen var det. Det ena hade lett till det andra och nu såg han sjövillan som sin arbetsplats. Där kunde han jobba när han själv ville och tyckte att det behövdes. Inte var hon snål heller. Han fick alltid mer betalt än han tyckte var rimligt. Det gjorde också att han ställde upp vid tillfällen då han egentligen hade annat att göra. Det enda som störde honom, var att han inte fick hjälpa till att ta död på sniglarna som frodades i trädgården. Människan envisades med att gå och plocka dem för hand när det fanns så mycket bättre metoder.

Visst var hon excentrisk och inte alltid så lätt att begripa sig på, men hon var i alla fall inte tillgjord på något sätt eller gjorde sig märkvärdig för att hon hade det gott ställt. Seppo tyckte bra om henne och talade alltid väl om henne.

Veronica åt i köket. Dolores tyckte inte att det passade sig men vid det här laget hade hon vant sig.

***

"Du Dollan, det här var jävligt gott. Det är tur att jag har dej.
Lova att du aldrig slutar."
Dolores rynkade pannan över svordomen men kände sig
samtidigt lite stolt över berömmet. Hon satte sig vid
diskbänken och hällde upp en kopp kaffe.

Kapitel 2

Veronicas affärsimperium bestod av tre företag varav det största var en koncern med huvudkontor i Tyskland och med verksamhet i ett tiotal länder. Företaget hette Soft Steel Corporation (SSC) och man jobbade med att bearbeta och sälja specialstål till olika tillverkningsindustrier runt om i Europa. Veronica ägde ensam åttio procent av företaget och resterande tjugo procent ägdes av några stiftelser som hon på olika sätt var involverad i.

SSC var oerhört framgångsrikt och genererade en avkastning som var i det närmaste grotesk.

Det hade börjat i liten skala i ett garage i Småland. En skicklig smed som efter sin pensionering börjat experimentera med olika metallblandningar, hade mest av en slump fått fram ett ämne med unika egenskaper. Hans son som var ingenjör och hade näsa för affärer, började intressera sig för faderns arbete och upptäckte snart att det fanns en marknad som fullständigt skrek efter just den produkten. Han startade företaget som ett handelsbolag vid namn Svartling Metall HB. Företaget växte och ombildades snart till ett aktiebolag. Det här skedde under oljekrisen på sjuttiotalet och det var svårt att hitta någon som var villig att gå in med det kapital som var nödvändigt.

Efter ett idogt arbete fick sonen till slut kontakt med en finansman vid namn Eric Garbenius som sett potentialen i företaget och beslutat sig för att satsa pengar. Det visade sig

vara en vinstlott och företaget växte i rekordfart. Eric
Garbenius köpte så småningom företaget och smedsonen blev
kvar som verkställande direktör.

Denne Eric Garbenius skulle långt senare träffa Veronica som
då hette Hallqvist i efternamn. De gifte sig och efter Erics
bortgång 2004, tog Veronica ensam över rodret.

SSC var en kassako och det som givit henne den makt som hon
nu besatt. Men hon hade aldrig känt så starkt för det företaget.
Det berodde nog till största delen av att det var ärvt och att hon
själv inte haft så stor del i den framgången. I stället var det
hennes första företag som låg henne varmast om hjärtat.

"Vånkan Fastigheter". Så hette det. Inget flashigt namn precis,
men det var hennes alldeles egna, som hon byggt upp utan
annan hjälp än ett lån från någon som trodde på henne.
Vånkan hade varit hennes smeknamn i skolan och hon gillade
namnet även om det nu var länge sedan någon använt det.
Hon var tjugoåtta år och fortfarande inte helt fri från sitt
narkotikaberoende när hon startade. Att hon sedan lyckades få
företaget att utvecklas samtidigt som hon kämpade för att bli
av med sitt missbruk, gjorde henne oerhört stolt. Nu var det
den vackraste blomman i hennes trädgård och det var där hon
lade det mesta av sitt engagemang.

Från att ha varit ett slitet litet tegelhus med tre lägenheter, bestod nu hennes fastighetsinnehav av objekt i alla större städer, till ett värde av närmare en miljard.

Hennes tredje företag var ett rent kapitalförvaltningsbolag som tog hand om och placerade alla intäkter på effektivast möjliga sätt. Hon visste knappt vad det hette och kallade det helt enkelt Spargrisen. Där tillbringade Veronica minsta möjliga tid. Hon var inte särskilt förtjust i människorna som jobbade där. Verkställande direktören Jörgen Bjure hade hon själv anställt. Inte för att han var en så trevlig och inspirerande människa utan enbart för hans höga kompetens när det gällde finanser. Hans medarbetare var i hennes ögon en samling blodlösa tråkmånsar som inte verkade ha annat i huvudet än jobbet och afterwork. Välpressade kostymer, strikta klänningar och ansiktsuttryck som hämtade från Madame Tussauds vaxkabinett.

Redan från början hade hon tyckt att stämningen på företaget var deprimerande. Inte för att någon verkade vantrivas. Snarare tvärtom så var alla väldigt entusiastiska. Det berodde nog på att de hade så höga löner. Förmodligen mycket högre än de förtjänade. Det var snarare det att de flesta var så tillgjorda och tråkiga. Det var väl bra att de tog sitt arbete på allvar, men lite kunde de väl tagga ner och slappna av. Så småningom skulle hon nog ändra på den saken och röra om i grytan, men det fick vänta. I alla fall så kunde hon inte klaga på effektiviteten. Bara hon slapp att engagera sig allt för mycket

***

Det var söndag morgon. Solen tittade in genom en springa i persiennen och irriterade ögonen.

Veronica sträckte på sig och gäspade. Hon hade drömt en erotisk dröm vilket inte var helt ovanligt. Den här gången var det George Sandberg som hon hade förlustat sig med och blotta tanken fick henne att känna sig illa till mods. Den stilige doktor Sandberg som många kvinnor skulle skrika av lycka att få en hedersstund med. Veronica ryste av obehag. Han hade gjort ett försök en gång. Det var andra året av deras samarbete och hon hade börjat känt att hon kunde lita på honom och slappna av under sessionerna. Han trodde nog att han banat väg för en mer fysisk form av terapi och börjat vidröra henne på ett opassande sätt. Veronica hade först trott att det skett av misstag, men när han inte genast slutade, förstod hon vad han hade i tankarna. Hon hade rest sig hastigt och givit honom en spark i skrevet så han vikit sig dubbel av smärta.

Besöket hade skett i källaren i hans privatbostad. Veronica hade rusat upp i köket och fått fatt i hans fru Ulla, som stod och bakade sockerkaka. Hon hade grabbat tag i armen på Ulla och dragit med henne ner till källaren där George Sandberg fortfarande låg och vred sig på golvet.

"Här har du din jävla karl!" Skrek Veronica. "Han tog mig på brösten och insinuerade att vi skulle ha sex. Är det något som han brukar göra med sina patienter, som du känner till?"

Veronica var rasande och Ulla stod som förstenad och visste inte vad hon skulle säga.

Sandberg lyckades klämma fram ett "förlåt jag kan förklara".

"Ni har en del att prata med varandra om. Hoppas jag slipper se dej igen ditt jävla svin."

Veronica slängde igen dörren med en smäll och gick resolut ut till bilen. Hon rev upp hela gårdsplanen med full gas och fyrhjulsdrift och flera av fönstren skadades av stenskott.

Det tog flera dagar innan hon lugnat ner sig och tankarna kom smygande att hon kanske överreagerat.

Efter några veckor fick hon ett handskrivet brev på posten där det stod:

"Veronica! Innan du slänger brevet ber jag dig att först läsa några rader. Att be om ursäkt för mitt beteende känns meningslöst. I stället vill jag uttrycka min djupaste beundran för din pondus. Aldrig i min vildaste fantasi hade jag kunnat tänka mej en sådan reaktion. Jag fick gå dubbelvikt i flera dagar och är fortfarande inte helt återställd. Som förklaring kan jag säga att jag tyckte mig ana en attraktion från din sida som inte var mindre än den jag själv kände. Men där misstog jag mig, det fick jag bittert erfara. Jag har inte för vana att antasta mina patienter, det ska du veta. Men om det uppstår en kemi som båda känner av och som bara skulle leda till något positivt, är inte jag den som tackar nej. Det är inte enbart kvinnor med problem som kommer till mej. Ett svin? Ja visst! Det står jag för. Du gjorde en alldeles riktig analys.

Om du undrar över min frus något passiva reaktion, berodde
det nog mer på den belägenhet jag befann mig i, snarare än det
beteende jag uppvisat. Hon är väl medveten om vad jag håller
på med. Det är inget som hon lägger så stor vikt vid. Det är så
vi har det. Jag ligger med andra ibland och det gör hon också.
Det är en punkt som ligger långt ner på vår dagordning när det
gäller samtalsämnen. Synnerligen omoraliskt kan tyckas, men
det är vår moral och den har ingen annan med att göra.
Jag önskar dig lycka till i framtiden och ber till gudarna om
nåd för de män som inte behandlar dej på det sätt du förtjänar.
Vänligen med respekt.
George.”

Veronica läste brevet flera gånger. Visst var karln ett svin, men
ett ärligt svin. Hade han kommit med en massa
bortförklaringar, hade hon genast dömt ut honom, men det här
kändes faktiskt uppfriskande. Hon funderade några veckor
innan hon ringde honom.

George blev mycket förvånad över samtalet och de pratade
länge om etik och moral. När Veronica föreslog att de skulle
återuppta terapin, tackade Sandberg bestämt nej. Det var först
efter åtskilliga påtryckningar och löfte om en rejäl höjning av
det redan väl tilltagna arvodet, som han till slut tackade ja.
Nu visste de var de hade varandra och inga fler misstag skulle
begås.

Efter frukosten bläddrade Veronica hastigt igenom
morgontidningen för att sedan ta en dusch och göra sig i
ordning. Det var möte på "Spargrisen" och hon var kallad för
att medverka på besiktningen av den utbyggnad som just blivit
klar. Trehundrafemtio kvadrat med kontor och
personalutrymmen så att de personer som tidigare varit
tvungna att dela kontor nu skulle få sitt eget.

Mötet var tänkt att ske efter lunch men hon ville gärna se sig
om på egen hand först. Prata med personalen och höra om de
var nöjda eller hade några ytterligare önskemål. Det hade
klagats en hel del över trångboddhet men med tanke på
företagets resultat hade det varit ett ganska lätt att få styrelsen
att besluta om en utbyggnad.
Det syntes knappt på utsidan. Utbyggnaden smälte naturligt in
i den ursprungliga fastigheten. Det enda som var sig olikt var
en extra dörr som kommit till.
Veronica gick in genom den nya dörren och såg sig omkring.
Det var nytt och fräscht och luktade målarfärg. Tavlor var
redan uppsatta på väggarna och blommor var utplacerade. Alla
anställda verkade också vara installerade i sina nya kontor.
Innan hon började sin egen avsyning ordentligt, kände hon att
det var dags att besöka toaletten. Hon såg skylten med WC
Gäster.
Efter en kort stund av tystnad, hörde hon hur det kom in
någon i rummet strax intill och två personer började samtala.

Hon uppfattade vartenda ord de sa. Det första som slog henne var att byggaren fuskat med isoleringen. Veronica hade varit med vid en hel del byggen i egenskap av fastighetsägare och var inte helt okunnig om hur det kunde gå till. Det här var inte okej och hon visste inte riktigt hur hon skulle uträtta sitt ärende utan att det skulle höras. Hon satt tyst och väntade och hoppades på att de snart skulle lämna rummet.

Samtalet utanför fortsatte. Hon fick höra en hel del av sådant som inte var av något större intresse. Så gled samtalet in på den kommande besiktningen och att ägaren skulle göra ett av sina sällsynta besök.

"Jaha, då får man träffa henne äntligen. Hur är hon?"

"Ja du, det är inte ofta hon är här och tur är väl det. Ett korkat luder som knullat sig till det hon har. Ett stycke mört kött i snyggt omslag skulle jag vilja säga."

Båda männen skrattade hjärtligt.

"Hur ser hon ut?"

"Ja, för att vara så gammal så duger hon gott att rasta sig på. Jag tror hon är närmare sextio men ser faktiskt jävligt bra ut. Efter några groggar så skulle i alla fall inte jag tacka nej."

Återigen fylldes rummet av dova skratt. Veronica satt som på nålar och hoppades att hon inte skulle börja hosta.

Efter en evig väntan hördes hur männen lämnade rummet. Veronica skyndade sig att slutföra det hon var där för och gick sedan ut i korridoren. En hastig blick på namnskylten

visade: ”Philip Ahrén.” Det lade Veronica på minnet. Hon
kunde inte placera någon med det namnet, men när hon fick se
honom skulle det säkert falla på plats.

Besiktningen avverkades utan störningar. Alla verkade nöjda
och ingen nämnde något om den kraftiga överhörningen från
gästtoaletten. Förmodligen var det ingen som varit där och
Veronica sa inget.
Efteråt gick hon runt och hälsade på personalen. När hon kom
till Philip Ahréns rum, kände hon genast igen honom. En
ganska kort man i trettiofemårsåldern med glasögon och
begynnande flint. Hon hade själv hälsat honom välkommen då
han anställdes för något år sedan. Att de ord hon just hört,
kommit från hans mun, förvånande henne. Han verkade inte
vara typen som skulle kläcka ur sig något sådant. Veronica
tänkte i sitt stilla sinne att man aldrig upphör att förvånas.
Philip reste sig från skrivbordet och hälsade artigt.
”Nå, hur tycker du det blev? Är du nöjd med lokalerna?”
”Ja, det blev över förväntan. Så ljust och luftigt. Det känns som
att här kommer att uträttas stordåd.”
”Ja, vi får hoppas på det. Lycka till så länge.”

När hon ändå var på plats, passade hon på att gå runt och
hälsa på övrig personal i den äldre delen av lokalen. Alla
flinade upp sig och verkade överdrivet artiga. Hon tänkte att
det var komiskt med detta fjäsk om nu bilden av henne stöddes

av det hon fått höra på gästtoaletten.

Vd:n Jörgen Bjure, var ingen muntergök. Men han gjorde sig i alla fall inte till och fjäskade som de andra. De samtalade en stund om nuläget och framtiden.
"Nu när bygget är klart, skulle jag vilja föreslå en "Kickoff". Det blir lite av en nystart och skulle säkert bli uppskattat".
Bjure grymtade lite men efter en stunds eftertanke, tyckte han att idén var god. Han lovade att initiera och bad att få återkomma med detaljer.

På hemvägen grunnade Veronica på det hon upplevt. Hon funderade på olika åtgärder och hade snart bestämt hur hon skulle agera. På kickoffen skulle det ske och Philip Ahrén skulle då få en kväll att minnas.

***

Det blev några slitsamma veckor. Trots att det bar henne emot, var hon nödd och tvungen att medverka vid olika möten utomlands. SSC var inne i ett expansivt skede och det krävdes hennes underskrift på många dokument som inte kunde vänta på den vanliga postgången. Det blev mest att ränna mellan olika möten och däremellan försöka få lite sömn.
Hon hade också fullt upp med "Vånkan Fastigheter" som förvärvat nya objekt som skulle renoveras och hyras ut. Hon

hade visserligen duktiga medarbetare som skulle klara sig utmärkt på egen hand, men där ville hon ha full kontroll och gärna vara delaktig i hela arbetsgången.

När det hela börjat lugna ner sig lite och hon hade vilat ut hemma i sjövillan, började hon känna suget efter en ny session med doktor Sandberg. Det var svårt att förklara känslan, men den var inte helt olik det drogberoende som hon hade erfarenhet av. Det kröp i kroppen och hon fick svårt att sova. Hon hade flera gånger försökt att skaka av sig känslan. Ibland med alkohol och ibland med en ansträngande cykeltur. Men inget hade haft någon större verkan. Det enda som hjälpte var att låta sig hypnotiseras, få resa i sitt inre och uppleva händelser som hon förträngt eller glömt bort. Det kändes som om det nu var läge att boka en tid med George Sandberg.

Det blev bestämt att de skulle ses hos honom om ett par dagar. Han hade nyligen krockat med bilen och fått lämna in den på reparation, så det var enklare om Veronica kom till honom. Samtidigt passade Dolores på att begära ledigt för att hälsa på en bekant i Dalarna. Veronica var lite nyfiken på vem denne bekant kunde vara, men Dolores svarade undvikande att det var en släkting.
"Nä du Dollan, nu ljuger du allt" skrockade Veronica och log. "Är det inte en liten gubbe som lockar? Det var ju ett bra tag sedan du var bortrest nu."

Veronica hade börjat förstå vad Dolores höll på med om kvällarna.

Dolores rodnade och fick plötsligt ett ärende ut i köket. Fru Stjerne hade haft rätt. Någon liten gubbe var det visserligen inte. Däremot en reslig och stilig herre, inte helt olik doktor Sandberg.

Hon hade aldrig i sin vildaste fantasi kunnat föreställa sig att hon skulle träffa någon ny man. Men nu hade det skett.

Efter att Gustaf Bergman, som sjömannen hette, avlidit i cancer bara några år efter att de träffats, hade hon bestämt sig för att leva ensam. Hon hade plågats svårt av sorg och saknad och tänkt många gånger att hon skulle resa hem till Portugal igen. Så hade det inte blivit. Hon hade börjat engagera sig i den katolska församlingen och fått nya vänner. Tiden gick och plötsligt insåg hon att hon inte längre kände samma längtan tillbaka. Jobb hade hon så mycket hon behövde och fritiden ville nästan inte räcka till för alla de åtaganden som församlingen krävde.

Sedan hon fått anställning hos Veronica, började hon trappa ner på sitt volontärarbete, men hon hade fortfarande bra kontakt med sina vänner från församlingen.

Det var en av hennes yngre väninnor som introducerat henne i det nya och skrämmande fenomenet nätdejting. Till en början hade hon slagit ifrån sig och tyckt att det var högst opassande att titta på bilder och läsa om karlar som sökte en partner. Väninnan var påstridig och efter en hel del tjat och övertalning gick hon med på att i alla fall titta på hur det såg ut. Det var inte utan att det kändes lite spännande och en aning syndigt när väninnan visade bilder och läste upp vad de kärlekstörstande männen skrev om sig själva. Att hon aktivt skulle börja engagera sig fanns inte en tanke på, men hon följde noga väninnans förehavanden och tog med stort intresse del av hennes berättelser.

Dolores lät sig i alla fall övertalas att skaffa en egen dator. Inte för att hon tänkt att använda den för att titta på karlar utan mer för att det fanns så mycket information att hämta. Hon kunde snabbt och enkelt få reda på vad som föregicks i Portugal. Dessutom kunde hon ha nytta av den i sitt arbete. Det fanns oändligt mycket information att hämta om matlagning och olika recept.

Med tiden blev datorn ett naturligt redskap för henne och hon insåg att det här med internet faktiskt inte var så dumt. Naturligtvis kunde hon inte hålla sig ifrån nätdejtingsidorna, trots att hon intalat sig att låta bli. Ofta låg hon i sängen innan hon skulle sova och tittade runt. En del annonser var rent av vulgära och det förstod man om man läste mellan raderna att det bara var en sak de hade i huvudet, karlslokarna. Hon ryste vid tanken och kände sig skamsen av att hon inte genast slutat läsa.

Så en kväll fick hon se honom. Han hette Martin och bodde i Dalarna. Lång och reslig och påminde starkt till utseendet om den stilige doktor Sandberg. Han var polis och änkling och

kyrkligt engagerad. Det var information som fick henne att bli
extra intresserad. Hon fattade mod och skrev några rader. Efter
ett par dagar fick hon svar och nu hade de nätpratat med
varandra i nästan ett halvår.

Nu skulle de träffas för första gången och Dolores var både glad
och vettskrämd. Hon hade inte sagt något till Veronica men
förstod att hon snart skulle bli tvungen. Inte för att hon hade
med det att göra, men hon var trots allt hennes arbetsgivare.
Mest bävade hon för vad Veronica skulle kläcka ur sig. Något
vidare taktsinne hade hon inte och kunde ibland säga saker
som både generade och upprörde.

***

Det var vackert väder så Veronica bestämde sig för att cykla till
George. Visserligen var det sex kilometer enkel resa men hon
kände sig i bra form och lite extra motion skulle inte skada. Att
sitta på motionscykeln på gymmet var effektivt men kunde inte
ersätta känslan av frisk luft och natur som en riktig cykeltur
gav.

Hon var ganska svettig när hon svängde in på den nykrattade
grusgången och parkerade cykeln bredvid Georgs och Ullas
tandemcykel. Ulla kom ut och tog emot.

”Hej Veronica! Georg är i källaren. Vill du ha lite fika innan ni
kör igång?”

”Nej tack, men gärna något kallt att dricka. Jag är helt slut.

Tror att jag cyklade på tio minuter. Jävlar vad det gick undan."
"Ok! Jag kommer ner med lite rabarbersaft, om det smakar?"

Veronica gick in och ned för källartrappan. George satt och
skrev några rapporter som han inte hunnit med tidigare.
"Men se fru Stjerne. Värst vad du är rosig om kinderna. Är du
arg?"
"Nej, men jävligt svettig. Jag måste duscha innan vi börjar. Har
du en handduk?"
George pekade in mot hemmagymmet där han hade sitt lyxiga
spa.
"Det hänger en gästhandduk till vänster. Jag ska bara göra
klart. Vill du ha något att dricka?"
"Ulla skulle komma med rabarbersaft" ropade Veronica
samtidigt som hon krängde av sig sina kläder.
Hon stod länge och lät det svala vattnet skölja över henne.
Tankarna svävade hit och dit och hon undrade hur det skulle
bli den här gången. Oftast hände det inte så mycket
dramatiskt, men man visste aldrig i förväg. I alla fall så var det
alltid skönt efteråt.
"George! Kan jag låna en badrock? Jag vill inte ta på mej dom
svettiga kläderna."
"Jag ber Ulla att komma med en."
Det klapprade i källartrappan och Ulla kom med ett glas
rabarbersaft så iskall att det bildats imma på utsidan av glaset.
"Här har du en badrock!" Ropade hon.

"Kan du komma med den?"

Ulla gick in i gymmet. Veronica stod och torkade sig. Det var första gången hon sett Veronica naken. Hon förundrades över att Veronica trots sin ålder, hade en sådan fantastisk kropp. De långa benen var seniga och välsvarvade. Brösten var små men fasta och välformade. Det var anmärkningsvärt att någon i hennes ålder kunde se ut på det viset utan att ha gjort några förbättrande ingrepp. Ulla kände hur hon blev varm om kinderna.

"Här är rocken. Saften ställde jag där ute".

Veronica tog på sig morgonrocken och knöt den med en rosett kring midjan. George var klar med sina rapporter och hade ordnat med belysningen och lagt en fårskinnsfäll i fåtöljen. Rabarbersaften smakade uppfriskande och hon drack ur hela glaset i ett svep.

"Slå dej ner så börjar vi."

George tog av sig sina glasögon och satte sig på en stol bredvid fåtöljen. Veronica satte sig till rätta och justerade lite med den elektriska handkontrollen så hon hamnade i ett bekvämt läge. Hon tog några djupa andetag och slappnade av. George började räkna.

"Ett två tre fyra fem"

På tre var Veronica redan borta.

Han satt tyst en stund och studerade ögonrörelserna under de stängda ögonlocken. När han såg att det börjat lugna ner sig, frågade han med djup och lugn röst.

”Var är du?”

Veronica sa inget. Hon försökte uppfatta var hon befann sig men det var alltid lite svårt i början. Efter en stund kunde hon urskilja vissa saker hon kände igen.

”Jag är i skolan. Vi har svenska. Vi ska läsa upp det vi skrivit och det är snart min tur.”

”Vad är det du ska läsa”?

”Jag har skrivit om min katt som blev överkörd och hur mycket jag saknar den”.

”Hur gammal är du?”

Veronica tänkte efter. Hon såg sig om i klassrummet och försökte minnas.

”Jag går i femman. Då är jag elva.”

”Känner du dig lugn eller är du orolig för hur dom andra ska ta emot din berättelse?”

”Jag är ganska lugn. Den är inte så lång och jag har övat hemma.”

***

”Då så, då är det Veronicas tur att läsa.”

Fröken Agneta såg med sträng blick på Veronica som rest sig och börjat läsa tyst och försiktigt.

”Men snälla du! Hur ska någon kunna höra något när du läser så tyst? Tala så det hörs, vet jag.”

Veronica började om och försökte ta i. Nu blev hon lite nervös
och stakade sig flera gånger. När hon äntligen var klar, snörpte
fröken Agneta på munnen och såg inte allt för imponerad ut.
"Det där hade du kunnat göra bättre. Nästa gång får du öva
mer på det du ska läsa."
Veronica hade alltid känt att Fröken Agneta inte tyckte om
henne. Varför kunde hon inte begripa.
Hon gjorde aldrig något väsen av sig och hade aldrig sagt eller
gjort något som på något vis kunnat förarga henne.
Förmodligen var det något som hade med hennes bakgrund att
göra. Att hon inte hade det så gott ställt och att hennes
föräldrar inte var särskilt framstående i orten där de bodde.
Hon hade börjat ana att det var just så det låg till, när hon
noterat hur fröken Agnetas röst förändrades då hon talade med
Krister Wertén som var son till kommunalrådet. Då var det ett
annat tonfall. Det var idel beröm och uppmuntran trots att
denne Krister både var obegåvad och oförskämd.
Veronica försökte på alla sätt vara fröken till lags. Hon gjorde
alltid som fröken sa, var flitig med läxläsning och var alltid
artig. Men hur hon än ansträngde sig så blev fröken aldrig
nöjd. Minsta fel och kritiken blev massiv.
Fröken Agneta hade sina favoriter. Förutom Krister Wertén, var
det Magnus Eriksson som var son till Tage Eriksson, ortens
åkeriägare. De hade stor villa vid sjön och ny Mercedes. Sedan
hade hon ett gott öga till Annelie Sundström som var dotter till
storbonden Sundström med ägor som sträckte sig långt in i

angränsande socken. De här barnen behövde inte anstränga
sig alls för att bli sedda. De övriga som inte hade särskilt rika
eller framstående föräldrar, behandlade hon korrekt men inte
med någon större värme. Det var bara Veronica och en annan
pojke som hon behandlade som luft. I Veronicas fall berodde
det förmodligen på att pappan suttit inne för rattfylleri och att
mamman under tiden varit tvungen att ta emot socialbidrag.
Den andre pojken hette Jan och var fosterbarn hos den familj
som bodde granne med fröken och hennes man. Grannarna
hade aldrig kommit särskilt bra överens och det gick ut över
Jan.

På något vis var det skönt att det var en till som fröken inte
tyckte om. Då fanns i alla fall någon som Veronica kunde
känna samhörighet med. De hade talat om detta långt senare i
livet hon och Jan, och de hade båda varit överens om att
fröken Agnetas agerande inte varit positiv för deras utveckling.

***

George lyssnade intresserat och gjorde några anteckningar.
Han strök under vissa ord, kliade sig med pennan i håret och
funderade.
Efter en lång stunds tystnad, frågade George om hon ville
komma tillbaka eller om det fanns mer att berätta. Veronica
svarade inte, så han väckte henne.
”Nå, hur känns det?”

Veronica öppnade ögonen och tittade upp i taket.

"Bra, tror jag. Lite trött men helt okej. Det är efter en stund som jag känner att det var behövligt."

"När du tänker tillbaka, känner du inte då att du ville ge igen på något vis? Jag vet ju ungefär hur du fungerar vid det här laget."

"Jag gav igen, det vill jag lova. Hon fick vad hon förtjänade kärringjäveln."

"Vad hände?"

"Jag träffade på henne när jag var äldre. Omkring tjugo år tror jag att jag var. Det var inne i stan en sen lördagseftermiddag. Hon hade varit och handlat med sin man och vi stötte ihop utanför Tempo."

"Kände hon igen dig?"

"Tror inte det. Jag var ganska hög och såg nog rätt så härjad ut. Men hennes man kände mycket väl igen mej. Han blev nervös och tittade åt ett annat håll.

"Varför gjorde han det? Hade han någon anledning?"

"Så klart han hade."

***

"Men tjena Bertil! Är du ute och luftar frullan? Hur är läget?
Mannen såg skräckslagen ut och försökte låtsas som om han inte kände igen henne. Fröken Agneta tittade med avsmak på Veronica och sedan på sin man.

"Känner du den här människan?"

Mannen var illröd i ansiktet och försäkrade att han aldrig sett henne förut. Fröken Agneta blängde på Veronica och bad henne gå därifrån.

"Förlåt då, jag ville bara hälsa. Du känner visst inte igen mig?"

Agneta synade henne från topp till tå och visade tydligt med sitt ansiktsuttryck den motvilja hon kände.

"Nej, verkligen inte. Borde jag det?"

"Ja, om du hade intresserat dej lite mer för alla dina elever hade du nog gjort det. Men jag klandrar dej inte. Du hade väl dina skäl. Fast jag är lite besviken på att inte Bertil vill hälsa. Han var betydligt mer tillmötesgående förra fredagen när jag red honom på hans kontor då han jobbade över. Du skulle inte ha så mycket emot det då du är helt ointresserad av den sortens motion, fick jag höra. Men jag vill vara hygglig och tala om att det är nog bäst att han uppsöker kukdoktorn med det snaraste. Jag upptäckte att jag hade dryparn för ett par dagar sedan och den fick jag förmodligen av honom. Fast du har ju inget att oroa dig för."

Veronica vände på klacken och gick hastigt därifrån. Hon hade velat se och höra reaktionen, men det räckte med att tänka.

***

George gjorde några snabba anteckningar i sitt block.

"Hur kändes det? Tycker du att det var värt det, så här i

efterhand?”

”Ja, det var det. Naturligtvis var det jävligt omoget men det fick mej att må bättre och känna att jag åstadkommit någon slags rättvisa.”

”Var det sant då, att du hade legat med hennes man?”

”Absolut! Så mycket känner du väl mig vid det här laget att du vet att jag nästan aldrig ljuger.”

George snurrade pennan mellan fingrarna och suckade.

”Ja, så är det ju. Ibland kan du vara brutalt ärlig och det är inte alltid till din fördel. Förresten, hur kom du i kontakt med hennes man?”

”Jag såg dom tillsammans vid några tillfällen och följde efter på avstånd. Dom stannade alltid och fikade på konditoriet nere vid torget. En dag satt gubben ensam och fikade, så jag gick fram och frågade om jag fick slå mej ner. Sen var det bara att köra på. Ni är inte särskilt svårraggade ni karlar. Om ni hade lika mycket handlingskraft i huvudet som ni har i kuken så skulle världen se bättre ut.”

George flinade lite ansträngt och slog igen blocket.

”Fick du veta vad som hände sedan? Har du träffat Agneta efter den händelsen?”

”Ja, men det var långt senare. Jag hade kommit på fötter och börjat bli omskriven i lokalpressen. Då var hon gammal och gubben hade dött. Hon sökte upp mej och bad att få prata en stund. Hon undrade om det var sant det jag sagt och varför jag berättat det. Jag sa som det var och att allt var sant utom det där med dryparn. Dom hade tydligen inte haft ett så bra förhållande innan och inte hade det blivit bättre efter att dom stött på mej. Men dom hade i alla fall hållit ihop och fortsatt sitt miserabla liv. Det var väl med omtanke om barnen och inte minst ekonomin.”

”Anledningen då? Vad sa hon om den?”

”Jag berättade för henne att jag tyckt att hon varit orättvis i skolan och behandlat Jan och mej som skit och att det för mej varit ett sätt att få ge igen. Men det verkade hon inte ta till sig. Hon sa bara att hon behandlat alla lika oavsett vad deras bakgrund och att det inte varit några andra som klagat. Sen blev det inte mer sagt. ”Gå och dö kärring” tänkte jag när hon gick därifrån.”

George slog ihop anteckningsblocket och reste sig.

”Ja, då var vi väl färdiga för den här gången. Det var intressant måste jag medge. Jag har gjort en del anteckningar som kan vara till nytta den gången vi ska sammanfatta och lägga klart pusslet som ska göra dej alldeles hel igen, när det nu blir.”

Veronica reste sig såg intensivt på George.

”Jag tror det blir snart. Det känner jag på mej.”

Kapitel 3

Dolores var mycket nervös men också förväntansfull när tåget
närmade sig centralstationen i Borlänge. Hon hade tagit på sig
sina finaste kläder och för ovanlighetens skull sminkat sig lite
försiktigt. Att träffa en man efter så lång tid som
ensamstående, kändes väldigt konstigt. Men efter all kontakt
de haft under det senaste halvåret, tyckte hon att tiden kunde
vara mogen för en träff i verkliga livet.

Martin stod och väntade på perrongen i byxor med pressveck,
hatt och en stor bukett rosor. Dolores såg honom genom
fönstret innan tåget hunnit stanna. Hon kände genast igen
honom från de bilder han skickat och det hon såg nu gjorde
henne inte alls besviken.
Hon hade precis klivit av tåget då han kom fram, gav henne en
bamsekram och överräckte rosorna. Det kom lite plötsligt och
hon blev röd i ansiktet och glömde helt bort den hälsningsfras
som hon noga övat in under resan.
”Välkommen till Dalarna Dolores. Så roligt att ha dej här.
Skulle det smaka med en bit mat som inledning?”
Martin tog hennes resväska, lade handen på hennes axel och
ledde henne bort från perrongen.
Dolores kom sig inte för att säga något och det var heller inte
nödvändigt. Martin pratade hela tiden och han hade onekligen
talets gåva.

Dolores sneglade lite på honom emellanåt. Han var lång. Mycket längre än hon föreställt sig. Hennes huvud var i höjd med hans armbåge när han höll armarna nere. Snygg var han också. Mycket snyggare än på bilderna. Till att börja med kände hon sig lite obekväm och undrade i sitt stilla sinne vad denne stilige man kunde se hos en obetydlig liten kvinna som hon. Han kunde nog välja och vraka bland betydligt galantare damer men så hade han valt just henne?

Efter ett glas vin på restaurangen, började nervositeten släppa och hon började känna sig mer och mer bekväm i situationen. Martin berättade om Borlänge, sitt arbete som polis och sitt kyrkliga engagemang. Det var mycket intressant och Dolores blev ännu mer övertygad än hon varit innan. Det här var något som överträffade alla förväntningar.

Efter maten och ytterligare något glas vin, föreslog Martin att de skulle gå hem till honom så att hon fick göra sig hemmastadd. Hon skulle ju bara stanna i ett dygn så det fanns inte så mycket tid för ytterligare utsvävningar och att få sitta framför den öppna spisen fram på kvällskvisten med ett glas likör och tala om viktiga ting, var något han såg fram mot.

Martin bodde i en ganska stor villa i mexitegel, bara något stenkast från centralstationen. Han hade haft planer på att flytta till något mindre efter det att hans fru gått bort, men ännu hade han inte gjort slag i saken. Huset var smakfullt möblerat och med blommor i fönstren. Dolores var förvånad.

Hon hade väntat sig lite mer oordning när det inte fanns någon kvinna som styrde och ställde i hemmet, men tydligen så var Martin ordningsam av sig. Hon tittade på golvet men såg inte tillstymmelse till några dammråttor.

"Vill du se dig omkring?" Frågade Martin. Dolores nickade och följde efter honom.

På övervåningen fanns sovrummet. Sängen var stor och inte ett veck syntes på överkastet.

"Ja, här sover jag och jag tänkte att du får ta gästrummet på nedre botten. Jag har bara ett badrum så vi får försöka samsas om det".

Efter husesynen visade Martin in henne i vardagsrummet. Han tog en kudde från soffan och lade den i fåtöljen som stod framför den öppna spisen.

"Slå dej ner och gör det bekvämt så ska jag tända en brasa och hämta något att dricka."

Dolores satte sig till rätta och lade kudden bakom svanken. Fåtöljen var lite hög så hennes fötter räckte inte riktigt ner till golvet. Det uppmärksammade han genast och hämtade en fotpall som han försiktigt ställde på plats.

Efter några försök fick han fyr på brasan. Det sprakade hemtrevligt och en skön värme började sprida sig i rummet.

"Får jag får fresta med en äppelkaka som jag bakat dagen till ära?"

Dolores var fortfarande ganska mätt efter restaurangbesöket

men hon ville inte låta oartig så hon nickade förtjust och sa att det skulle smaka gott. Strax kom Martin in med en bricka med äppelkaka i små dessertskålar. En flaska kylt mousserande vin och två höga vinglas. Han hällde upp vinet och bjöd henne att smaka. Dolores tackade och smuttade lite på vinet. Hon var inte särskilt förtjust i att dricka alkohol och uppskattade heller inte att andra drack, men som allt hade utvecklat sig, tyckte hon att hon kunde rucka på sina principer en smula. Hon hade ju redan druckit på restaurangen och något glas till kunde kanske inte skada. Hon hade i sitt tidigare förhållande upplevt vilken inverkan alkohol kunde ha på karlar och det var inget hon saknade, men Martin verkade vara en pålitlig man så det var nog ingen fara.

De satt länge och pratade. I takt med att vinet minskade i flaskan började Dolores också tappa lite av sin tunghäfta och snart kändes det alldeles naturligt att sitta och prata med Martin.

Hon berättade om sin uppväxt i Portugal och hur hon som ung träffat den svenske sjömannen i Lissabon, förälskat sig och flyttat till Sverige. Martin lyssnade intensivt och ställde hela tiden frågor. Han lade mer ved på brasan och nu började det nästan bli för varmt i rummet.

"Du kanske vill duscha av dig resdammet? Gör det så ska jag laga till lite kvällsvickning. Sen kanske vi kan sitta en stund till och prata innan det är sovdags. Du ska veta att jag tycker det är så intressant att höra dej berätta om ditt liv."

Dolores kände sig både uppskattad och sedd. Det var en ovanlig känsla. Visserligen fick hon ibland uppskattning av fru Stjerne. Speciellt för matlagningen, men det var på ett mer burdust vis. Det här var annorlunda.

Hon stod länge i duschen. När hon var klar kikade hon försiktigt ut genom dörren för att se om kusten var klar. Sedan kilade hon kvickt som en liten mus in till gästrummet.
När hon var klädd och kom ut, stod Martin i morgonrock redo att göra sig fin för den fortsatta kvällen.

Dolores kände sig lite småberusad. Det var ingen oangenäm känsla. Hon kände sig mycket glad och uppspelt och såg med tillförsikt fram mot resten av kvällen.
Medan Martin duschade, passade hon på att kika runt lite på egen hand. Trots att det kändes opassande kunde hon inte låta bli att kika in i kylskåpet och skafferiet. Allt stod prydligt uppradat och grönsakerna såg färska ut. Ost och smör var noggrant inneslutna i förpackningar och mjölkpaketet hade en liten klämma på öppningen så att inte det skulle ta smak från andra varor. Dolores smackade belåtet. Det var allt en ordningsam man hon träffat. Hon kikade i bokhyllan och där fanns både nobelpristagare och en hel del religiös litteratur.
Strax kom Martin ut och luktade rakvatten på lång väg.
"Sätt dej du och ta det lugnt. Jag ska bara klä på mej så

kommer jag ner och dukar fram lite vickning. Det vill du väl ha?"

Dolores nickade till svar. Det började faktiskt att kurra lite i magen nu. Hon satte sig på nytt i den bekväma fåtöljen och lade upp sina fötter på fotpallen, sträckte lite på sig och efter en kort stund sov hon som ett barn.

"Hallå min vackra dam, dags att vakna nu. Här kommer jag med lite att äta och dricka."

Dolores slog upp ögonen och ursäktade sig att hon råkat somna.

"Det är inget att ursäkta. Det är klart att det tar på krafterna att resa och få nya intryck."

Martin dukade fram små skålar med osttärningar, brödkroketter, oliver och mycket annat smått och gott. Sedan hällde han upp rödvin och sade varsågod.

Dolores lät sig väl smaka av både mat och dryck. De talade om allt mellan himmel och jord och när klockan började närma sig midnatt och vinflaskan var tom, försökte Dolores kväva en gäspning som länge tryckt på och ville komma ut. Martin såg på henne och log.

"Jag tror att John Blund har kommit och hälsat på. Vi kanske skall börja tänka på refrängen? Du ska ju åka hem i morgon och då är det nog skönt att vara utvilad."

Dolores höll med. På något ostadiga ben försökte hon resa sig och Martin var snabbt framme och hjälpte till.

"Då får jag tacka så hjärtligt för den här dagen. Det har
verkligen varit trevligt. Nu hoppas jag att du sover riktigt gott i
natt så väntar en härlig frukost när du vaknar."

Dolores kände sig inte helt bekväm med att bli så omhuldad
och uppassad.

"Jag kanske ska göra frukost i stället så får du sova ut?"

"Kommer inte på fråga. Nu är det du som är gäst."

Han omfamnade henne och gav henne en puss på kinden och
sa godnatt.

Dolores gick in till gästrummet, klädde av sig och stupade i
säng. Innan hon somnade hann hon tänka lite på dagen som
gått. Hennes farhågor att han kanske skulle försöka sig på
något opassande hade inte slagit in. Visst hade hon känt en
liten hårdhet mot magen som tillkännagav att han nog ville
annat än att sova när hon fick godnattkramen, men han visste
att uppföra sig den mannen, det var ett som var säkert. Mer
hann hon inte tänka innan hon föll i djup sömn.

***

Veronica satt vid köksbordet och läste tidningen när Dolores
kom in. Hon såg på henne uppifrån och ner.

"Du ser fräsch ut. Har du haft det bra?"

"Ja tack, mycket" Dolores rodnade vilket Veronica roat

noterade.

”Men Dollan! Nu får du allt berätta. Tror du inte jag fattar att du träffat en karl.”

Dolores satte sig ner med en suck. Det var väl inte så stor mening att förneka och försöka hemlighålla. Sanningen skulle snart komma fram i alla fall.

”Inte för att det angår dej, men så ligger det till. Jag har träffat en man i Dalarna.

”Jaså du, en Dalmas. Är han snygg då?”

Dolores visade tydligt med sitt kroppsspråk att hon inte uppskattade samtalsämnet.

”Han ser bra ut, är ordentlig och han delar min tro.”

”Du som är så religiös, hur tänkte du när du skulle sova över hos honom och ni inte träffats förr?”

”Vad skulle det vara för konstigt med det? Vi vet ju båda hur man ska uppföra sej.”

”Så då blev det inget ligga då?”

Dolores tyckte det var en konstig fråga. Hur kunde någon tro att man inte skulle sova.

”Det är klart att vi låg”

”Och det var till belåtenhet?”

”Ja, det var det. Sängen var väldigt skön.”

Veronica förstod att Dollan inte fattat vad hon menat och brydde sig inte om att utveckla resonemanget. Hon tyckte att det var roligt med de små språkförbistringar som ibland kunde uppstå och passade då på att ta tillfället i akt.

"Så bra! Då är det dags att börja jobba. Jag ska ha
middagsgäster i kväll. Vi blir fyra och en av dom äter inte kött."
"Vilka blir det?" Frågade Dolores.
"Det är Jörgen Bjure och Philippa Nordlund från Spargrisen
och en festfixare som jag inte kommer ihåg namnet på. Det är
Philippa som inte äter kött. Vi ska planera lite inför kickoffen."

***

Jörgen Bjure hade visserligen lovat att ordna med kickoffen
men någon festfixare var han sannerligen inte. Därför hade
Philippa kontaktat en veteran i branschen. Haldor Laxe, en
stor bullrig islänning med rött skägg som med framgång ordnat
fester till företag i stora delar av Europa.
Veronica hade aldrig träffat honom personligen men varit på
några tillställningar som han legat bakom.
Philippa Nordlund var Jörgen Bjures assistent och den som
oftast såg till att de beslut som fattades också genomfördes i
praktiken. Jörgen var en stjärna inom sitt gebit men utan
Philippa skulle hans idéer fått svårt att omsättas i praktisk
handling. Veronica hade länge haft ögonen på henne och såg
nu en möjlighet att få lära känna henne lite närmare.

Jörgen och Philippa kom på utsatt tid och efter en halvtimme
kom Haldor Laxe, utan ett ord till ursäkt för sin sena ankomst.
Veronica var inte sen att kommentera.

"Jaha, detta är Haldor förmodar jag? Vi skulle äta klockan åtta och nu får vi värma om maten. Var det besvärlig trafik?"

Haldor tog hennes hand och kysste den. Det var en gest som fick Veronica att tappa fattningen för ett ögonblick.

"Nej, inte alls. Det var hur lugnt som helst. Nu ska det smaka bra med något i kistan. Vad har du lagat åt oss Veronica?"

När hon såg hans spjuveraktiga uppsyn försvann genast hennes irritation.

"Hade jag lagat något så tror jag inte att det skulle falla er i smaken. Nej det är Dolores, min hushållerska som står för menyn och tillagningen. Vad det blir vet jag inte men om ni klagar finns risk för att hon spottar i efterrätten, så det är inget jag rekommenderar.

Haldor slog sig för knäna och skrattade så det ekade i matsalen. De övriga föll in även om Jörgen Bjure inte förstod vad som var så roligt.

Det blev en lyckad middag. Haldor var effektiv och inspirerande och spottade ur sig förslag på aktiviteter och meny för kickoffen. Jörgen tyckte att det lät lite väl kostsamt men blev i det närmaste överkörd av de övriga. Haldors intensiva energi smittade av sig på Veronica och Philippa, så när kaffet och avecen var urdrucken, var också planeringen i stort sett färdig. Kickoffen skulle äga rum om tre veckor.

****

Utanför festlokalen stod marschaller uppradade mot ingången och en röd matta hade rullats ut nedför entrétrappan. På båda sidor om porten stod två män klädda i gamla paraduniformer och hälsade gästerna välkomna. En efter en stannade taxibilar och släppte av de förväntansfulla anställda med sina respektive. På scenen gjorde sig Lisa Nilsson redo för sitt uppträdande. Med sig hade hon några välrenommerade musiker. I köket styrde stjärnkocken Melker Andersson sin personal med säker hand.

Det blev inget billigt kalas. Jörgen Bjure hade nästan fallit av stolen när han fått se kalkylen. Han hade genast ringt Veronica och bett henne avstyra det hela. Hon hade dock fått honom på andra tankar genom att påminna om boksluten för de senast gångna åren. Det var siffror som visade att notan var en fis i universum och näppeligen skulle göra något avtryck i årets resultat.

Det minglades med drinkar och snittar. Veronica försökte hinna med att hälsa på alla och när signalen att sätta sig till bords ljöd, var hon nästan i mål med den uppgiften.
Det knackade i mikrofonen och Haldor Laxe började tala.
”Jag vill å Veronica Stjernes vägnar, hälsa er alla hjärtligt välkomna. Jag hoppas att ni ska få en trevlig afton och att ni kommer att minnas den här kvällen med glädje. Jag hoppas att den ska inspirera er till nya stordåd inom ert arbete.”

Haldor fortsatte sitt tal en lång stund. Han gjorde komiska utsvävningar som fick gästerna att vika sig av skratt. Haldor avslutade med en känslofull men positiv berättelse om kamratskap och arbetsglädje som inte lämnade något öga torrt. Veronica knöt händerna under bordet av belåtenhet. Den mannen var värd sin vikt i guld.

Efter Haldors tal, gick Jörgen Bjure fram till mikrofonen. Han hade tidigt insett att det noga inövade anförandet skulle göra sig något spartanskt i jämförelse med det Haldor hållit. Så han nöjde sig med att även han hälsa välkommen och sedan ge lite beröm till de anställda för de goda resultaten.

Snart kom servitörerna in med brickorna. Det var som en nobelfest i miniformat. Som förrätt serverades vit sparris med hollandaisesås och vitlöksfrästa kroketter. Huvudrätten bestod av helstekt fasan och för de som inte åt kött, serverades smörstekt havskatt. Det fanns också vegetariska alternativ. Vinet som hälldes upp var av högsta kvalitet och även om de flesta inte var några vinkännare, var det mycket uppskattat.

Sorlet tystnade och snart var det mest ljudet av bestick och slamrande glas som hördes. Gästerna njöt i fulla drag. Lagom till efterrätten, började Lisa Nilsson med musiker att underhålla.

Gästerna hade haft stora förväntningar för kvällen, men denna storslagenhet var det ingen som hade väntat sig. Man pratade överallt om hur fantastiskt det var.

I takt med att glasen blev tömda, steg stämningen och lagom till kaffet började tonerna till Himlen runt hörnet att ljuda. Sorlet tystnade och Lisa Nilssons ljuva stämma fyllde rummet. Med den fantastiska akustiken kändes det nästan som om hon sjöng till var och en som satt där.

Applåderna som följde var som ett störtregn mot plåttak. Efter några inropade extranummer tackade Lisa för sig och man började plocka ihop sin utrustning samtidigt som dansbandet gjorde entré.

Borden dukades snabbt av och möblemanget flyttades åt sidan. Det blev ett väldigt springande på folk som skulle på toaletten eller ut och röka.

Den rutinerade dansorkestern hade snabbt fått sin utrustning på plats och snart slog de in takten till den första låten. En lång och gänglig ung man sprang runt och mixtrade med belysningen och snart började discolampor och färgade strålkastare att skapa en intim stämning. Det dröjde inte länge innan de första paren gjorde entré på dansgolvet och började röra sig rytmiskt till musiken.

Fler fyllde på och när bandet började spela en bugglåt, var golvet fyllt av glada människor.

Veronica spanade runt och snart fick hon syn på honom där han satt i samspråk med någon hon inte kände igen. Philip Ahrén, den falska jäveln. Nu skulle han få en resa han sent skulle glömma. Hon gick fram till honom.

"Hej Philip! Har du trevligt?"

Philip såg upp och när han fick se vem som tilltalat honom, sken han upp som en sol.

"Tack mycket! Vi pratade just om hur proffsigt det hela var ordnat. Det hade vi absolut inte förväntat oss."

"Det ska du nog tacka Philippa Nordlund och Haldor Laxe för. Det är till största delen deras förtjänst. Förresten, jag har inte sett dej på dansgolvet."

"Nej, men kvällen är väl inte slut ännu? Jag har nog tänkt att ta en svängom snart."

"Då kanske man får passa på att tigga till sig en dans nu när man står först i kön?"

Philip reste sig. Det här var oväntat men kul.

"Det ska bli ett nöje. Ha inte för stora förhoppningar om min förmåga bara."

Philip tog tag runt Veronicas arm och förde henne mot dansgolvet. Bandet hade just börjat spela en tryckare.

Efter en något stel inledning började deras koreografi att synkroniseras och efter några danser kändes de ganska samspelta. Philip hade förväntat sig att de som brukligt skulle avsluta efter två danser, men Veronica hade inte visat något som tydde på detta. Det var omväxlande lugna och snabba låtar och just under de lugna låtarna började Philip tänka på att det här kändes som om det skulle kunna bli en fortsättning senare. Han tryckte sig lite extra hårt mot Veronica för att känna av hur hon reagerade och han blev inte alls besviken på hennes reaktion. Det här verkade ju lovande. Förutom det trevliga som eventuellt väntade, kunde det också ha en positiv inverkan på hans karriär. Påpassligt nog hade han bokat hotellrum då han bodde några mil från stan. Dessutom var han singel. Philip var förväntansfull.

Till tonerna av "When a man loves a woman" tryckte Veronica sin kind mot hans och viskade:

"Vad bra du dansar. Du är ju som den värsta Patric Swayze i "Dirty Dancing.""

"Det är nog att ta i. Men du själv dansar fantastiskt."

"Ja, även ett luder kan dansa."

Philip tittade upp och undrade om han hört rätt.

"Vad sa du?"

"Jag sa att även ett luder kan dansa. Var det inte så du kallade mig den gången då vi skulle besikta utbyggnaden?"

Philip såg helt frågande ut.

"Men vad snackar du om? Nu förstår jag inte vad du menar."

Philips förut så belåtna ansiktsuttryck började skifta till ett mer oroligt.

Veronica log inombords. Hon drog tillbaka ansiktet från hans kind och tittade honom i ögonen.

"Ett korkat luder som knullat sig till det hon har. Vad var det mer du sa? Hmm... Ett stycke mört kött som skulle duga att rasta sig på. Lite för gammal, men efter några groggar så. Var det inte så du uttryckte dej?"

Philip såg plötsligt sitt välbetalda jobb och lovande karriär, segla bort på ett moln. Han mindes mycket väl vad han sagt, men hur i helvete hade människan fått reda på det? Den jäveln! Han måste ha skvallrat eller också var kontoret avlyssnat.

Efter att noga ha övervägt hur han skulle tackla situationen, insåg Philip att loppet var kört och att eventuella bortförklaringar och ursäkter bara skulle bli förnedrande.

"Tja vad ska jag säga? Det var bara manlig jargong ett uttryck för min ibland råa humor. Det var ju inget jag menade bokstavligen fattar du väl."

"Jo, jag förstår det. Men den typen av jargong och humor passar inte in bland mina anställda och jag hoppas att du förstår vad det innebär för din del."

Philip suckade tungt.

"Ja, det gör jag, men jag vill bara säga att jag tycker det var jävligt lågt av Bertil att skvallra. Fy fan, säger jag."

"Jaså, det är Bertil han heter? Nej, han har inte skvallrat. Jag hörde det med egna öron när jag satt på skithuset intill ditt kontor. Jag hörde varje ord ni sa. Så Bertil ska du nog inte anklaga. Däremot ska jag ta ett litet snack med honom också innan kvällen är slut. Tack för dansen förresten."

Philip och Veronica lämnade dansgolvet och gick åt varsitt håll.
Veronica gick till baren och Philip hämtade ut sin rock i
garderoben.

Efter att ha druckit upp sin gin & tonic, gick hon runt och
hörde sig för vem denna Bertil kunde vara. Till slut hade hon
ringat in honom. Bertil Eriksson på avdelningen för utländska
placeringar. Han satt i ivrigt samspråk med en kvinnlig
administratör. Veronica gick fram till de båda.
"Hej! Bertil Eriksson förmodar jag?"
Bertil reste sig och tog i hand.
"Stämmer bra det. Vi har redan hälsat en gång i dag, men det
gör inget. Bara trevligt att få hälsa igen."
Veronica tittade på administratören och frågade om hon fick
låna hennes sällskap för en kort stund. Hon nickade och reste
sig från stolen. Veronica intog hennes plats och visade Bertil
att han skulle slå sig ner.
"Jo, jag ville bara tala om för dig att jag just avskedat din
arbetskamrat Philip Ahrén för att han uttalat sig mycket
nedlåtande och kränkande om mej. Det är något som jag
absolut inte tolererar. Nu vill jag höra vad du har att säga till
ditt försvar då du var närvarande när han fällde dessa
uttalanden och som du uppenbarligen tyckte var mycket
roliga."
Bertil stelnade till och grävde febrilt i sitt minne för att försöka
hitta det hon talade om.

”Jag är ledsen Veronica, men jag kopplar inte riktigt. Vad är det jag har gjort?”

”Jo, om du drar dig till minnes dagen då vi besiktade vår utbyggnad och du var inne på Philips kontor och frågade om han träffat mej och hur jag var. Minns du det?”

Tjugofemöringen ramlade ner och Bertil mindes tydligt Philips nedlåtande och raljerande beskrivning av Veronica Stjerne.

”Ja, nu minns jag. Han hade en liten utläggning där.”

”Just det och du tyckte det var fantastiskt roligt. För det var väl ditt skratt jag hörde?”

”Det var det. Men hur i helvete har du fått reda på det här? Avlyssnar du kontoren?”

”Nej verkligen inte, men jag var på toa strax intill och hörde allt. Nu är jag mycket nyfiken på vad du har att säga till ditt försvar. Blir jag nöjd med ditt svar får du stanna. Annars behöver du inte komma tillbaka på måndag.”

Bertil blev helt tyst och började leta efter ord. Han hade nyligen köpt ett allt för dyrt hus till sig och sin familj och kalkylen byggde på hans höga lön som han svårligen skulle kunna få på något annat ställe.

”Du, det ska du veta! Jag tänker inte be om ursäkt för att jag skrattade åt en skämt, om än så plumpt. Hur fan tror du att du kan komma här och hota mej för en sån sak. Har du ingen som helst insikt hur jargongen brukar vara mellan karlar när de tror att ingen hör dem? Rå humor, har du hört talas om det? Det är väl inte i Nordkorea vi jobbar. Ska det vara så här lågt i tak, då vill inte jag jobba här."

Bertil var upprörd och röd i ansiktet. Veronica som förväntat sig en något smörigare avbön, blev nöjd med vad hon hörde. Ärligt och rakryggat. Så ville hon ha sin personal. Hon reste sig hastigt.

"Då så! Bra svar. Lycka till i fortsättningen."

Sista dansen tog Veronica med Haldor Laxe. Hon berömde honom för hans väl genomförda uppdrag och försäkrade honom om att han gärna fick ange henne som referens om det skulle behövas. Haldor skrockade och log.

"Tack för de orden. Hoppas att du är lika välvilligt inställd när fakturan kommer."

Kapitel 4

Efter flera intensiva arbetsveckor fick Veronica äntligen några dagar då hon kunde vara ledig. I början av sin karriär hade hon haft svårt att helt och hållet koppla bort jobbet, men med tiden hade hon börjat inse att det var något som var alldeles nödvändigt. Hon hade sett flera vänner och kollegor som bokstavligen jobbat ihjäl sig och det var inte en väg som hon tänkte gå. Det var enkelt att koppla av med alkohol, men konsekvenserna var inte alltid så positiva. Nu för tiden var det nästan bara vid middagar och fester som hon drack alkohol. Efter att hon med Georg Sandbergs hjälp börjat sin resa i det undermedvetna, hade hon funnit nya metoder att slappna av och komma till ro. Det var efter att hon blivit hypnotiserad som hon kunde känna den fullständiga harmonin mellan kropp och själ. Nu var det några dagar som hon bara skulle tänka på sig själv och den här gången kändes det som om hon skulle klara av det på egen hand.

Det var inga problem med att sova länge på mornarna. Trots att hon oftast steg upp före klockan sex, kunde det bli både efter nio och tio de dagar då hon kunde. Det var så skönt att kunna bestämma själv. Under äktenskapet med Knut Stjerne hade hon trots stor envishet inte lyckats förmå honom att ta det lite lugnt om mornarna. Han var en friskus av guds nåde och envisades intill vansinne att de varje morgon skulle ta en

rask promenad runt deras marker. I början hade det känts
sunt och friskt, men då det aldrig blev något avbrott i den
vanan började det snart bli något enformigt. Några gånger hade
hon vägrat men det resulterade bara i att hon blev häcklad för
sina dåliga vanor. Det ändlösa tjat hon utsattes för gjorde att
hon fortsättningsvis gick med på detta trots att hon börjat
avsky de långtråkiga promenaderna.
Knut Stjerne dog i hjärtinfarkt strax efter att han fyllt sextio.
Det tog Veronica som kvitto på att detta med sund livsföring
och dagliga promenader alls inte var något att eftersträva om
man ville ha ett långt och behagligt liv. Efter Knuts död hade
hon på sin höjd gått efter posten. I stället hade hon börjat
cykla. Det var bra mycket roligare och hon gjorde det bara när
hon hade lust, vilket inte var särskilt ofta.

Veronica vaknade av att det slamrade i köket. Hon slängde en
irriterad blick på klockan som visade halv tio. Det var ganska
mörkt ute så hon hade först trott att det var mycket tidigare,
men det var det grådaskiga vädret som skymde ljuset. Hon
sparkade av sig täcket och sträckte ut sin kropp med ett
ljudligt stön. Det kurrade lite i magen då hon känd doften av
nybakt bröd. Dollan hade visst bakat och då var det alltid extra
mysigt att äta frukost. Hon klev upp ur sängen och drog på sig
sina mysbyxor, kanintofflor och en joggingtröja innan hon
släntrade ut i köket.

”God morgon Dollan! Jag känner doften av nybakat. Det ska bli riktigt gott.”

Dolores snörpte lite på munnen. Hon tyckte att det var synnerligen olämpligt att ligga så länge och äta frukost när det snart skulle bli lunch.

”Jaså, frun har vaknat nu? Ja, då är ni väl riktigt utvilad får vi hoppas.”

”Men snälla Dollan, kan du inte sluta att kalla mej frun och hålla på och nia mig och sånt trams. Hur många gånger ska jag behöva säga det? Hur många år har du varit här nu?”

Dolores tänkte efter.

”Det är väl mer än fyra år. Snart fem tror jag.”

”Ja, nästan fem år. Du kan säga åt mej att det luktar skit på toaletten och du kan be mej dra åt helvete när du tycker jag är dryg, men du envisas med att nia mig. Hur kommer det sig?”

”Nej, inte säger jag att ni ska dra åt.... ja du vet. Sådana ord tar jag inte i min mun.”

”Nej, kanske inte bokstavligt, men du menar samma sak.”

”Ja, det är som det är.”

Dolores hällde upp kaffe och ställde fram två skivor nybakt bröd som fortfarande var varma. Veronica njöt av varje tugga. Hon bläddrade lite i morgontidningen och stannade till vid en artikel om en fastighetsaffär som gått av stapeln. Sen kom hon på sig själv och slog hastigt igen tidningen. Hon var ju ledig.

”Hur går det med kärleken då? Ska ni träffas igen, du och den där dalmasen?”

Dolores hade ingen lust att prata så mycket om sitt privatliv men av artighet så svarade hon.

"Ja, det ska vi alldeles säkert, men det får bli när det blir." Veronica hörde på hennes tonfall att hon inte var så bekväm med att prata om det ämnet så hon lät bli att komma med någon följdfråga.

Efter frukosten tog hon ett hastigt dopp i inomhusbassängen innan hon duschade och klädde sig för dagens aktiviteter. Hon hade bestämt sig för att cykla till kyrkogården och titta till mammans grav. Det blev inte särskilt ofta men hon hade inget dåligt samvete för det. Trots att hon var inbiten ateist var det alltid något fridfullt med att strosa runt bland gravarna och läsa texten på gravstenarna. Det blev som en resa tillbaka i tiden och hon kunde nästan känna historiens vingslag när hon läste på någon mycket gammal gravsten.

Mamma Gunhild hade avlidit för femton år sedan i sviterna av en kraftig lunginflammation. De hade aldrig stått varandra särskilt nära, Veronica och Gunhild. Vad det kunde bero på hade hon ofta funderat över, men det är kanske så enkelt att det inte alltid måste vara så, att mor och dotter alltid är så tajta. Men den främsta orsaken var nog att Gunhild aldrig ville acceptera att Karin tagit livet av sig. Hon hade aldrig velat prata om det och det var nästan som om Karin aldrig existerat. Veronica tyckte det var konstigt och att det var lönlöst att ens ta upp saken. En annan orsak var nog att Gunhild sällan försvarade barnen när Valter kom hem onykter och betedde sig illa.

Ibland hade Veronica försökt att minnas hur förhållandet var när hon var mycket liten, men de första minnesbilderna framträdde först sedan hon börjat skolan. Det var något som hon var nyfiken på och skulle ta upp med Georg. De hade haft många sessioner hittills men aldrig berört förhållandet med Gunhild under den tiden.

Valters grav låg en bit bort från Gunhilds. Prästen hade insisterat på att de skulle ligga bredvid varandra men det hade Veronica motsatt sig. Nu när Gunhild hade varit fri från den där jäveln så länge, skulle hon väl inte behöva dras med honom nu när hon var död. Inte för att Veronica trodde på ett liv efter döden, men det skulle ändå inte kännas rätt.

Valter hade dött av skrumplever när Veronica var sexton och det var det bästa som kunnat hända. Inget mer skrik och gap när man skulle sova och inget mera tafsande och anspelningar på sex. Hon hade aldrig varit vid hans grav och hade inte för avsikt att någonsin gå dit.

De tunga molnen började sakta skingras och en solstrimma letade sig mödosamt fram genom den gråa massan och gjorde det lite ljusare. Veronica ställde sig på knä och rättade till den torra kransen som kyrkvaktmästaren vid något tillfälle lagt dit.

Det kändes inget sorgligt att vara där. Var än Gunhild befann sig nu så hade hon det förmodligen bättre än hon haft det då hon levde. Tänk att leva ett helt liv utan att skratta. Det måste vara hemskt. Veronica försökte minnas om hon någonsin sett Gunhild glad, men hon kunde inte komma på ett enda tillfälle.

När hon var färdig vid graven strosade hon runt som hon brukade. Vid vissa gravar stannade hon till och läste på stenarna trots att hon gjort det flera gånger förr. Men det var något som fascinerade med vissa inskriptioner. Om det var utformningen eller det som stod, visste hon inte men något var det. Några namn kände hon igen och det fanns flera som varit betydligt mycket yngre än hon när de dött. Veronica tänkte inte så mycket på döden. Hon var inte rädd för den och med den uppfattningen att det bara skulle vara som att somna, verkade det inte särskilt skrämmande. Hon hade varit nära några gånger då hon var som mest nergången i narkotikaberoende, men det hade alltid ordnat sig. Hon hade varit stark och haft god fysik trots år av gravt missbruk och det var nog det som räddat henne.

Hon brukade ibland tänka tillbaka på sin ungdom och sin missbrukstid. Det var inte enbart tunga minnen. Det kunde rentav roa henne att återuppleva händelser som etsat sig fast. Stunder av fest och vilda äventyr som hon kanske inte kände sig särskilt stolt över men som nu i efterhand kändes så långt borta att man kunde skratta åt det. Kanske var det så att hon förträngde det svåra? Men vissa saker gick inte att förtränga.

***

Hon mindes hur det hela hade börjat. Hon kom till och med ihåg årtalet, 1972. Hon var femton år och hade precis sett filmen "Den sista färden" som gick på bio. Det var ett litet gäng bestående av Veronica och två andra tjejer samt två killar de nyligen träffat. Efter bion strosade de runt lite på stan och sedan satte de sig i stadsparken. En av killarna tände en cigarett. Veronica mindes mycket väl den konstiga och lite sötaktiga doften som inte alls luktade som vanlig tobak. Killen lät cigaretten gå runt och i samma ögonblick Veronica drog ett halsbloss, kände hon genast att det här var något bra. Hon blev lugn och glad och på samma gång lite fnittrig. De rökte flera cigaretter och snart var stämningen rent av hysterisk av skratt och tokiga infall. Så mycket mer av den kvällen mindes hon inte, förutom att de gått hem till en av tjejerna som var ensam hemma och där fortsatt att röka.

Det var inkörsporten till en tillvaro av ömsom sköna glada stunder och stunder av förnedring och självförakt.

Hon hade blivit tillsammans med en av killarna och de började så småningom att ta lite tyngre droger när effekten av brajan inte längre gav samma kick. Sen hade det eskalerat mer och mer och innan hon fyllt sexton var hon en fullt utvecklad amfetaminmissbrukare.

Veronica var duktig på att hitta på historier, så hemma anade de inget och skolarbetet gick hyfsat. När man knaprade amfetamin behövde man inte sova så mycket. Dagarna blev längre så det fanns även tid till att plugga.

Hon tog examen från tvåårigt handelsgymnasium med bra betyg och fick genast sommarjobb på en byggfirma som hennes killes pappa ägde. Där blev hon kvar i nästan två år tills förhållandet tog slut. Även om mycket av lönen gick åt till droger, så kunde hon spara en slant och hon bodde fortfarande kvar hos mamman. Att hon var arbetslös, bekymrade henne inte så mycket. Hon levde för dagen och trivdes med det. Vändpunkten kom när hon träffade Anders. Han var femton år äldre och hade rykte om sig att vara kriminell. Anders hade en utstrålning som var magisk. Han bar alltid skinnjacka och hade mörk skäggstubb. Alla i hans omgivning verkade ha respekt för honom och Veronica kände sig trygg i hans sällskap.

Till en början hade han varit ganska kärleksfull och omtänksam. Även om han kunde vara hårdhänt och krävande när de hade sex, så var han alltid snäll efteråt. Veronica var upp över öronen förälskad. Anders berättade aldrig hur han försörjde sig, men Veronica förstod ganska tidigt att ryktet om hans kriminalitet var sant.

Efter bara några veckor tillsammans, flyttade Veronica, trots moderns protester in i hans tvåa.

Efter en kort tid började han förändras. Han blev stingslig och propsade på att de skulle ha sex på ett sätt som Veronica inte var särskilt förtjust i. Efteråt hade han inte alls varit lika lugn och snäll som han brukade. Veronica hoppades att hans dåliga humör snart skulle gå över och att allt skulle bli som förut igen. Men så skedde inte. I stället eskalerade det, vilket fick till följd att Veronica började missbruka allt hårdare. Flera gånger försökte hon lämna honom men det slutade alltid med att hon fick stryk. Efter varje misshandel försonades de, men det varade bara i några dagar. Sen blev det samma visa igen.

En kväll hade Anders kommit hem med två män som hon aldrig sett förut. De var märkbart berusade och verkade hemlighetsfulla på något sätt. Efter en stund tog Anders med sig Veronica ut i köket och stängde dörren. Han kramade henne och strök henne ömt över kinden.

"Du lilla hjärtat. Nu är det så här förstår du, att dom här killarna är några mycket viktiga kontakter för min affärsverksamhet och jag har lovat dom att du ska vara lite snäll i kväll."

Veronica såg förvånat på honom.

"Men jag är väl alltid snäll? Vad menar du?"

"Jo, men just i kväll ska du vara alldeles extra snäll och göra precis som du blir tillsagd."

Veronica förstod först inte vad han menade, men snart gick det upp för henne.

"Va fan! Är du inte riktigt klok. Menar du att jag ska ligga med dom? Är du helt jävla dum i huvudet?"

Anders såg allvarligt på henne och tog ett stadigt grepp runt hennes hals.

”Fatta att det här är viktigt för mej. Du måste göra som jag säger. Det kommer vi att ha nytta av senare.”

Han lossade sitt grepp, kramade henne igen och viskade i hennes öra.

”Snälla du, hjälp mej med det här. Du kommer inte att ångra det.”

Tårarna rann ner för hennes kinder. Den här killen som hon älskade, var just på väg att sälja henne till två okända män. Var det här kärlek, då trodde hon inte på den mer.

”Aldrig i livet! Du måste vara helt vrickad. Hur kan du tro att jag skulle göra något sådant?”

Hon hann inte prata klart förrän ett slag träffade hennes kind, så kraftigt att hon föll omkull. Anders sparkade henne i magen så att hon tappade andan. När hon såg upp på hans ansikte, lyste vansinnet och hon förstod att det bara var att lyda. Det fanns ingen annan utväg om hon skulle klara sig utan att bli alvarligt skadad.

Den kvällen blev ett helvete. Hon förnedrades under flera timmar på det mest vidriga sätt och när de var klara var hon nästan medvetslös.

När hon vaknade tidigt nästa morgon, bestämde hon sig snabbt. Trots att hon hade så ont att hon nästan inte kunde gå, plockade hon ihop sina saker i en resväska. Hon brydde sig inte om att se efter om hon var ensam hemma, men det måste hon ha varit för ingen kom och hindrade henne.

***

Veronica stannade till vid en gravplats där endast en liten
fyrkant av sand vittnade om att någon varit där och pysslat.
Där fanns inget ogräs men ränder efter en kratta. På den
oansenliga gravstenen stod det: Anders Larsson ☆12.4 – 1942
† 4.11-1999. Hon hostade upp en snorlobba som hon spottade
ut på stenen innan hon gick vidare.

***

Årsbokslut och budgetar. Den här tiden på året var den värsta
tyckte Veronica. Varför skulle man avlöna en massa experter
för dyra pengar, när man ändå fick lägga ner så mycket tid
själv?
För fastighetsbolagets del var hon dock intresserad. Revisorn
som var en gammal god vän och en mycket behaglig person,
skötte det mesta själv och hon kunde utan allt för mycket
ansträngning ta del av hur det gick och hur framtiden såg ut.
Värre var det med SSC. Det var ett evinnerligt resande mellan
kontor i olika länder. Möten och föredrag dagarna i ända.
Gubbar i kostym som svansade runt och gjorde sig till. Numer
var det i alla fall inga som behandlade henne nedlåtande. Av de
som en gång gjort det, fanns inga kvar på någon viktig position

i företaget.

När hon på sitt första styrelsemöte strax efter Erics död skulle överta rollen som ordförande, hade det varit ett annat ljud i skällan. Det var idel bistra äldre män i kostym och slips som stirrade på henne med misstänksamhet och skepsis. Hon förstod mycket väl vad de tänkte och att de helst såg att hon skulle sälja fortast möjligt.

Hon hade nyss fyllt femtio och bara några dagar innan, hade hon jordfäst sin man. Visserligen var hon ingen duvunge längre. Hon hade drivit eget företag i mer än tjugo år och sett det växa till ett av landets ledande fastighetsbolag. Men i SSC hade hon inte engagerat sig. Det var planerat att hon skulle sätta sig in i verksamheten och sedan sakta ta över när Eric gått i pension. Men ödet ville annorlunda då Eric fick cancer och avled, efter en kort tids sjukdom.

Det var en främmande värld. Mycket när det gällde affärstermer och ekonomi kände hon igen, men det här med etikett och företagskultur i den här divisionen, var som att komma till en annan planet. I hennes eget fastighetsbolag var det högt i tak och inte så noga med att dagordningen följds till punkt och pricka. Det kunde rentav vara riktigt roligt på styrelsemötena. Det berodde nog mycket på att bolaget inte var aktienoterat och att hon hade valt ut sina medarbetare själv. I SSC var det något helt annat. Det var som att komma in till en sorgemässa där ett skratt ansågs vara ett svårt etikettsbrott.

Det var lite bättre nu. Eller mycket bättre skulle man kunna säga. De flesta gamla uvar var utbytta. De som nu satt i olika styrelser skulle inte komma på tanken att ignorera de synpunkter som Veronica förde fram. Det hade varit en lång och mödosam resa dit och inte alltid så lätt alla gånger.

Det första mötet hade varit dramatiskt. Veronica kom dit med stort självförtroende och hade för avsikt att ge ett gott och positivt intryck. Det första hon fick höra när hon blev mottagen av Vd:n, var att det inte var kutym att komma till ett styrelsemöte i jeans. Det var något hon inte tänkt på. Vid möten på Vånkan Fastigheter gick de flesta enkelt klädda och det var sällan någon hade klätt upp sig, såvida de inte skulle på något kundmöte eller finare middag efteråt. Veronika blev lite ställd men försökte skoja bort det.
”Vadå! Ska vi på fest sen eller?”
Vd:n verkade inte särskilt road och påpekade att Eric Garbenius troligen skulle vända sig i sin grav om han visste att hans efterträdare kom slafsigt klädd till sitt första möte.
”Här inne sitter hela styrelsen och alla andra i ledande position för det svenska bolaget. Det sitter även representanter från London och Berlin. Jag tror att dom skulle få en något skev bild av sin ägare om du kommer in klädd sådär.”
Vd:n tittade med avsmak uppifrån och ner på Veronica som nu börjat bli lite smått irriterad.

”Ja kära du, vad du nu heter. Det hade kanske varit på sin plats med en kondoleans i stället för ett påpekande om min klädsel. Vad Eric har för tankar där han nu ligger, ska du nog inte spekulera i. Nu går vi in och du presenterar mej så får vi se vad det landar i. Förresten så har du en fläck på slipsen. Har du sett det?”

Vd:n tappade hakan och tittade förskräckt ner på sin slips.

”Skojade bara. Du är så prydlig så. Jag får väl ursäkta mej med att jag är så upptagen att jag inte hann byta om.”

Den stora ekdörren in till styrelserummet knarrade lite när den öppnade sig. Det var inte första gången Veronica var där men förut hade det varit tillsammans med Eric och då i mindre sällskap.

De allvarliga herrarna såg på henne och hon kunde nästan höra deras tankar. Man kunde höra en nål falla, så tyst var det. Veronica ställde sig vid ägarplatsen.

”God middag mina herrar och välkomna. Jag har precis avslutat en informell lunch med Kronprinsessan och prins Daniel” ljög hon ”så jag har inte haft möjlighet att hinna till hotellet och byta om. Jag hoppas att ni ursäktar mej för detta. För de jag inte träffat förut så heter jag Veronica Garbenius och är den som nu ska ta över rodret efter min käre make Eric som så hastigt lämnat oss.”

Veronica gick runt det ovala bordet och hälsade på alla. De flesta reste sig artigt och beklagade sorgen. De utländska representanterna satt vid ena kortändan och hade av naturliga skäl inte förstått något, men när hon kom fram till dem så återgav hon på flytande engelska vad hon sagt och inviterade dem till enskilda samtal när det ordinarie mötet var över.

Mötet flöt på över förväntan och ledamöterna redogjorde var och en för sina ansvarsområden. Hur läget såg ut i dag och hur de såg på framtiden. Efter att ordet gått runt och stämningen lättat något, kom snart frågan till Veronica, hur hon såg på framtiden och vad hon hade för planer. Att hon skulle sälja var de flesta tämligen övertygade om, och de hade även förberett så pass mycket att det fanns färdiga kontrakt att underteckna. När Veronica deklarerade att hon hade för avsikt att ta vid där Eric slutat, var det som att dra ner en rullgardin och stämningen förtätades. Ledamöterna såg oroligt på varandra och började vrida sig nervöst i sina stolar. Den äldste och mest erfarne av herrarna, Hans Hellgren tog till orda.

"Kära Veronica. Det är glädjande att du vill engagera dig och vill fortsätta på den inslagna vägen som vår broder Eric så framgångsrikt stakat ut. Men du måste förstå att vi hyser vissa farhågor huruvida du klarar av det ansvar och den press som det innebär. Inte för att vi på något vis tvivlar på din förmåga och kunnande. Tvärt om, vi känner mycket väl till dina övriga åtaganden. Men det är just detta med att leda en koncern som verkar globalt. Det är mycket omfattande och kommer att kräva en stor del av din tid."

Veronica lyssnade utan att röra en min. Hon studerade

minspelet på herrarna runt bordet. Hellgren fortsatte.

"Vi i styrelsen har tagit ett gemensamt beslut att under dom omständigheter som nu råder och du inte har för avsikt att sälja, då föreslå en ny styrelseordförande. Som majoritetsägare har du naturligtvis sista ordet, men betänk att du i och med detta, kan dra dig tillbaka och njuta frukterna av vår framgång och med ännu större engagemang kunna ägna dig åt ditt fastighetsbolag som vi vet ligger dig så varmt om hjärtat."

Hans Hellgren hade noga tänkt ut hur han skulle framföra sitt budskap. De hade diskuterat det ingående i styrelsen och alla var tämligen överens om att om Veronica Garbenius skulle fatta rodret så fanns risk för att det skulle kunna gå illa.

Veronica hade räknat med att något i den här stilen skulle ske. Hon och Eric hade pratat en del om detta, så det kom alls inte som någon överraskning. Hon tittade oberörd på männen.

"Om ni nu hyser sådan stor tilltro till min kompetens, vad får er då att tvivla på att jag inte skulle räcka till? Har det något att göra med att jag är kvinna? För det är väl inte enbart med omsorg att det skulle vara ansträngande som ni föreslår detta?"

Det blev åter igen knäpptyst i rummet. De utländska representanterna såg med stigande intresse och nyfikenhet på sina svenska kollegor. Att det låg dramatik i luften gick inte att ta miste på, trots att de inte förstod vad som sades.

Männen vred sig i stolarna och klapprade nervöst med fingertoppar i bordet. Några snurrade pennor medan andra rättade till glasögon eller kliade sig i håret. Hans Hellgren verkade dock oberörd.

"Nej något sådant får du inte tro, absolut inte. Men om jag får tala klarspråk så är det väl snarare så att vi är lite oroliga för vår framtoning och för hur omvärlden ska uppfatta oss. Du är ju ganska omskriven som du väl känner till och det har väl inte alltid varit i dom mest positiva ordalag. Så försök förstå vårt dilemma."

Veronica tittade skarpt på Hans Hellgren.

"Så du menar att det är för jag en gång var narkoman som ni tvivlar? Det är snart trettio år sedan jag slutade och ska vi haka upp oss på gamla ungdomssynder så bör ni nog tänka er för så ni inte kastar sten i glashus. Du sa inledningsvis att det var glädjande att jag ville engagera mig och fortsätta på den utstakade vägen. Engagera mej tänker jag göra, men ingalunda följa någon utstakad väg. Här ska bli förändringar, det kan ni räkna med. Förändringar som ligger i tiden och som är alldeles nödvändiga om vi ska fortsätta att ligga i framkant. Till att börja med så ska vi göra oss av med en del fördomar och gamla mönster som hämmar oss. Det är något ni får i hemläxa tills nästa möte. Ta en ordentlig funderare på hur ni tänkte inför detta möte och hur ni tänkte efteråt. Det ska bli intressant att höra era reflektioner om detta."

Några av ledamöterna såg ut som om de var nära att spricka av ilska medan andra verkade uppenbart roade av vad som sagts. Veronica noterade reaktionerna och lade det på minnet. Hon avslutade mötet och tog med sig de utländska representanterna för enskilda samtal.

Det blev förändringar precis som Veronica utlovat. Strukturer och gamla mönster fick ge vika för nya idéer och en modernare företagskultur. Det var ingalunda något som inverkat negativt. Tvärt om så utvecklades bolaget och var nu så framgångsrikt och känt att det tjänade som förebild och norm i hela affärsvärlden.

Efter det beryktade första styrelsemötet var det flera som självmant ställt sina platser till förfogande medan andra motvilligt försökt att rätta sig i ledet. Veronica hade farit hårt fram och hennes rykte som beslutsam och skoningslös ledare hade vida spritts till de yttersta delarna av företagets grenverk. Det var få som vågade ifrågasätta henne och de som gjorde det utan tillräcklig substans, blev inte långvariga i företaget. De som däremot hade bra argument och trovärdiga förklaringar, bemöttes oftast med respekt och gillande.
Den grupp av människor som nu ledde företaget var noga utvalda och lojala intill döden. Veronica behövde inte bry sig särskilt mycket utom vid den här tiden då det var bokslut och budgetar.

Kapitel 5

Det nalkades jul och Veronica planerade att som vanligt tillbringa den i ensamhet i våningen på Malta. Våningen hade hon haft i många år och det var det första hon investerat i efter några lyckade fastighetsaffärer i början av sin karriär. Det var nästan bara på julen hon var där. Ingen av de män hon haft, hade någonsin varit där och det var lite det som var meningen. Även en kvinna kan ibland behöva en grotta att gömma sig i och reflektera över sitt liv. Hennes två första män hade tyckt att det var ett mycket underligt beteende och det hade varit orsak till många konflikter. Den senaste, Knut Stjerne hade däremot tyckt att det var en god idé och anammat den genom att själv skaffa sig en stuga på Lofoten där han kunde få lite egen tid.

Veronica mindes sin barndoms jular som något hon helst velat vara utan. Ständiga bråk och fylla. De hade inte behövt någon julgran hemma då mamma Gunhild var pyntad med blåmärken och blemmor i regnbågens alla färger. Pappa Valter var full från julaftons morgon till annandags kväll. Veronica ville inte tänka på hur det varit. Visserligen mindes hon inte så mycket men det hon kom ihåg var svart och smärtsamt.

Julen 1973 var sista gången hon firade hemma. Hon var sexton år och fullfjädrad amfetaminmissbrukare. Det började som vanligt med att Valter blandade till en julgrogg som han kallade det. Tre fjärdedelar Renat och en fjärdedel Trocadero. Gunhild stökade i köket och gjorde sitt bästa för att få till lite julstämning medan Valter satt vid köksbordet och skrävlade. Veronica som åt frukost, bara väntade på att det skulle braka loss och det skulle inte dröja länge. När Gunhild råkade stöta till grogglaset när hon torkade bordet, small det första gången. "Förbannade jävla kärring! Ska du spilla ut julspriten" skrek Valter samtidigt som han gav henne en rungande örfil. Gunhild vacklade till och skyndade sig att torka upp och hälla på nytt. Veronica reagerade inte så mycket. Hon fortsatte att äta sin smörgås samtidigt som hon bläddrade i en "Året Runt". Vid det här laget var hon van. Tydligen hade inte Valter fått ur sig alla aggressioner. Han reste sig och gick fram till Gunhild och gav henne ytterligare ett hårt slag.

"Det här kanske kan lära dej att ta det försiktigt i fortsättningen när du torkar," skrek Valter och satte sig igen. Den här gången tog det så illa att Gunhild föll och slog huvudet i spisen. Hon reste sig sakta utan ett ljud av klagan och kvar på golvet fanns en blodpöl som vittnade om att hon gjort sig riktigt illa. Valter reagerade inte men Veronica sprang fram och hjälpte sin mamma att komma in i badrummet.

Medan hon försiktigt baddade jacket i pannan med en bomullstuss, växte vreden inom henne.

"Mamma varför finner du dig i det här? Du fattar väl att det måste få ett slut. En vacker dag slår han ihjäl dej."

Gunhilds ögon var blanka och hon kämpade mot gråten.

"Han har inte haft det så lätt din pappa. Tänk så mycket stryk han själv fått i sina dar. Man måste kunna förlåta och gå vidare och han är ju inte alltid på det här viset."

"Kalla honom inte för min pappa. Det vet du mycket väl att han inte är."

Gunhild sa inget mer utan gick ut ur badrummet och fortsatte med julstöket.

När Veronica gjort sig i ordning, tog hon bussen ner till stan och träffade där sin kille och några andra kompisar. De rökte på och knaprade lite innan de gick vidare för att kolla på julskyltningen. Fram på eftermiddagen började gänget skingras. Det skulle firas jul och även Veronicas kille ville fira med familjen. Hon beslöt sig för att ta bussen hem igen trots att det bar emot. Hon undrade hur stämningen skulle vara nu och hoppades innerligt att Valter druckit så mycket att han slocknat.

Det hade börjat mörkna och i köksfönstret lyste en adventsljusstake som stod lite på sniskan.

Det var tyst och fridfullt när Veronica kom in. Hon tittade in i sovrummet och där låg Valter på rygg med vinterkängorna på och snarkade som en gris. Hon hittade Gunhild sittande på huk på toaletten. Båda ögonen var igenmurade och hon blödde från den spruckna överläppen.

Nu hade Veronica fått nog. Hon sprang ut i köket och såg sig om efter ett tillhygge och det första hon fick syn på var stekpannan i gjutjärn som stod på spisen. Hon greppade pannan och rusade in i sovrummet. Utan att tänka på vilka konsekvenser det skulle få, höjde hon stekpannan över huvudet och slog den med full kraft i ansiktet på Valter. Med en dov smäll träffade den näsan som trycktes ihop och blodet började rinna längs kinderna. Valter öppnade ögonen med ett förvirrat ansiktsuttryck och försökte förstå vad som hänt.

" Jävla gubbe! Om du någonsin rör mamma igen så ska jag slå ihjäl dej." Skrek Veronica skakande av vrede. Gunhild kom inrusande och undrade vad som stod på. Valter försökte resa sig men föll ner igen och ögonen började flimra.

"Men herre min skapare! Vad har du gjort flicka? Vi måste ringa ambulans."

Gunhild rusade ut i köket och kastade sig på telefonen. Veronica stod som paralyserad kvar i sovrummet och höll hårt i den blodiga stekpannan. Det ryckte i kroppen på Valter och han kämpade med att försöka hålla ögonen öppna. Strax hördes sirener utanför när ambulans och polisbilar körde in på gården.

Valter togs snabbt omhand medan polisen förhörde Gunhild för att få klarhet i vad som hänt. De försökte övertala henne att söka sjukhusvård för sina skador och propsade på att hon skulle göra en anmälan om misshandel. Men Gunhild vägrade. Veronica hade inte så mycket mer att säga än att redogöra för vad som hänt. Hon fick följa med till polisstationen för ytterligare förhör och där fanns en socialarbetare som väntade.

Veronica tillbringade några veckor i ett familjehem innan hon fick flytta hem igen.

Det hade blivit lite lugnare efter den dramatiska julaftonen. Valter fortsatte visserligen att dricka men han höjde aldrig sin hand mot Gunhild. Kanske hade han gjort det någon gång när inte Veronica varit hemma, men inte som hon fått veta.

Några dagar in på nya året när Valter var nykter och ensam hemma med Veronica, tog han upp det som hänt på julaftonen. Veronica stelnade till och undrade vad som skulle komma. Valter grymtade lite, drog upp läsglasögonen i pannan och tog på sin svullna näsa.
”Ja du flicka, det var allt en rejäl smäll du fick in. Det var redigt av dej. Vi är allt av samma skrot och korn du och jag. Pappas flicka det är allt vad du är det.”
Det var det sista hon ville höra.
”Jag kommer aldrig att bli som du. Hellre tar jag livet av mej.”

Veronica suckade tungt och försökte skaka av sig de tunga minnena. Det skulle bli skönt att fara till Malta och bara få rå om sig själv för en tid.
Dolores som alltid brukade fira jul tillsammans med några vänner från kyrkan, hade blivit inviterad till Borlänge för att där fira jul tillsammans med sin nyfunne vän Martin. Hon skulle åka om några dagar och det föll påpassligt in samtidigt

som Veronica skulle resa. Trädgårdsmästaren Seppo hade lovat att se till huset och hålla rent från snö om det nu skulle komma någon.

****

Dolores var påtagligt nervös inför mötet med Martin. Inte för att träffa honom utan för vad som kanske komma skulle. Hon förstod att det någon gång måste ske och skulle hon nu vara hos honom i flera dagar, gick det nog inte att undvika. Han var ju ändå man och de har ju sina behov. Visserligen var han djupt troende och i den meningen borde han kunna stilla sig, men hittills hade hon inte hört talas om någon man, hur religiös han än varit, som höll så hårt på att bara förlusta sig inom äktenskapet. De var ju båda änka och änkling och vad hon kunnat läsa i bibeln så stod det ingenstans att man då inte kunde rucka lite på principen om tuktigt leverne.
En enda gång efter att sjömannen dött, hade hon givit sig till en man. Det var efter femton år och hon hade varit djupt deprimerad efter att hon fått budet att hennes gamla mormor i Portugal dött. En from herre från kyrkan hade tröstat henne och efter en tid övertygat henne om att den bästa medicinen vid svår sorg, är kroppslig förlustelse. Hon hade låtit sig övertygas och visst var det en bra medicin den lilla stunden det varade, men någon långvarig verkan hade det alls inte haft. Tvärtom blev skuldkänslorna svåra och hon fick tillbringa

mycket tid i bikten för att sedan kunna gå vidare.

Det var länge sedan nu och en liten gnutta av förväntan och spänning kunde hon känna trots den stigande nervositeten.

Martin mötte henne på perrongen precis som han gjort när de senast träffades. Nu var Dolores mera talför och det kändes inte alls lika spänt som hon befarat. Det blev inget stopp vid restaurangen den här gången. Martin hade förberett med matlagning och det väntade en saftig älgstek med kokt potatis och svampsås. Dolores förundrades över att en man kunde vara så duktig i köket. Det smakade nästan som om hon skulle lagat det själv.

Martin hade mycket att berätta. En hel del hade hänt sedan de träffats senast. Han hade vunnit på stryktipset. Inte så mycket, men tillräckligt för att köpa en ny snöskoter som han så länge velat ha. Han hade även blivit morfar och det var något som han var mycket glad över.

Dolores hann aldrig få några barn med sjömannen och det var något som hon kunde sörja ibland. Men barn fanns ändå i hennes liv. Många av vännerna från kyrkan hade stora barnaskaror och ibland tog de med sig ungarna till olika aktiviteter. Hon hade även åtagit sig att sitta barnvakt vid några tillfällen och då insett att det kanske inte var en så stor förlust att hon aldrig fått några egna. Visst kunde de vara söta och roliga, men gud så högljudda. Det skar i öronen när de

uttryckte sina känslor och Dolores kunde inte förstå hur någon
i hela världen kunde stå ut med oväsendet någon längre tid.

Martin var lika älskvärd och artig som han varit första gången
de träffades. Han var nästan överdrivet omtänksam och
Dolores tänkte i sitt stilla sinne att om det bara var för att
bädda för lite kroppskontakt så var det alls inte nödvändigt. Nu
var hon inställd på det och någon överdriven uppvaktning
kändes onödig.

De hade en väldigt mysig kväll med vin och tilltugg framför
brasan. Fram på småtimmarna bad Martin om ursäkt för en
gäspning och föreslog att de skulle dra sig tillbaka för att vakna
pigga och glada till den stundande skoterturen han planerat.
Dolores somnade fort i den renbäddade sängen. Det var skönt
att han inte föreslagit att de skulle sova ihop redan den första
natten, men i morgon kunde det gott ske.

Hon vaknade till tonerna av Vivaldi. Solen hade precis börjat gå
upp över hustaken på andra sidan gatan. Det hade fallit lite
nysnö på natten och allt var så rent och ljust. Dolores kände
doften av kaffe och ute i köket hördes ljudet av slamrande
koppar och bestick. Det knackade försiktigt på dörren och
Martins mörka stämma förkunnade att frukosten var färdig.
Dolores tog på sin morgonrock och ett par fårskinnstofflor som
Martin ställt in. Hon gläntade försiktigt på dörren och möttes

av Martins varma leende. Även han i morgonrock och tofflor.

”God morgon vackra kvinna. Har du sovit gott?”

Dolores nickade och kastade en blick på den framdukade frukosten. Martin sträckte ut sina armar och gick emot henne. Det kom lite plötsligt men hon lyckades ändå ta emot kramen så att det blev naturligt och bra. Martin höll kvar lite längre än sist och Dolores tyckte sig känna en liten rörelse mot sin mage. Den här gången tryckte hon tillbaka lite extra för att känna efter om det verkligen var vad hon trodde och det var nog ingen tvekan om den saken.

Under frukosten berättade Martin hur han planerat dagen. Han beskrev platserna de skulle besöka och var de skulle stanna för att äta. Han hade förberett med matsäckskorg och varma fårskinnsfällar.

”Vi får skynda oss för det är inte ljust särskilt länge och jag tänkte att vi skulle hinna upp på fjället så vi är där när solen står som högst.”

Dolores tuggade lite extra fort och när hon ätit klart skyndade hon sig in i duschen. Efter fem minuter i badrummet ropade Martin och frågade om hon var klar.

”Men det var väl märkvärdigt” sa Dolores tyst för sig själv. ”Så förskräckligt bråttom kan det väl ändå inte vara?”

När hon kom ut stod Martin färdigklädd. Han hade en vit pälsjacka och en fårskinnsmössa som hon hade sett på teve att soldater brukade ha. Grova läderkängor och tumvantar. Han såg ännu större ut nu, nästan som en jätte från sagorna.

Dolores tyckte det såg lite överdrivet välklätt ut. Det var ju inte särskilt kallt ute. Martin pekade på en hög med kläder han lagt fram.

”Där har du lite ytterkläder så att du håller dig varm. Även om det inte är så många minusgrader så blir det blåsigt och kallt på fjället.”

Dolores klädde på sig hela munderingen. Kläderna var ganska mycket för stora och hon kände sig inte helt bekväm. Martin tittade på henne och skrattade.

”Men Dolores! Vart tog du vägen?”

Han rättade till hennes halsduk och gav henne en puss på pannan.

”Kläderna var min frus och hon var lite längre än du, men jag tycker du är väldigt söt i dom. Nu far vi.”

Dolores hade aldrig förr åkt snöskoter så det kändes spännande när hon satte sig upp bakom Martin.

”Du får hålla i dej ordentligt för nu blir det åka av.”

Martin startade ekipaget och rullade sakta ut på vägen. Efter några kvarter svängde han in på en mindre väg som var oplogad och ökade farten lite. Det dröjde inte länge innan de var utanför stan och landskapet öppnade sig i all sin prakt. Solen reflekterades mot snön och i träden glimmade rimfrosten som diamanter. Det var oerhört vackert och Dolores njöt i fulla drag när vinden smekte hennes kinder.

Martin åkte runt och visade henne olika sevärdheter som

gamla fäbodar och gravhögar från stenåldern. Några kilometer bort reste sig berget de skulle upp på. Kanske inte fullt så majestätiskt som hon förväntat sig av Martins beskrivning, men ändå mycket större än de som fanns i Mälardalen.

Det fanns en väl uppkörd skoterled fram till berget och Martin gasade på lite extra. Vinden piskade och snön yrde i ansiktet på Dolores så hon hade svårt att se något alls. Hon klamrade sig fast allt vad hon orkade runt midjan på Martin och hoppades att hon inte skulle ramla av.

När de var framme vid bergets fot, drog Martin ner på farten och körde sakta upp längs den branta leden. När de var framme på toppen stängde han av motorn. All dis som förut hade skymt utsikten var borta och nu var det kristallklart i luften.

Det var en makalös utsikt. Dolores kippade efter andan när hon såg ut över det vidsträckta landskapet.

"Men herre min skapare så vackert. Åker du ofta hit?"

"Det händer. Det är ett populärt utflyktsmål och vanligtvis brukar det vara ganska mycket folk här. Men i dag har vi visst tur och är alldeles ensamma här. Ska vi äta?"

Dolores tyckte det var en god ide. Det retade aptiten med så mycket frisk luft och att nu få en bit mat och lite varmt kaffe efteråt skulle sitta fint.

Martin bredde ut fårskinnsfällarna mellan några stenblock där de fick lä för vinden och plockade fram matsäckskorgen. Rökt sik och knäckebröd. Rullar med renkött och rödlök. En burk med picklade morötter och lite färsk frukt. Det mesta smakar gott när man äter ute i naturen och det här var inget undantag. Det varma kaffet värmde gott och när de var klara lade sig Martin ner och slöt ögonen. Dolores tittade på honom där han låg utsträckt i all sin prakt. Hon kände hur det hettade lite i kinderna. Nu skulle hon mycket väl kunna tänka sig att krypa ner till honom.

Han öppnade ögonen och såg med glansig blick på henne.

"Du Dolores, vet du vad jag vill att vi gör nu?"

Hon log inombords. Han kunde inte ha valt ett bättre tillfälle. Även om det var kallt och utomhus så skulle de säkert kunna hålla varandra varma under fårskinnsfällarna. Hon såg ömt på honom.

"Jag tror att jag vet, och jag vill samma sak."

"Du är inte bara vacker. Du kan även läsa mina tankar. Är det inte underbart?"

Martin satte sig upp och blundade.

"Då knäpper vi våra händer och lovprisar vår herre för att han givit oss en sådan underbar dag. Låt oss tillsammans be fader vår."

Dolores knäppte sina händer. Visst kände hon ett uns av besvikelse och undrade i sitt stilla sinne om gud hade hört hennes syndiga tankar, men han skulle säkert förlåta henne nu när hon förenade sig med Martin i bön.

Det blev en ganska lång stund av andlig aktivitet och då dagarna är väldigt korta den här tiden på året, föreslog Martin

att de skulle bryta upp så de kom hem innan mörkret föll.
Dolores kunde inte annat än att hålla med.

All den friska luften hade tagit sin tribut och väl hemkomna så
orkade de just inte mycket mer. Martin beställde pizza och efter
nyheterna klockan nio föreslog Martin att de skulle sova.
"I morgon är det julafton och då kommer min dotter och
hennes man hit med sin lilla bebis. Det är första gången dom
är här hela familjen efter tillökningen och det ska bli så roligt
att få presentera dig och få visa dig mitt barnbarn."
Dolores visste att de inte skulle vara ensamma på julaftonen
och hade ställt in sig på det. Men hon kände sig ändå en aning
frustrerad. Någon kroppskontakt kunde hon nog glömma.
Under julhelgen skulle det vara högst opassande och på
annandagen skulle hon fara hem. Det var väl i så fall nu eller
aldrig.
När hon lagt sig, låg hon länge och funderade på om hon skulle
ta första steget och helt enkelt bara gå in till honom. Det värsta
som kunde hända var väl att hon skulle bli avvisad och det
skulle kännas förskräckligt. Att utsätta sig för den risken var
det nog inte värt. Visserligen skulle hon bli mycket förvånad,
men med tanke på Martins starka tro och gudfruktiga
inställning så kunde det mycket väl bli så. Hon beslöt sig för
att lägga allt i Guds händer. Ville han att det skulle ske, såg
han nog till att det gjorde det tids nog. Hon somnade innan
hon han tänka klart tanken.

Dolores vaknade av julmusik. Det var ännu mörkt ute fast klockan närmade sig åtta. Martin var redan uppe och hade som vanligt dukat fram frukost.

Den här gången brydde han sig inte om att knacka utan gläntade försiktigt på dörren och kikade in. Dolores hade rest sig och var i full färd med att klä på sig. Hon hajade till och skyndade sig att få allt på plats.

"God morgon min prinsessa! Har du sovit gott?"

"Jo tack, det har jag. Det var inte så svårt efter utflykten. Jag är inte van att vara ute hela dagarna och inte kunde jag väl tro att man skulle bli så trött."

"Det är den friska luften som gör det. Det är nog nästan allt man behöver här i livet. Frisk luft och en kär vän."

"Åja, lite mer behövs nog" tänkte Dolores.

Martins dotter och hennes man var båda starkt troende och även om Dolores delade deras tro så tyckte hon att de var något överdrivna i sin fromhet. Samtalen handlade mest om andliga frågor och ungen skrek mest hela tiden. Inte var den särskilt söt heller. Hon tänkte tillbaka på jularna hon haft med sjömannen. Det hade varit mycket skratt och skoj, men också lite för mycket dricka för hans del och det hade alltid slutat med att han somnade tidigt. Inte för att det hade varit bättre, men stundtals i alla fall något roligare. Den här julaftonen skulle hon minnas som en av de mer långtråkiga och hon började nästan längta efter att den var över.

På Juldagen var det julotta och på kvällen mässa i katolska kyrkan, och på annandagen skulle hon åka hem. Vad hon förstod efter att ha lärt känna Martin lite bättre, så skulle han förmodligen inte vilja vara fysisk med henne om de inte först gifte sig och det var nog något som tåldes att fundera på.

Kapitel 6

För Veronicas del blev julledigheten inte alls vad hon hade tänkt sig. Det började redan på flyget då hon blev stolsgranne med en man som inte luktade så gott. Hon hade alltid haft svårt för kroppslukter och det här var nog något av det vidrigaste hon känt. Inte för att han verkade ha dålig hygien. Han var välklädd, ren och snygg och använde rakvatten. Det var snarare en lukt som verkade avsöndras från huden och påminde om ruttet kött. Hon var tvungen att bita ihop ordentligt för att inte kväljas när han lutade sig fram och presenterade sig.

"God middag. Torsten Wirsén var namnet".

Veronica hälsade artig och försökte hålla god min trots att hon var nära att kräkas.

"Trevligt. Veronica Stjerne" sa hon med ett ansträngt leende.

Mannen tittade en lång stund innan han kom på att han sett henne förut.

"Ja, nu känner jag igen dej! Den berömda fastighetsdrottningen. Ska du också till Valetta?"

"Ja, det är väl dit planet är på väg? Jag brukar fira mina jular där."

I stolsraden framför satt en yngre familj med en pojke i sjuårsåldern. Han kikade upp över ryggstödet och tittade misstänksamt på Veronica och hennes stolsgranne för att sedan sätta sig igen. Veronica hörde tydligt hur han viskade till sin mamma.

"Jag tror att dom där bakom har fisit, det luktar jätteilla."

Mamman hyssjade åt honom och plockade raskt upp en påse godis för att avleda uppmärksamheten.

Veronica slängde en hastig blick på mannen och hon förstod att även han hört vad pojken viskat. Han verkade dock oberörd.

Efter en stund tittade pojken på nytt över ryggstödet. Han sniffade lite och satte sig igen.

"Mamma jag mår illa. Jag måste kräkas."

Mamman fick snabbt fram en påse och när Veronica hörde hur pojken började hulka, fanns ingen återvändo. Hon fiskade upp papperspåsen som satt i facket bakom flygplanslitteraturen och kräktes hon också. Mannen tittade förvånat på henne.

"Ursäkta, jag har lite svårt för flygresor. Skulle jag kunna få komma förbi?"

Mannen reste sig och Veronica skyndade sig fram till toaletten. Hon blev kvar där en lång stund och när hon kom ut hejdade hon en av flygvärdinnorna.

"Ursäkta, men finns det någon annan stol ledig? Jag skulle verkligen behöva byta plats."

"Jag vet inte... Är det något som hänt? Har du blivit besvärad av din stolsgranne?"

"Nej då inte alls, men jag vet inte hur jag ska säga. Jag står inte ut med lukten. Han stinker något så vidrigt."

Flygvärdinnan log.

"Jo, vi har uppmärksammat det. Tur att inte resan är så lång. Vad tror du det kan vara? Han verkar ju proper och renlig, kan det vara från något sår eller han kanske har något i fickorna?"

"Jag vill helst inte veta, bara få en annan plats. Går det att ordna?"

"Jag ska se vad jag kan göra. Vänta här så återkommer jag strax."

Det gick att ordna. Veronica fick sitta hos personalen resten av resan.

När planet landat och det var dags för avstigning, hamnade Veronica framför den illaluktande mannen. Han knackade försiktigt på hennes axel.

"Du försvann, det var tråkigt. Jag hade gärna fått lite sällskap."

"Jo, men det är det här med att flyga. Jag var tvungen att komma närmare toaletten."

Efter utcheckningen hejdade hon en taxi för att ta sig vidare till lägenheten. Det visade sig att det varit inbrott några dagar tidigare. Det var en enda röra av utrivna saker och den lugna och sköna ledighet hon sett fram mot fick i stället avnjutas på hotell efter mycket arbete med försäkringsbolag och polis. I stället för att få koppla av var Veronica stressad.

Julaftonskvällen firade hon på restaurang och efterföljande krogsväng med allt för mycket att dricka. Juldagen tillbringades till största delen i sängen med en baksmälla av guds nåde. Det var inte förrän i mellandagarna när det var uppröjt och städat i lägenheten som hon kunde börja känna lite harmoni. Nu skulle den verkliga ledigheten börja. Hon stängde av mobilen och lade den i lådan under nattduksbordet.

Efter en utsökt lunch på en av stadens bästa restauranger, tillbringade hon resten av eftermiddagen med att få massage och få händer och fötter ompysslade. Det var något som hon aldrig gjorde hemma, men just den här tiden då hon var på Malta, hade hon som tradition att låta kroppen få en riktig servicegenomgång.

Kvällarna tillbringade hon i ensamhet med att lyssna på musik och sova. Det var precis det här hon behövde en gång om året. Att få ladda batterierna från grunden.

Det blev mycket tid för eftertanke och reflektioner. Vilka beslut hon hade fattat och vad det fått för konsekvenser. Saker som hon hade kunnat göra bättre och tankar som hon hade kunnat tänkt annorlunda. Det var nyttigt och hade hjälpt henne genom många svårigheter i karriären.

Den ultimata friden kunde hon dock inte hitta hur mycket hon än ansträngde sig. Det var det här med minnena. Med Georges hjälp kunde hon nå dem och få svar på många frågor, men på egen hand ville det sig inte riktigt. Den här gången skulle det gå, det intalade hon sig själv varje gång, men hittills hade det inte lyckats.

Hon försökte summera det som hittills framkommit. Att Karin och hennes bortgång var en springande punkt som gnagde i hennes medvetande, var hon väldigt klar över. Kanske skulle allt förändras och falla på plats om hon fick klarhet i hur och varför. Var det hela anledningen till att hon hamnat i dåligt sällskap och knarkat bort stora delar av sin ungdom? Hur hade allt sett ut om Karin hade levat? Hade livet varit annorlunda då?

Dagen före nyår knäppte hon på sin mobil och ringde George Sandberg.

"Hej George! Skulle du vilja komma och fira nyår på Malta?"

Det blev tyst i andra änden.

"Nej, verkligen inte. Jag och Ulla ska fira med vänner i Mälarbaden. Vad får dej att tro att det skulle vara okej att säga till med så kort varsel?"

"Om vi säger så här då. Du och Ulla tar första bästa plan i morgon, så fixar jag en svit där champagnen står på kylning. Ni blir hämtade med limousin på flygplatsen. Äter gör ni på dom finaste krogarna. Det enda du behöver leverera är några timmar med mej sen kan ni göra vad ni vill. Allt betalt och ett arvode till dej på ska vi säga femtiotusen."

Det blev åter tyst i luren.

"Okej, vi kommer!"

Ulla var inte svår att övertala. Vännerna som de skulle fira med, blev kontaktade och George förklarade med sorg i rösten att ett brådskande utlandsuppdrag hastigt dykt upp och som han var tvingad att ta itu med.

Resväskorna packades med det viktigaste, sedan bar det av.

Veronica hade ordnat med allt och precis som hon lovat stod en chaufför i ankomsthallen och viftade med en skylt där det stod "Wellcome to Malta Mr. and Mrs. Sandberg".

Limousinen var där och i sviten väntade en stor flaska champagne i en isfylld vinkylare. Ulla var imponerad.

"Det var inte dåligt. Vad tror du det här har kostat henne?"

"Inte mycket med hennes mått mätt. Några hundratusen kanske och det är inget som kommer att gräva något djupare hål i hennes fickor. Du minns väl när vi kollade i taxeringskalendern. Hon hade ju lika mycket i inkomst per månad som jag har på ett år och en förmögenhet på över en miljard. Så det här är ingenting för henne."

"Så hon gör sej det här besväret bara för att du ska hypnotisera henne under några timmar? Jag säger då det. Är det inget annat hon begär av dej?"

"Om det är sex du menar så dra dig till minnes vad som hände i vår källare för flera år sedan. Jag har inte vågat att ens nudda vid ämnet sedan dess. Men helt klart så är det där som en av knutarna finns. Dyker det bara upp ett lämpligt tillfälle så ska jag börja gräva i det."

George och Ulla klädde av sig och lade sej i sängen med varsitt glas champagne.

”Varför vill hon aldrig prata om det? Hon har ju varit gift tre gånger och måste väl ha haft ett sexliv?”

”Hon har berättat lite om hur det var när hon var barn och ungdom men inget efter att hon blivit vuxen.”

”Kan det ha något att göra med att hon aldrig fått några barn? Hon kanske är frigid och det är därför hon aldrig kan behålla sina män någon längre tid.”

”Det där ska du nog inte spekulera i och är det något som kommer till ytan så lär du inte få veta något. Det som sägs mellan Veronica och mej stannar där.”

”Jo det är klart, men man blir ju nyfiken.”

Efter att ha förvissat sig om att makarna Sandberg var på plats och installerade, bestämde Veronica att sessionen skulle ske på nyårsdagen i hennes lägenhet. Nyårsfirandet för hennes del bestod i att äta en bit mat på en liten intim restaurang i samma fastighet som lägenheten låg i. Där hon kunde sitta i fred och betrakta firandet utanför fönstret med fyrverkerier och glada människor. Veronica hade ingen lust att själv delta. Det räckte gott att betrakta spektaklet på avstånd.

För George och Ullas del hade hon bokat bord på en av de exklusivaste nattklubbarna med underhållning av världsartister och mat i toppklass. Det hade varit fullbokat sedan lång tid tillbaka och att förhandla sig till ett bord hade

kostat en mindre förmögenhet. Men nu var det gjort och
Veronica såg fram mot morgondagen. Kanske skulle det
komma fram något som skulle förändra hennes liv för alltid.
Hon sjönk ner i djupa tankar om sin barndom. Varför hade
hennes mamma inte tyckt om henne? Hur kunde mamman ha
levt ihop med en man som var så elak mot både henne och
barnen? Varför hade Karin tagit livet av sig? Berodde det på
Valter eller var det något annat? Frågorna staplades på hög och
i takt med den tilltagande berusningen började de blandas
huller om buller och till slut var det bara en enda gröt av
tankar som inte gick att sortera.

Veronica mindes inte hur hon tagit sig hem. I alla fall så
vaknade hon upp i sin säng och kände sig förvånande nog
ovanligt fräsch. Hon tittade på klockan och hajade till när hon
såg att den var över elva. Ryggen kändes lite öm och några
blåmärken på armarna vittnade om att hon förmodligen trillat
på väg hem från restaurangen.
Hon ringde ner till receptionen och beställde upp brunch och
sedan ställde hon sig i duschen.

George och Ulla hade haft en av sina mest minnesvärda
nyårsaftnar någonsin. Den uppassning och service de fått, stod
utan jämförelse. Maten hade varit suverän och uppträdandet
av Paul Potts hade fått håret att resa sig på deras armar. Ulla

tittade upp över sidentäcket och såg ryggen på den
unga slanka blondinen som på allt för höga klackar, något
vingligt lämnade sviten. Ulla såg nöjd ut när hon tittade på
George som fortfarande låg och snarkade.

Klockan åtta på kvällen var Veronica redo. George anlände på
utsatt tid och de hälsade med en hjärtlig kram så fort han
kommit innanför dörren.
"Hur hade ni det i går då, var det trevligt?"
"Mycket! Mina förväntningar överträffades kan jag säga."
"Ulla då? Hade hon lika trevligt?"
"Det är jag övertygad om. Hon är förresten på teater i kväll. Det
var visst en jubileumsföreställning av tolvskillingsoperan som
skulle sättas upp bara för i kväll och det ville hon inte missa."
"Inte visste jag att hon gillade den sortens underhållning. Det
har du aldrig nämnt."
"Nej, kanske inte. Det är nog mycket du inte vet om oss men
några hemligheter vill vi nog ha för oss själva. Nåväl, hur har
du funderat kring detta nu då? Ska vi försöka gräva djupt och
länge? Nu har jag gott om tid. Frågan är bara om du orkar? Jag
förstod när du ringde att det var ganska angeläget och att du
var lite stressad."
"Jag orkar nog. Det är inte det att jag mår dåligt eller så,
snarare en känsla av oro och att jag inte kan koppla av som jag
hade tänkt. Jag måste vara i form när jag kommer hem. Det är
mycket som står på spel och jag måste kunna fatta rätt beslut.

Då duger det inte att ha något outrett att fundera över. Så vi kör på.”

”Jag ska göra vad jag kan. Har du något att dricka? Jag är så jävla torr i halsen.”

Veronica hämtade en flaska mineralvatten ur kylen och hällde upp i varsitt glas. Hon tog några djupa klunkar och lade sig tillrätta på sängen.

George drack ur vattnet i ett enda svep och gjorde en grimas när kolsyran stack i näsan.

”Är du redo?”

Veronica nickade och slöt ögonen.

Som vanligt så hann George inte räkna ner innan Veronica var borta. Den här gången kom han inte ens till fyra. Han studerad hennes ögonrörelser under de slutna ögonlocken och visste precis var i händelsen hon befann sig. Han slog sig ner i en fåtölj och väntade.

Efter tjugo minuter utan någon reaktion började han bli fundersam. Så här lång tid brukade det inte ta. Han gick fram och studerade hennes ansiktsuttryck. Det pågick verksamhet där inne, den saken var säker. Om det nu tydde på att det skulle kunna dyka upp något nytt och uppseendeväckande eller om det bara var en reaktion på en ovan miljö, var han inte säker på, men han hade på känn att det skulle kunna bli ett genombrott.

George var nästan på väg att somna när Veronica började hosta. Han gick fram till henne och såg att hon verkade redo att börja tala. Han satte sig ner bredvid henne och frågade med mörk och lugn stämma.

"Veronica, kan du höra mig?"

Hon nickade långsamt. George tog fram anteckningsblock och penna.

"Var är du?"

Hon vred sig i sängen och av hennes ansiktsuttryck kunde han avläsa att hon verkligen ansträngde sig.

"Jag vet inte. Det är så konstigt. Jag ser min mamma men känner nästan inte igen henne. Hon verkar så ung".

"Vad ser du mer? Är du hemma?"

"Ja, jag tror det. Jag ser en flicka också. Hon sitter på golvet och leker."

"Är den flickan du?"

"Nej, jag tror det är Karin. Men hon verkar vara så ung. Det här stämmer inte."

"Var är befinner du dig exakt?"

"Jag ligger i en spjälsäng. Men herregud! Jag är ju jätteliten."

"Hur mår du? Är du glad eller ledsen?"

"Jag är glad. Mamma och Karin är också glada. Mamma tittar på mej och ler och Karin skrattar när hon leker med dockorna. Det är första gången jag ser mamma glad. Jag känner nästan inte igen henne. Det riktigt lyser om henne. Hon ser lycklig ut."

George gjorde några snabba anteckningar och väntade på att hon skulle fortsätta. Han ville inte stressa på i det här skedet. Han hade hört talas om att man kunde gå tillbaka nästan till spädbarnsstadiet men hade aldrig varit med om det själv. Det här var mycket intressant och nu gällde det att gå varsamt fram.

”Det kommer en man nu. Han verkar inte vara någon främling men jag känner inte igen honom.”

”Är det inte Valter?”

”Nej, jag vet inte vem det är, men han ser snäll ut.”

”Det kanske är en släkting?”

”Ja, kanske. Han är lite lik både Karin och mej. Nu lyfter han upp mej. Han hissar mig upp och ner och jag kiknar och skrattar”.

”Vad gör mamma?”

”Hon tittar på och skrattar. Nu reser hon sig och går fram till oss. Hon kramar om oss båda och pussar mig på kinden sen pussar hon honom på munnen.”

George antecknade febrilt i blocket. Nu föll i alla fall en pusselbit på plats. Mannen måste vara Veronicas biologiska pappa.

”Kan du försöka se några år framåt? Kan du se den här mannen när du är lite äldre?”

Veronica tog ett djupt andetag och koncentrerade sig.

”Jag sitter på gräsmattan. Det är jättevarmt och mamma och Karin är där.”

”Är mannen där?”

”Jag vet inte. Jo, han sitter vid trädgårdsmöblerna och läser tidningen.”

”Är det samma man som du såg tidigare?”

”Ja, det är samma. Nu förstår jag vem han är. Karin hade rätt hela tiden. Det måste vara våran riktiga pappa. Jag ser det i hans ansikte nu”

Veronicas andhämtning blev lite snabbare.

”Är mamma fortfarande glad?”

”Ja, hon verkar jättelycklig. Jag blir alldeles varm när jag ser henne. Hon sitter på gräsmattan bredvid mej och leker med en katt.”

”Vad gör Karin?”

”Hon sitter bredvid mannen och dricker saft.

”Hur gammal tror du att hon är?”

”Kanske sex, sju eller åtta år.”

”Ser du var ni bor? Är det på landet?”

”Ja, det verkar så. Jag ser inte till några andra hus i närheten. Det är skog bakom huset och våran gräsmatta är jättestor.”

”Är det någon som pratar?”

”Inte hela tiden men mannen och Karin verkar ha en liten diskussion.”

”Hör du vad dom säger?”

”Dom pratar om att hon ska börja i skolan. Han frågar om hon tycker det ska bli roligt.”

Veronica började vrida sig oroligt i sängen och George bestämde sig för att avbryta. Om det blev för mycket på en gång fanns risk för att saker blandades ihop. Han räknade ner, knäppte med fingrarna och Veronica öppnade ögonen.

Hon tog några djupa andetag och satte sig upp.

"Så det var alltså din biologiska far du såg nu?"

"Ja, och det känns jättekonstigt. Jag har aldrig vetat hur han såg ut."

"När fick du reda på att Valter inte var din riktiga pappa?"

"Det är länge sedan nu, men det var ju inte särskilt svårt att fatta. Men det som förbryllar mej är varför Karin aldrig lyckades övertyga mej. Hon berättade aldrig hela sanningen trots att hon visste, utan sa bara att mamma ljög. Varför?"

George antecknade. Han hade sina aningar.

"Förhoppningsvis får vi veta det snart. Men nu måste vi sluta. Vi har redan hållit på lite för länge."

"I helvete heller! Nu fortsätter vi. Jag ska jävlar i mej få reda på vad det var som hände."

George såg bekymrad ut. Det här med hypnos var ingen enkel sak. Det kunde ibland hända att det gick fel. Det var ganska ovanligt och han hade aldrig själv varit med om det men han hade läst om en kollega som höll på så länge att patienten fastnade i hypnosen och inte kunde komma tillbaka. Det var något som han absolut inte ville riskera.

"Snälla Veronica, lyssna nu på mej när jag talar som yrkesman. Det är inte helt riskfritt det vi håller på med. Nu måste vi samla oss och får fortsätta en annan gång."

Veronica reste sig och var mycket upprörd. Hon vankade fram och tillbaka innan hon ställde sig framför George och spände blicken i honom.

"Jag tar risken. Nu fortsätter vi."

Den blicken och det tonfallet övertygade George om att det inte var någon mening med att försöka övertala henne.

"Det får bli på egen risk. Lägg dej igen, men först måste du lugna dej och slappna av."

Veronica kastade sig ner på sängen, tog några djupa andetag och blundade. Hon kände hur pulsen gick ner och snart var hon helt lugn och avslappnad.

"Nu är jag klar. Nu åker vi."

Redan efter en kort stund märkte han att Veronica var på väg någonstans.

"Vad ser du?"

"Jag är i köket med mamma."

"Hur ser hon ut?"

"Som jag är van att se henne. Nedstämd och glåmig. Hon ser rödgråten ut."

George gjorde en notering i blocket. Det hade alltså hänt något nu.

"Hur gammal är du?"

Veronica försökte få grepp om tiden. Det låg en bok framför henne på köksbordet. Hon vände upp en sida och såg att det var en sagobok hon kände igen. Hon kunde läsa några av bokstäverna men inte hela ord.

"Jag är fyra år, det är jag ganska säker på."

"Försök att prata med din mamma."

Veronica skruvade på sig i sängen. Det var tydligt att det var svårt för henne och att hon inte visste hur hon skulle hantera situationen.

"Mamma varför är du ledsen?"

Gunhild tittade hastigt till på Veronica och så helt förskräckt ut. Ögonvitorna var röda och tårarna rann nedför hennes kinder.

"Vad är det du säger unge! Varför jag är ledsen? Skulle jag vara glad så vore jag väl inte riktigt frisk. Gå in på ditt rum!"

Gunhild satte sig vid köksbordet och lade ansiktet i armarna mot bordsskivan. Hela hennes kropp skakade av gråt.

Veronica var förtvivlad. Det var samma känsla som då och då skulle dyka upp och långt senare i livet. En känsla som hon ville ha en förklaring till.

George kunde se att hon var mycket upprörd och fann det nu för gott att avbryta sessionen.

"Fem fyra tre, vakna!"

Med en skarp fingerknäppning fick han henne att öppna ögonen. Hon låg helt stilla och stirrade i taket.

"Hur är det Veronica? Är du vaken?"

Veronika nickade långsamt men sa inget. Tankarna for genom hennes huvud och minnen som legat djupt begravda i hennes medvetande började långsamt komma till ytan.

"Kan du säga något? Är du okej?"

"Jag är okej. Du kan gå nu."

"Det är nog bäst att jag stannar en stund så jag ser att allt är som det ska."

"Hör du inte vad jag säger! Du kan gå nu. Vi är färdiga för i
dag."
Vad det tonfallet betydde, visste George mer än väl. Han reste
sig och gick utan att säga hej.

Veronica låg länge kvar i sängen och tittade upp i taket. Hon
bearbetade det som kommit till henne. Hon kunde se honom
framför sig, känna doften och värmen från hans kropp när han
kramade om henne. Det var något med ögonen. En speciell
glimt hon kunde känna igen när hon såg sig själv i spegeln
under sina jusa stunder.
Det bubblade i kroppen av lyckokänslor när hon såg Gunhild
dansa med Karin på gräsmattan. Se den rutiga klänningen
fladdra för vinden, höra det smittande skratten när de båda
trillade omkull. Det var med den lyckan och glädjen livet hade
börjat. Tänk om det fortsatt så? Hur skulle det då sett ut nu?
Visst har alla familjer sina dalgångar och ingen är väl lycklig
för jämnan, men man undrar ju.

Efter en timme av tillbakablickar, lade hon sig på magen och
kände hur den kom krypande från tårna och uppåt. En känsla
som hon saknat och som hon inte trodde fanns. Hennes ögon
blev fuktiga och andningen blev snabbare. Det började rycka i
hennes haka och sen for det över henne som en ångvält.
I två timmar grät hon hejdlöst tills det inte verkade finnas
några tårar kvar. Hon klev upp ur sängen och såg sig i spegeln.

Det var en ny bekantskap hon såg där. Någon hon aldrig träffat förut och som hon gärna skulle vilja bli närmare bekant med. Hon mindes nu nästan allt som hänt fram tills hon var fyra år. Minnen som starkt påverkat henne och format henne som människa. Nu var det bara resten kvar. Några år tillsammans med Karin.

***

Fredrik Lindell hade varit en spjuver ända sedan barnsben. Han var alltid full av idéer och upptåg. Efter grundskolan hade han startat en rörelse där han köpte och sålde varupartier av olika slag. Det gick lite si och så med affärerna. Men ibland gjorde han ett klipp och var inte sen med att investera sin vinst i nya projekt. Det gick inte alltid gick som han tänkt sig. Men han lät sig aldrig nedslås av motgångar. Han var ständigt positiv och betraktade de dåliga affärerna som lärpengar. Midsommaraftonen 1951 träffade han Gunhild och det resulterade i ett kärleksbarn som döptes till Karin.
Fredrik kände sig inte riktigt redo att bli far och bilda familj, men starka påtryckningar från föräldrarna gjorde att han till slut tog sitt ansvar och gifte sig med Gunhild. De flyttade ihop i en trång lägenhet i ett mindre samhälle strax utanför stan. Familjelivet gjorde att Fredrik blev rastlös och det inverkade negativt på hans affärer. Det gick inte så bra och han hade svårt att försörja sin familj. Trots de ekonomiska svårigheterna

höll han humöret uppe och tog hand om de sina så att de
skulle känna sig trygga.

Efter några år vände det. Alla lärpengar började ge resultat och
efter en lång rad av lyckade affärer hade han kommit på fötter.
De hade nu råd att flytta från den trånga lägenheten och köpa
en stuga på landet.

Nu följde en tid av glädje. Fredrik och Gunhild kom närmare
varandra och den kamratliga vänskap som innan kännetecknat
deras förhållande, övergick allt mer i äkta kärlek.

Karin växte upp i en lycklig familj och lyckan blev inte mindre
sommaren 1957 då Veronica föddes.

Fredriks affärsverksamhet växte och han började bli allt
djärvare i sina spekulationer. Nu började han få smak för det
fina livet och tillbringade många kvällar på krogen i lag med
affärsbekanta och kunder.

Gunhild var inte helt nöjd med att han var borta så mycket,
men han hade alltid en bra förklaring och efter deras
diskussioner var hon alltid lugn och förstående. Det gick ju så
bra nu och hon hade allt en hemmafru kunde önska sig.

Den tredje juli 1961 gick allt i stöpet. Fredrik hade belånat allt
han ägde för att göra sitt livs affär. En affär som skulle göra
familjen ekonomiskt oberoende för lång tid framåt.

Det såg så lovande ut. Han tillbringade mycket tid med att
analysera vad som skulle kunna gå fel och drog slutsatsen att
det var så vattentätt det kunde bli. Han berättade aldrig för
Gunhild utan ville att det skulle bli en överraskning.

Två dagar efter att alla transaktioner var genomförda, fick han beskedet av banken. Företaget han gjort affären med hade gått i konkurs och inga tillgångar fanns kvar att rädda.

Fredrik ville först inte tro att det var sant. Han skyndade sig till banken och fick där all information ansikte mot ansikte av en bekymrad banktjänsteman. Det fanns ingen återvändo. Personlig konkurs och att sälja av allt han ägde var den enda utvägen.

På vägen hem från banken såg han framtiden måla upp sig. Familjen som trängdes i en nedgången lägenhet och socialbidraget som kom en gång i månaden. Han var förvirrad. Den förut så positiva inställningen var som bortblåst. Hur han än vände och vred på frågeställningen, såg han ingen lösning. Gunhild hade tagit barnen på långpromenad så det var tomt i huset när han kom hem. Han försökte tänka konstruktivt och frammanade all sin energi för att kunna hitta minsta lilla lösning, men det var kaos i huvudet. Han gick till kylskåpet och tog fram en flaska renat som länge stått orörd. Med djupa klunkar följt av några hostattacker lyckades han tömma flaskan. Innan berusningen slagit till på allvar gick han ut i garaget. Han hittade en repstump som han raskt band till en snara. I en krok i taket som han brukade använda för att hänga upp saker som han målade, knöt han fast repet och trädde snaran om halsen. Den ostadiga trappstegen ville inte riktigt ge med sig när han sparkade våldsamt för att försöka få bort den. Till slut föll stegen och Fredrik hängde fritt och sprattlade med benen.

Det gjorde inte ont men det var obehagligt. Han försökte hålla sig stilla men benen rörde sig liksom av sig själva. Det sista han tänkte innan allt blev svart, var på sin familj och hur de skulle reagera när de upptäckte honom. Men nu var det för sent att ändra sig.

Gunhild kom hem med barnen och gladdes åt att Fredrik redan var hemma. Han hade sagt att det kanske skulle bli sent, men nu stod redan bilen på gårdsplanen. Hon ropade i hallen och när ingen svarade gick hon ut. Garagedörren stod lite på glänt så hon antog att han var där. Hon smög försiktigt fram för att försöka skrämma honom. Det var något som de ibland roade sig med och nu var det ett bra läge.

Synen hon möttes av, gjorde henne förstenad. Först förstod hon inte vad det var men när hon såg att benen fortfarande rörde på sig, kom hon till sans. Hon rusade fram, tog tag i hans ben och lyfte så mycket hon orkade samtidigt som hon skrek på Karin att hämta hjälp. Karin kom inrusande och när hon såg vad som hänt, kastade hon sig gråtande på golvet. Gunhild skrek allt vad hon förmådde.

"Spring för helvete och hämta hjälp! Jag orkar snart inte längre."

Karin reste sig och sprang allt vad hon kunde till närmsta granne. När hjälpen kom var det för sent. Gunhild hade svimmat av ansträngning och Fredrik var så död han kunde bli.

Gunhild fick tillbringa några veckor på psykiatriska avdelningen på lasarettet under kraftig medicinering, medan barnen blev placerade hos släktingar.

Det var på sjukhuset som hon för första gången kom i kontakt med Valter. Han var intagen för avgiftning och medverkade i de gruppsamtal som var en del av rehabiliteringen.

Han var vänlig och förstående och hade egna erfarenheter av självmord inom familjen. De började samtala mer och mer och Gunhild kände att det hjälpte lite att prata med honom.

Efter sjukhusvistelsen följde begravning och flytt. Valter stöttade Gunhild så gått det gick och efter några månader kände hon att hon i alla fall skulle kunna leva vidare. Hon hade ju barnen att tänka på.

Valter var en flitigt återkommande gäst i lägenheten och sakta men säkert började livet för familjen Lindell att te sig någorlunda uthärdligt. Efter drygt ett år flyttade Valter in och efter ytterligare några månader gifte de sig.

Valter var till en början ganska snäll, men sakta började hans personlighet att ändras. Det är ingen lätt resa att försöka vara nykter alkoholist och Valter hade inte tillräckligt med styrka för att orka stå emot. Han började dricka igen och förvandlade livet för Gunhild och barnen, från bedrövligt till ett rent helvete.

***

Veronica slog ihop pärmen med de dokument som Philippa Nordlund hade hjälpt henne att sammanställa. Det var all fakta som överhuvudtaget gått att sammanställa över Fredrik Lindells liv. Hon tittade sorgset på ett gulnat fotografi. Det var som att se sig själv i ögonen.

Varför hade ingen berättat? Att Gunhild inte sagt något kanske var förståeligt. Det måste ha varit fruktansvärt och inget som kunnat gå att bearbeta för henne. Att då börja älta det igen kanske hon helt enkelt inte klarade av? Varför berättade aldrig Karin som det var? Kanske även hon blivit så traumatiserad att hon förträngt alltsammans? Var det på grund av pappans självmord som hon tagit livet av sig? Nej, det stämde inte. Det hade hänt flera år efteråt och Karin var inte den typen.

Tvärtom hade hon varit stark och oftare glad än ledsen. Tids nog skulle sanningen komma fram även om det nu fick bero ett tag.

Kapitel 7

Alla åtaganden utomlands var nu avklarade för en tid framöver.
När boksluten släpptes, flockades affärstidningarnas
journalister för att skriva om det ekonomiska under som SSC
åstadkommit, trots tider då ekonomin var på nedgång och
många storföretag hade problem.
Veronica var inte särskilt road av att ställa upp på intervjuer
utan överlät det med varm hand till sina medarbetare.

Hon hade nu två saker hon ville fokusera på. Det ena var ett
gammalt nedlagt fängelse som länge legat i malpåse och som
nu planerades att rivas. Det var en vacker byggnad uppförd i
början av nittonhundratalet. Den var formad som ett U och
omgärdad av en stenmur som förmodligen var uppförd på
medeltiden och byggts om på senare tid. De många
gallerförsedda fönstren och rester av taggtrådsstängsel ovanpå
muren vittnade om vad det en gång varit. Det var många år
sedan fängelset varit i bruk och efter nedläggningen hade det
tjänat först som ungdomsgård och därefter som lagerhotell.
Veronica hade många gånger när hon åkt förbi, studerat
fastigheten och fantiserat om vad man skulle kunna göra med
den. Nu hade hon en klar bild av exklusiva bostadsrätter där
fängelsegården förvandlats till en trädgård och muren
restaurerats till originalskick med murgröna som klättrade
längs stenarna.

Fastigheten ägdes av en byggmästare som först hade haft liknande planer som Veronica men sedan insett att det skulle bli allt för kostsamt. Nu hade han i stället planerat att riva alltsammans och uppföra ett nytt företagshotell.

Veronica kände väl till byggmästaren och visste att det inte skulle bli någon lätt uppgift att övertala honom att sälja. Han var en gammal konservativ stofil som inte hade mycket till övers för fruntimmer i branschen. Rik var han också, så att locka med överbud skulle vara ganska meningslöst. Hon hade funderat en hel del på hur hon skulle gå tillväga och planen började nu sakta ta form.

Det andra hon ville göra, var att röra om lite i grytan på Spargrisen. Inte för att det behövdes. Verksamheten fungerade alldeles utmärkt och levererade ett resultat som inte gärna kunde bli bättre. Det var mest av eget intresse, att stöka till det lite så att det inte skulle vara så förbannat tråkigt att gå dit. Några omplaceringar bland personalen. Få in lite nytt friskt blod och kanske plantera en ny, mer familjär och avslappnad anda. Det var för mycket storstadsprägel och snobberi och jämfört med Vånkan Fastigheter var det som natt och dag. Jörgen Bjure var den som skulle vara tvungen att kliva åt sidan. Veronica hade länge funderat på det och att Philippa Nordlund var den som skulle ta över, rådde det ingen tvekan om. Hon var den som fick saker att hända och hon var både tuff och smart. Visserligen var det många av Jörgens idéer som hon fick sätta i verket men hon hade också fått igenom en del egna förslag som verkligen fört verksamheten framåt.

Att få Jörgen Bjure att kliva åt sidan utan att han skulle känna sig överkörd, skulle bli en svår nöt att knäcka. Även om han var konservativ och tråkig, var han en stor tillgång med sin enorma erfarenhet och skicklighet på det ekonomiska planet. Men Veronica visste ungefär hur hon skulle lägga upp det. De hade samtalat en hel del så hon hade en aning om hur han tänkte sig framtiden både för egen del och företagets. Han var några år äldre än Veronica och även om han tänkt arbeta så länge han kunde, vore det konstigt om han inte skulle vilja sträva mot en lite lugnare tillvaro. Hon hade några dagar på sig tills det inplanerade mötet skulle äga rum.

***

Dolores stod vid spisen och lagade köttfärssås. Hennes tankar seglade då och då iväg till Dalarna och Martin. Efter besöket över julhelgen hade Martin varit flitig i sitt mejlande och undrade ständigt när de skulle ses igen. Dolores visste inte riktigt hur hon skulle känna. Visst var han en fantastiskt stilig karl och artig som ingen annan, men gifta sig med honom? Nej, det tålde nog att tänkas på. Saken kanske varit i ett annat läge om de kommit lite närmare varandra på det fysiska planet. Då hade hon i alla fall vetat vad som väntade. Nu var det lite som att köpa grisen i säcken och det kändes inte riktigt bekvämt.

Tänk om de gifte sig och att det sedan skulle visa sig att han var helt ointresserad av det sexuella. Eller ännu värre, om han rentav var pervers? Hon mindes hur det hade varit med sjömannen. Han var mycket road av att rumla runt i sänghalmen och det hade hon inte haft något emot. Men när han en gång föreslagit att han skulle vilja göra ett besök på en plats som var avsett för helt andra ändamål, hade hon slagit bakut. "Din snusk!" Hade hon skrikit åt honom och sedan hade det aldrig kommit på tal igen. Tänk om Martin hade samma önskan, eller kanske något ännu värre? Hon ryste vid tanken.

Veronica var lite nyfiken på hur resan hade varit.

"Hade du trevligt i Dalarna?"

"Ja vars, det hade jag. Martin visade mig många vackra miljöer och jag fick träffa hans dotter och barnbarn."

"När ska ni träffas nästa gång då?"

Dolores tvekade lite inför svaret.

"Det vet jag inte. Det får bli när det blir."

"Du kan väl bjuda hit honom så får jag se hur han ser ut. Här finns gott om plats så han kan sova över. Förresten, du har väl någon bild på datorn på hur han ser ut? Kan du inte visa mej?"

Dolores skruvade på sig och verkade besvärad. Nog för han tåldes att visas upp, men han kanske inte skulle uppskatta att bli betittad av okända människor utan att han visste om det.

"Nej, det tror jag inte att jag har."

"Men sluta nu! Det är klart att du har. Alla människor har foto på nätet numer. Hämta datorn så får jag se."

Efter en stunds tvekan så gav Dolores med sig och hämtade sin laptop. Hon satte sig bredvid Veronica och började bläddra i mapparna.

"Ja, så här ser han ut, Martin."

Veronica tittade länge på fotot.

"Hmm... Den där du med smör på. Det var allt en liten läckerbit du hittat. Ja, inte så liten heller. Han är inte helt olik George. Hur är han i sängen?"

Dolores blev alldeles röd i ansiktet. Nog för hon visste att fru Stjerne kunde vara väl frispråkig ibland, men det fick väl finnas gränser.

"Men frun då! Så där frågar man inte. Det är privat."

"Ja, men Dollan, du och jag har ju känt varandra länge, så lite öppenhjärtiga kan vi väl vara? Det är ingen annan som får veta något. Så här, två mogna kvinnor emellan. Berätta nu."

Dolores tvekade en stund, men till slut gav hon med sig och berättade allt om resan. Hur de kramats och hon känt att han var intresserad. Hur besviken hon blev på berget när hon trodde att de skulle få vara intima. Hennes tvekan inför Martins önskan att de skulle ingå äktenskap.

Det kändes skönt att få prata av sig och att någon lyssnade, även om det rörde sig om så privata och känsliga saker.

"Ja du Dollan, det där är inte lätt. Men det var väl en konstig karl? Undrar jag om inte du ska passa dej. Man vet aldrig vad en sån där kan ha i kikaren. När han väl har gift sig kanske det visar sig att ni inte alls passar ihop. Du vet, bulten måste passa i muttern annars skär sig gängorna.”

Dolores förstod inte riktigt vad hon menade, men det lät som något klokt. Om hon varit en ung orörd flicka skulle saken kommit i ett annat läge, men nu var hon änka och alls inte orörd, så varför han ville vänta tills bröllopsnatten var lite konstigt. Nej, säkrast vore nog att försöka avstyra det hela och avsluta förhållandet, hur nu det skulle gå till.

***

Veronica var lite spänd inför mötet med Jörgen Bjure. Inte på något negativt vis utan mer taggad. Hon hade på känn hur samtalet skulle kunna utveckla sig om hon inte sade precis rätt saker. Jörgen var ingen dumbom, långt därifrån. Här var det fingertoppskänsla på högsta nivå som gällde.

Jörgen hade stängt dörren till sitt rum och Veronica kunde se genom glasrutan hur han satt djupt insjunken i sin datorskärm och studerade ett dokument mycket ingående. Hon knackade försiktigt.

”Kom in! Ja just ja, det var nu du ville träffa mej. Slå dej ner. Vad har du på hjärtat då?”

Veronica satte sig på den antika pinnstolen som stod på andra sidan skrivbordet. Hon hade tyckt att det var lite konstigt att han hade en sådan stol för besök när han hade ett så modernt kontorsrum och själv satt i en bekväm fåtölj. Förklaringen var att om man hade en obekväm besöksstol så skulle eventuella besök tendera att inte bli så långa och det skulle bli mer tid över för viktigare arbete.

"Här lyser flitens lampa ser jag. Vad är det du läser?"

"Det är rapporten från internrevisionen. Inte en anmärkning. Det trodde jag inte heller, men man vet aldrig vad dom där ungtupparna kan snoka upp. Dom är inte dumma i huvudet precis."

"Jo, anledningen till att jag ville träffa dej är att jag vill diskutera framtiden. Tiden går fort och vi måste haka på och titta på vilka förändringar som är nödvändiga för att hänga med."

Jörgen satte upp sina glasögon i pannan och stirrade strängt på Veronica.

"Tänker du sparka mej?"

"Nej, det vore väl ganska korkat. Det är ju du som är motorn här. Det jag har tänkt mej är att vi måste släppa fram några yngre förmågor. Den dagen du bestämmer dej för att sluta, kommer det mesta att braka samman om vi inte förberett oss. Nog för att jag hoppas att du stannar så länge jag är kvar, men det är inget jag kan ta för givet."

Jörgen lutade sig tillbaka och satte ner glasögonen. Hans ansiktsuttryck var nu lite mildare.

"Ja du, jag hade nog inte tänkt att jobba tills jag dör, men några år till vill jag nog vara med. Vad exakt hade du tänkt

dej? Jag förstår att du vill att jag ska kliva åt sidan och lämna plats åt någon annan och enligt mitt förmenande kan det inte bli tal om någon annan än Philippa Nordlund. Men vad hade du tänkt att jag skulle ha för uppgift?"
"Vad titeln beträffar så får du kalla dej vad du vill, men jag vill att du ska agera rådgivare. Alla här har stor respekt för dej och det pratas en hel del om ditt stora kunnande. Det måste du föra över till dom yngre. Det är så vi ska bädda för fortsatt framgång. Att du nämner Philippa, gör mej glad för det var henne jag hade i åtanke."

Veronica kände sig lättad. Även om Jörgen var en tråkmåns så var han skarp i tankarna och visste vad som var nödvändigt.
"Hur hade du tänkt rent praktiskt? Ska Philippa ha mitt rum?"
"Nej, det är inte nödvändigt. Sitt kvar här du. Förresten, lönen? Om du byter tjänst måste vi justera den.
"Om du tänkt att jag ska gå ner i lön så kan du glömma det."
"Nej, tvärtom. Vi får väl höja den. Vi sätter den i proportion till mina förhoppningar om vad du kan uträtta i din nya roll. Hur stora tror du mina förhoppningar är?"
Jörgen flinade.
"Känner jag dej rätt, så är dom skyhöga."
Jörgen och Veronicas händer möttes över skrivbordet i en kraftig handskakning.
"Då så, då är vi överens. Ska vi kalla in Philippa?"

Philippa Nordlund hade arbetat på Spargrisen sedan hon gått ut handelshögskolan vid tjugotvå års ålder. Nu var hon tjugosju och en av de kunnigaste och mest effektiva på hela företaget. Hennes förmåga att vara lugn i alla lägen och inte låta sig påverkas av gliringar och skitsnack hade väckt beundran och respekt från arbetskamraterna. Dessutom var hon handlingskraftig och misslyckades sällan med den uppgift hon blivit tilldelad. Det var just de egenskaperna som Jörgen Bjure tidigt upptäckt och som givit henne tjänsten som VD-sekreterare.

Philippa hade stil. Liksom de flesta andra kvinnor på företaget var hon strikt klädd i dräkt och fotriktiga skor. Skillnaden var att hon inte verkade snobbig. Lite stel och korrekt förvisso, men aldrig arrogant. Hon var sinnebilden av en sekreterare med rakt hår, glasögon och spetsig näsa. En del tyckte kanske att hon verkade något humorbefriad men hennes humor var mer subtil och gjorde sig inte så stora uttryck i sammanhang där det inte passade.

När Philippa kom in på Jörgen Bjures kontor blev hon förvånad. Det hörde inte till vanligheten att Veronica var på besök och av deras miner att döma så var det något viktigt i faggorna.

Jörgen hade hämtat in en stol från rummet bredvid och bad henne sitta ned.

”Jaha du Philippa, du ser att vi har celebert besök. Vi har diskuterat lite och har en fråga till dej.”

Philippa började bli lite orolig men det var inget hon visade utåt. Hade hon gjort något misstag? Något hon inte visste om?

"Ja som sagt var, så har Jörgen och jag diskuterat lite angående framtiden. Skulle du kunna tänka dej att bli VD?"

Philippa tittade förskräckt på Jörgen och sedan på Veronica. Det var sällan hon fick tunghäfta men nu fick hon inte fram ett ljud.

"Ja, vi förstår att det kom lite plötsligt och att du kanske måste tänka över det, men du ska veta att du inte kommer att stå ensam. Jörgen blir din mentor och bollplank. Han kommer att stanna kvar som rådgivare och vara behjälplig när du behöver. Du behöver inte svara direkt utan gå du ut och ta en kopp kaffe så kommer du in om fem minuter och ger oss ditt svar."

Philippa gick ut som i trans. Tankarna snurrade i hennes huvud. Hon hade aldrig haft en tanke på att karriären skulle ta en sådan vändning. Visserligen hade hon hoppats på ett kliv upp på stegen men inte till högsta pinnen och framförallt inte så snabbt.

Hon lade två sockerbitar i kaffet och rörde om samtidigt som hon stirrade med tom blick ut genom fönstret. Innan kaffet var urdrucket hade hon bestämt sig.

Efter några intensiva veckor och en del misstag, började
Philippa växa in i sin nya roll. Jörgen Bjure hade med flit låtit
henne fatta några mindre bra beslut. Inget som hade någon
större påverkan på verksamheten men som fått henne att inse
vikten av eftertanke. Att kunna göra en korrekt
konsekvensanalys. Philippa lärde sig fort och kände sig snart
riktigt bekväm.

Det hade varit många möten med Veronica där de lagt upp
strategin för den fortsatta utvecklingen och båda var rörande
överens om vad som behövde göras. Vid det sista inplanerade
mötet hade Veronica gjort klart för Philippa att hon nu inte
skulle dyka upp på ett tag och när hon väl gjorde det så ville
hon se resultat.

Veronica hade velat röra om i grytan och det var precis vad
som skedde. Philippa visade sig vara än mer målinriktad och
handlingskraftig än Veronica anat och förändringens vindar
svepte snabbt över Spargrisen. Det blev omplaceringar och
nyrekryteringar. Fackombuden hade svårt att hänga med i
svängarna men då de flesta verkade nöjda med det som
skedde, uppstod nästan inga fackliga tvister. De farhågor som
funnits att förändringsarbetet skulle inverka negativt på
resultatet, visade sig vara grundlösa. Alla kurvor pekade uppåt
och inget tydde på att det inte skulle fortsätta så.

Det skulle få ligga till sig någon månad och under tiden tänkte
Veronica ta itu med sin andra stora uppgift. Att förvärva det
gamla fängelset

Byggmästare Gustaf Gotthard var av den gamla stammen. Han styrde sitt imperium med järnhand och tolererade ingen opposition. Han hade börjat redan efter kriget att bygga upp sitt företag och var nu en av de allra mäktigaste i branschen. Pensionsåldern hade han passerat för länge sedan men hade inga planer på att dra sig tillbaka.

Det florerade många rykten om hans burdusa framtoning bland kollegor och konkurrenter. Hans konservativa inställning till lägre stående individer som kvinnor och utlänningar var också vida känd. Veronica hade hört det mesta och det var inte helt utan nervositet som hon nu var på väg till det första mötet. Trots att det var mot hennes principer, hade hon för en gångs skull klätt sig lite mer strikt än vanligt. Det var ju trots allt en hel del som stod på spel och att inleda förhandlingen med att provocera med sin klädsel, skulle inte öka hennes chanser. Det sved lite men det var för en god sak.

Gotthards kontor låg i ett gammalt sekelskifteshus i de finare affärskvarteren nere vid ån. Det var flera företag inhysta i fastigheten men Gotthard hade hela fjärde våningen för sig själv.

Veronica gick upp för den blanka marmortrappan och undrade hur i hela friden gubben som var så gammal orkade med trapporna. Det fanns ju ingen hiss.

Så stod hon framför dörren. Namnskylten lyste i blankpolerad
mässing. "Byggmästare Gustaf Gotthard."

Hon tittade efter en ringklocka men då det inte fanns någon,
knackade hon försiktigt på dörren.

Det dröjde en stund men snart kunde hon höra hur det
tassade där inne. Dörren öppnades av en gammal och mycket
liten kvinna i runda glasögon och tofflor som tittade upp på
henne.

"God dag. Jag heter Veronica Stjerne och hade ett avtalat möte
med Gustaf Gotthard."

Den lilla kvinnan plirade bakom sina starka glasögon.

"Ett ögonblick så ska jag höra med byggmästaren om han är
ledig. Ni kan vänta här i hallen så länge."

Veronica hängde av sig sin kappa och rättade till håret i
hallspegeln. Det fanns ingenstans att sitta men
förhoppningsvis skulle hon inte behöva vänta länge.

Efter fem minuter kom den gamla kvinnan stapplande.

"Tyvärr så är inte byggmästaren riktigt klar än. Kan ni komma
tillbaka om en timma?"

Veronica kände hur hon blev varm om kinderna. "Gubbjävel"
tänkte hon. Var det något hon ogillade så var det folk som inte
passade tiden. Nu var hon här på exakt den tid som avtalats.
Hon fick verkligen anstränga sig för att inte visa sitt missnöje.

"Går det bra att jag väntar kanske?"

Kvinnan såg lite besvärad ut men visade in Veronica och
pekade på en stol.

Det var olidligt varmt där inne och på väggen hängde en gammal väggklocka som tickade sövande. Veronica hörde mansröster från kontoret. Inte lät det som det pågick någon viktig överläggning där inte och i takt med att tiden gick, växte hennes irritation över att behöva vänta.

Äntligen öppnades dörren och en äldre man i skrynklig kostym kom ut. Han nickade åt Veronica, tog sin rock och hatt och gick ut.

Den gamla kvinnan stapplade fram till kontoret och stängde dörren efter sig. Efter en kort stund kom hon ut.

"Varsågod. Byggmästaren tar emot nu."

Nervositeten var som bortblåst. Nu var det bara ilska som härskade och Veronica fick uppbåda all sin kraft för att inte visa det och äventyra affären innan de ens börjat prata om den.

Det luktade cigarr i rummet och någon fungerande ventilation verkade inte existera. Hon gick fram, tog i hand och presenterade sig. Gotthard tog hennes hand men brydde sig inte om att resa sig. Han synade henne nedifrån och upp.

"Jaha, Veronica Stjerne. Jo, dej har man ju hört talas om. Vad har du på hjärtat då?"

"Jo, jag skulle vilja prata lite affärer. Ni äger en fastighet som jag är intresserad av och tänkte höra hur ni ställer er till att sälja?"

"Jaha och vad är det för fastighet?"

"Det gamla fängelset. Jag skulle vilja bygga bostadsrätter där och vad jag förstår så hade ni liknande planer tidigare.”

Gotthard skrattade så det ekade i rummet.

”Lilla gumman! Det där kan du slå ur hågen på en gång. Det blir alldeles för dyrt att bygga om till bostäder. Dessutom måste marken saneras. Nej, det där ska rivas. Sen får vi se vad vi gör med det. Det blir förmodligen företagshotell eller så vill kommunen köpa marken och då ska dom jävlar få betala.”

”Ja, det är ju en del jobb det inser jag, men jag har dom resurser som krävs och det skulle kunna bli väldigt fint. Om kommunen köper det så bygger dom förmodligen parkering eller hyresrätter.”

Hyresrätter var ett skällsord i Gotthards ögon. Det hade Veronica förstått när hon gjort sina efterforskningar.

Gotthard tog upp en cigarr ur byrålådan och tände den.

”Kan så vara, men hör nu här. Inte för att jag vill vara nedlåtande på något vis men hur fan ska ett fruntimmer kunna ro iland ett dylikt projekt? Ni är nog bra på mycket men affärer ska ni nog inte syssla med och framförallt inte i byggbranschen. Jag har varit med så länge så jag vet hur det går till. Det hjälper inte att du har ärvt en massa pengar och inflytande eller att dom skriver om dej i tidningarna. Nej, lyd mitt råd ägna dej åt något annat i stället.”

Det var ungefär den reaktion som hon förväntat sig och var förberedd på. Hon visade inte med en min vad hon kände inombords.

”Hur mycket skulle kommunen få betala om dom var

intresserade?"

"Tja...Det är bara marken som är värd något, kanske fyra fem miljoner. Men minst tio skulle dom få betala det är ett som är säkert."

Veronica låtsades se uppgiven ut.

"Ja, ni kanske har rätt. Det blir nog för dyrt och krävande. Jag kanske ska inrikta mej på det andra projektet jag funderat på om inte den här affären skulle bli av."

Gotthard smackade belåtet och drog några djupa bloss på cigarren. Inte för att han brydde sig så mycket men han var ändå lite nyfiken på vad det var för projekt. Allt som hände och hade med fastigheter att göra, var han intresserad av.

"Låt höra! Vad är det för projekt?"

Veronica log inombords. Hon funderade på om hon skulle dra ut lite på att släppa bomben, men det här kunde nog vara rätt tillfälle.

"Jo, ni vet fastigheterna nere på udden. Jag äger ju en hel del av dom, bland annat den gamla gymnastikhallen."

"Ja, det känner jag väl till. Jag bor ju där."

"Då har ni kanske hört att kommunen är intresserad av att köpa gymnastikhallen?"

"Nej, det har jag inte hört. Vad ska dom med det rucklet till?"

"Det har dom inte sagt, men jag förmodar att det ska bli flyktingförläggning. Det skulle kunna bli en bra affär för mej. Jag har ju hyreshuset mitt emot som delvis står tomt och om jag bygger om det till boende för ensamkommande flyktingbarn

skulle jag få uthyrt på en gång. Ni skulle bara veta vad
Migrationsverket betalar för en sådan plats."

Byggmästare Gustaf Gotthard satte i halsen och började hosta
febrilt. Var det något han tyckte illa om och inte ville ha i
närheten, så var det utlänningar som drog omkring i flockar
och skitade ner.

"Vad är det för jävla prat! Det begriper du väl att vi inte kan ha
något sådant nere på udden. Det är inte bara jag som bor där.
Många av mina kollegor har också sina villor där. Det skulle bli
ett förbannat liv."

"Jo, men nånstans ska dom ju bo och jag gör vad jag vill med
mina fastigheter. Så även om du och dina grannar har mycket
att säga till om så kan ni inte förhindra det, såvida inte något
mer intressant dyker upp."

Veronica reste sig och tog adjö. Halvvägs till dörren, ropade
Gotthard.

"Åtta!"

Veronica vände sig om.

"Vadå åtta?"

"Ja, du får köpa skiten för åtta miljoner."

"Topp! Gör i ordning ett kontrakt och ring mej när det är klart."

Veronica var mer än nöjd när hon på lätta steg trippade nedför
stentrappan. Även om gubben var både slug och erfaren så
hade han missat att ta reda på hur det verkligen låg till.
Kommunen var ointresserad av gymnastikhallen. De som visat

intresse var den lokala racingklubben som blivit alltför trångbodd i sin nuvarande lokal. Nu skulle de få rejält med plats inomhus och även en stor tomt där de kunde provköra sina motorer.

Utanför porten stod Gotthards antika Mercedes. Lacken var så blank att man kunde spegla sig i den. Veronica såg sig omkring, tog upp sin nyckelknippa och mycket diskret gick hon tätt intill bilen och drog en lång reva i lacken från framskärm till bakskärm. Där har du för "lilla gumman" gubbjävel, tänkte hon belåtet.

Det blev en snabb affär och arbetet med saneringen sattes genast igång. Veronica hade granskat och godkänt alla offerter och instruerat sina underhuggare om hur hon ville ha det. De som fick byggkontraktet hade hon jobbat med många gånger förr och visste att de var att lita på. Nu skulle Veronica inte själv behöva lägga så mycket tid på detta utan längtade efter sommaren då grundarbetet skulle vara klart. Då såg hon fram mot att få vara delaktig i detaljplaneringen. Det skulle bli kul att se det färdiga resultatet växa fram.

Kapitel 8

Det var ganska lugnt både hos SSC och Spargrisen. Skaffade man sig bara rätt medarbetare och placerade dem på rätt position så löpte allting på ganska bra. Det skulle till och med finnas lite tid över för att göra något trevligt för sig själv. Sådant som nästan aldrig blev av trots att man tänkte på det då och då. Kanske en weekend i Paris? Äta och dricka gott, shoppa lite. Eller kanske åka till något varmare ställe? Paris kunde så här års vara ganska bistert även om våren redan var långt gången där. Nej, lite sol och bad skulle det bli, fast då fick det nog ta en vecka i anspråk. Veronica funderade på vägen hem.

Dolores hade haft storstädning medan Veronica var borta. Hon stod på altanen och piskade mattor så dammet yrde.
"Men Dollan! Jag har ju sagt att du inte behöver städa. Sånt lejer vi bort."
"Jo, men nu ville jag göra det själv så det blir riktigt gjort. Dom där som brukar vara här, är inte så noga har jag märkt."
Dolores fortsatte att piska. Svetten rann och hon var alldeles röd i ansiktet. Det verkade nästan som om hon var upprörd över något.
"Men Dollan, du verkar lite uppjagad. Har det hänt nått?"
"Nej, inget alls. Jag vill bara att det ska bli rent."
"Men jag ser väl att du är arg. Berätta nu."

Dolores lade ifrån sig mattpiskan och satte sig ner.

”Det är bara det att Martin har tänkt att komma och nu vet jag inte hur jag ska göra.”

”Vill du det då?”

”Det är det jag inte vet. Ibland vill jag och ibland vill jag inte.”

”Det kanske börjar pocka på nu så han är redo för en påstigning och det är därför han vill komma hit?”

Dolores grinade illa åt Veronicas plumpa fundering.

”Det kan så vara, men det är väl inget som frun ska ha synpunkter på. Sköt dej själv så sköter jag mitt.”

”Förlåt då. Men va fan, låt honom komma hit så får ni träffas på din egen planhalva. Då kanske det känns bättre. Funkar det inte är det väl bara att inte träffas mer. När tänkte han komma?”

”Nu till helgen. Han måste åka hem på söndag.”

”Okej! Då bestämmer vi det. Här finns ju plats.”

Dolores funderade. Hon var tveksam men hon skulle kanske ge det en sista chans.

Det blev i alla fall bestämt så. På lördagsförmiddagen svängde Martins gula Opel in på gårdsplanen. Dolores skyndade sig ut för att ta emot honom.

”Välkommen hit. Jag hoppas att resan gick bra.”

Martin såg sig om och beundrade utsikten över sjön.

”Tack. Det var en bit att köra men det var bra väglag och inte så mycket trafik. Men det var då ett magnifikt boende. Här trivs du väl Dolores?"

"Jo, jag ska inte klaga. Sämre kunde man haft det."

Veronica hade stått i fönstret och kikat bakom gardinen och när de kommit in i hallen, gick hon fram och hälsade.

"Hej! Veronica heter jag. Välkommen!"

"Tack! Martin Granberg var namnet. Jag förmodar att Dolores har berättat om mej."

"Jadå, jag tycker nog att jag känner dej ganska väl vid det här laget. Kom in och känn dej som hemma."

Dolores visade honom runt i huset. Särskilt imponerad blev han av inomhuspoolen och den påkostade hemmabion.

"Ja, ni får rumstera om bäst ni vill. Jag ska in till stan en sväng och kommer till middagen. Jag hörde att Dollan skulle laga till något riktigt gott."

Dolores och Martin tog en lång promenad runt sjön. Det tog några timmar så när de kom tillbaka var det dags att börja med kvällsmaten.

Martin satt vid köksbordet och tittade på när Dolores for runt i köket som en virvelvind.

"Jag hörde att frun i huset kallade dej för Dollan. Det lät inget vidare. Behandlar hon dej väl?"

"Ja, jag har inget att klaga på. Jag är ju här frivilligt."

"Men du får lön och så? Du jobbar väl inte för bara mat och husrum?"

"Jo, jag får lön,"

"Törs man fråga hur mycket du får?"

"Ja, vad kan det vara? Mellan elva och tolv tusen skulle jag tro."

Martin veckade pannan.

"Om du jobbar heltid så verkar det inte vara någon avtalsenlig lön. Det där ska du nog ta upp med henne. Det finns avtal som ska följas och det där är nog under minimilön."

"Jag tycker det är ganska mycket. Betydligt mer än jag hinner göra av med. På en månad blir det en hel del."

"Ja, det blir väl elva tolv tusen?"

"Nej, det blir mycket mer. Jag får ju lön en gång i veckan."

Martin trodde att han hört fel.

"Det kan väl inte stämma? Då skulle du tjäna över fyrtio tusen i månaden och det är betydligt mycket mer än vad jag tjänar."

"Jo, det stämmer nog. Fast det är klart, jag betalar ju skatt också."

Martin var konfunderad. Han som var polis tjänade under trettiotusen per månad på ett sådant viktigt och ansvarsfullt arbete, medan hon tjänade minst tiotusen mer på ett så simpelt arbete som att sköta ett hem. Det kändes lite skumt, men han bestämde sig för att inte rota mer i detta. Nu skulle de ha trevligt.

Lagom tills det var uppdukat kom Veronica hem. Hon slängde av sig kappan och satte sig genast vid bordet.

"Nu är jag jävligt hungrig. Blir det kalvfilé som du sa?"

”Ja, och hasselbackspotatis med rödvinssås. Så har jag tagit fram lite rönnbärsgelé som vi gjorde i höstas.”

Martin hade redan satt sig och såg lite ogillande ut när han hörde att frun i huset svor.

”Det här ska bli gott.” Sa Veronica ”Kom och sätt dej Dollan.”

Dolores satte sig motvilligt. Normalt brukar hon inte vilja äta samtidigt som Veronica, men nu när Martin var här fick det väl vara hänt. Martin harklade sig.

”Jag vill tacka för att jag fått komma hit och om det inte är för mycket begärt, skulle jag önska att vi knäpper våra händer och tillsammans tackar gud för allt det goda han försett oss med.”

Veronica hajade till.

”Nej sånt där gör vi inte i det här huset. Det får ni syssla med när ni är ensamma. Förresten så är det väl Dollan som lagat maten. Är det någon vi ska tacka så är det väl henne?”

Martin kände hur ilskan rann till, men efter som han var gäst så var det inte läge att komma med några invändningar. Han tittade på Dolores som uppgivet ryckte på axlarna.

Stämningen blev snart bättre då Veronica var nyfiken och ville veta det mesta om Martins liv. Han tyckte mycket om att tala om sig själv och när middagen närmade sig sitt slut, var han på mycket bra humör. Det goda vinet hjälpte också till att höja stämningen och efter kaffet var han rentav lite sprallig.

Veronica reste sig.

”Nej hörni, nu ska jag lämna er ensamma så får ni roa er bäst ni vill. Jag ska lägga mej i badet en stund och sen tänkte jag kolla lite på tv. Vi ses i morgon. Ha det så skönt.

Hon tittade till på Dolores och blinkade diskret med ena ögat.

Dolores och Martin satte sig tillrätta i salongen och lyssnade på klassisk musik. Martin hade tagit med sig en cd med Wagner som han fattat tycke för. Hon hade hellre lyssnat på något mer lättsamt men Martin insisterade på att hon skulle ge den klassiska musiken en chans och tids nog skulle hon nog lära sig uppskatta den. Dolores tyckte att det lät som en brunstig hankatt i mars när fiolerna gnodde på som allra mest och hon kunde inte begripa hur någon kunde tycka att det var vackert. Visst fanns det klassisk musik som hon tyckte om. Speciellt Vivaldi och några stycken av Mozart, men det här lät rent ut sagt bedrövligt. Det var en pina för öronen. Martin däremot, satt bakåtlutad med slutna ögon och njöt i fulla drag.

När stycket äntligen var färdigspelat, frågade Dolores om han ville ha lite kaffe och det tackade han inte nej till.

”Kära Dolores, har du tänkt på det där jag sa om att vi skulle gifta oss? Ju mer jag lär känna dej, desto mer längtar jag. Ska vi inte ta och börja planera lite?”

Dolores visste inte vad hon skulle svara. Hon hade naturligtvis tänkt en hel del på det och var nu mer villrådig än någonsin.

”Jag behöver nog lite mer tid. Nog för jag tycker mycket om dej. Du verkar vara en mycket fin man. Men jag har varit ensam så länge och vill inte kasta mej in i något, allt för snabbt.”

”Ja, jag förstår. Du ska få den tid du behöver.”

Martin gäspade och sträckte på sig.

"Det börjar bli sent. Kanske vi ska tänka på refrängen? Var ska jag sova?"

Dolores bet sig i läppen. Hon utkämpade nu en inre strid som handlade om att våga eller inte våga. Till slut bestämde hon sig för att våga.

"Du kan få sova inne hos mej."

Martin såg först lite förvånad ut men sedan sprack han upp i ett leende.

"Ja, det ska väl kunna gå för sig."

Dolores kände sig som en ung flicka som första gången skulle sova med sin pojkvän. Hon var väl medveten om att det nu för tiden och särskilt i Sverige, inte var någon stor sak det här med sex och att folk pratade om det precis som det vore som vad som helst. Men det lindrade inte hennes nervositet. Hon skyndade sig in i badrummet, duschade och skrubbade sig så hon blev röd i skinnet. Hon stänkte på sig parfym och kammade ut sitt hår. I en liten väska som hon gömt långt in i hyllan där hon förvarade sina toalettsaker, tog hon fram ett par spetstrosor och en bh i rött siden. De hade hon köpt under stor vånda, precis innan hon skulle besöka Martin i julas.

Hon gick ut och ropade till Martin att det var hans tur, sedan trippade hon på lätta steg till sitt rum som låg på övervåningen.

Det pirrade i hela kroppen där hon låg nedkrupen och hade täcket uppdraget så endast näsan tittade fram.

Så kom Martin in. Det var nästan så att han fick huka sig i dörrposten, så lång var han. Han krängde av sig badhandduken och kröp ner bredvid Dolores.

"Det här känns lite ovant. Det är länge sedan nu jag fick sova bredvid en kvinna. Men det känns väldigt bra att det är du."

Han släckte lyset och det blev tyst en stund.

"Nu ber vi aftonbön tillsammans."

"Kan vi inte vänta med det tills efteråt?" Viskade Dolores.

"Efter vadå?"

"Ja, vi kanske kunde kela lite?"

Martin lade sig på sidan och kröp intill henne.

"Visst kan vi göra det."

Han strök henne över håret och pussade henne ömt på pannan. Hans stora händer strök längs hennes armar, nacke och upp mot hårfästet. Hon kände på hans håriga armar och hans breda bröstkorg. Försiktigt lät hon handen glida ner längs magen tills den stötte på ett hinder. Martin tog tag i hennes hand och flyttade den bestämt längre upp.

"Det där ska vi nog spara tills vi har blivit man och hustru."

Dolores stelnade till. Vad menade han egentligen? Nu fanns det väl i alla fall ingen återvändo?

"Hur tänker du nu? Ska vi inte ha det skönt tillsammans?"

"Men kära du, det här är väl skönt? Bara ligga bredvid varandra och känna värmen. Det andra blir något som vi får längta efter. Gud har sagt att en man bara ska ägna kroppsligt umgänge med sin hustru och än är vi inte där."

Dolores var så frustrerad att hon inte visste vart hon skulle ta vägen.

"Tror du inte att du har missförstått det där? Han kan väl inte mena att mogna människor som du och jag inte skulle få vara tillsammans om vi inte är gifta. Vi är ju inga oskulder och vi är änka och änkeman."

"Jo, det är så han säger i bibeln. Jag vill inget hellre än att få förenas med dej, men Gud är ganska tydlig på den punkten."

"Ja, i så fall så blir det väl aldrig någonsin av, för han säger väl också att man inte ska hålla på om det inte är tänkt att det ska bli barn och jag kan inte få några, det är jag för gammal för. Så hur har du tänkt egentligen?"

"Det där får vi diskutera vid ett senare tillfälle. Nu sover vi. Jag har en lång resa att göra i morgon och då vill jag vara utvilad."

Efter några minuter hörde hon på hans andning att han somnat. Själv var hon inte det minsta trött, bara upprörd.

För en gångs skull var Veronica den som var först uppe. Hon hade redan ställt fram frukosten när Dolores och Martin kom ner.

"God morgon! Har ni sovit gott?"

Hon tittade på Dolores och försökte läsa av hennes ansiktsuttryck.

"Tack, mycket gott" sa Martin. "Det var en väldigt skön säng. Och tänk så tyst. Hemma hörs alltid bilar utanför på vägen och det har man vant sig med, men här hördes inte ett knyst.

"Nej, det är ju enskild väg hit så det är inte så mycket trafik.

Du då Dollan, har du också kunnat sova?"

Dolores visade med eftertryck att hon inte uppskattade frågan.

Hon var inget vidare på att hålla masken och det hade Veronica
med tiden lärt sig.

"Jodå, jag har också sovit."

Det blev inte så mycket sagt under frukosten. Martin berättade
lite om sitt barnbarn och Dolores hade tankarna på annat håll.

"Nej, nu ber jag att få tacka så mycket. Det har varit trevligt att
vara här men i morgon väntar vardagen och jag vill komma
hem innan det börjar skymma. Det går ju inte att köra så fort i
det här väglaget. Jag ser att det snöat lite."

"Ja, ta det försiktigt, men du vet väl hur man kör i halt väglag.
Du är ju polis."

Martin reste sig och tackade för frukosten.

"Ja, då ska jag ge mej av. Dolores får väl tänka över det vi
pratade om så hörs vi snart."

Han kramade henne och tog Veronica i hand.

Dolores hade inte fått i sig sin halva fralla som verkade växa i
munnen. Hon tittade hågset ner i bordet. Veronica såg på
henne och trummade med fingrarna i bordet.

"Tänker du berätta då? Vad hände?"

"Det hände ingenting."

"Ingenting! Men ni låg ju i samma säng. Var han inte snäll mot
dej?"

”Jodå, kanske lite för snäll.”

”Men kan du sluta att vara så trulig. Berätta nu.”

”Inte för att du har med det att göra, men som jag sa så hände ingenting. Han vill helt enkelt vänta tills vi är gifta.”

”Se där ja, är det nån religiös grej det där, eller är han bara dum i huvudet?”

”Martin är starkt troende och han har sin uppfattning om saker och ting. Det får man respektera.”

”Men kunde inte du ha uppmuntrat honom lite? Du vet, karlar behöver man bara peta på så kan man få dom vart man vill. Dom har två hjärnor. En liten där uppe och en stor mellan benen.”

”Det där är inget som jag vill prata om. Nu är det som det är och jag tänker inte gräva ner mej för det.”

”Så det blir inget giftermål då?”

”Nej.”

Kapitel 9

En resa till solen hägrade. Veronica tittade runt bland resesajterna och allt såg fantastiskt ut. Hon ville helst att det skulle vara ganska folktomt och då var det ingen idé att tänka på de traditionella resmålen. Nej, långt bort skulle det vara och dyrt. Mellanöstern var uteslutet. Där skulle man behöva vara orolig för självmordsbombare och i Sydamerika skulle hon förmodligen bli rånad. Nej, någon exotisk ö ute i Stilla havet eller Indiska oceanen där man kunde ha en egen bungalow alldeles intill stranden och få vara i fred från försäljare och nyfikna turister. Hon hade fått några tips och till slut bestämt sig för Maldiverna, en liten ögrupp utanför Indien som skulle uppfylla hennes kriterier.

Dolores hade varit snarstucken en tid och Veronica visste mer än väl vad det berodde på. Men hon hade planer som förhoppningsvis skulle ändra på den saken.
"Dollan! Kan du komma ett slag?"
Dolores som var i tvättstugan, skyndade sig. Hon hörde på tonfallet att det var något speciellt.
"Ja, vad är det?"
"Jo, jag tänkte åka utomlands en vecka och jag undrar om du skulle vilja följa med? Du kan se det som semester och du behöver inte bekosta nånting själv. Vad säger du?"
Dolores blev lite fundersam. Nog hade hon längtat bort från

kylan ibland men då helst till Portugal.

”Vart skulle vi åka då?”

”Till Maldiverna.”

”Det har jag aldrig hört talas om. Var ligger det?”

”Det är en ögrupp i Indiska oceanen. Lugnt och fridfullt och en perfekt plats att koppla av på. Du får en egen bungalow bredvid min så du får vara i fred så mycket du vill. Sen kan vi bada och gå på utflykter tillsammans och äta god mat som du slipper laga. Det låter väl inte så dumt?”

Dolores såg bilden framför sig. Vita stränder med svajande palmer och det blågröna havet som glittrade i solen. Aldrig i livet att hon tänkt att hon skulle få komma till en sådan plats.

”Ja, det låter ju faktiskt ganska kul. Men skulle det inte bli för stort besvär? Och tänk så dyrt sen.”

”Det behöver du inte bekymra dej om. Vad skulle det bli för besvär? Du är väl ingen unge?”

”Nej, ja vi säger väl så då. När åker vi?”

”Om några dagar hoppas jag. Jag ska kolla med flygbolaget. Du har väl pass? Annars får du fixa det illa kvickt.”

Dolores som nu fått annat att tänka på, började känna sig på lite bättre humör. Martin hade hört av sig ganska snart efter deras senaste möte och undrat om hon bestämt sig. Hon hade då svarat att hon behövde längre tid, men innerst inne visste hon redan att hon inte var intresserad längre. Fast det hade hon inte vågat säga.

Veronica funderade på om hon kanske skulle höra av sig till George innan resan. Det skulle kännas befriande att åka iväg och samtidigt få känna tillfredsställelsen av att ha fått lite terapi. Hon visste ju hur bra hon skulle må efteråt och med det i bagaget skulle resan bli än angenämare. Det var inte mycket att fundera över. Hon ringde George och han hade tid att komma redan samma kväll.

Det blev den vanliga proceduren och inte mycket blev sagt innan hon befann sig i det tillstånd som hon uppskattade så mycket. George gjorde som han brukade och satte sig att vänta på att Veronica skulle bli redo. Det dröjde inte särskilt länge den här gången heller.

"Var är du?"
"Hemma. Jag är på mitt rum och lyssnar på skivor."
"Vad lyssnar du på för musik?"
"Jag vet inte vad dom heter... Jo vänta nu, jag tror det är Sven Ingvars."
"Är du ensam?"
"Ja."
"Gör du något annat?"
"Ja, jag ritar."
"Vad ritar du?"
"Hästar."
"Är du ensam hemma?"

"Nej, det låter från köket."

George funderade på hur de skulle komma vidare. Det var inte alltid så att han kunde styra förloppet och säga till Veronica vad hon skulle göra. Ibland hände saker spontant och det kunde bli verkliga överraskningar.

"Vet du om Karin är hemma?"

"Ja, jag hörde henne ropa på mamma."

"Kan du ropa på Karin?"

"Det behövs inte för hon kommer nu."

***

"Hej Skruttis! Vad gör du?"

"Det ser du väl. Vad gör du själv?"

"Inget särskilt. Går och väntar bara. Vilka är det du lyssnar på?"

"Sven Ingvars hör du väl. Visst är dom bra?"

"Nä, det tycker jag inte. Tacka vet jag Beatles. Där har du riktig musik. Vet du vilka det är?"

"Ja, tänk för att jag vet det. Dom är ju fula också. Långhåriga och har konstiga kläder."

"Du snackar skit ditt lilla troll. Paul är ju skitsnygg. Tänk om man fick träffa dom på riktigt."

"Vad skulle du göra då? Gå fram och pussa honom?"

"Ja, kanske det. Vi kanske skulle bli ihop sen och han tar med mej på deras spelningar."

”Det tror jag inte. Han vill nog ha äldre tjejer.”

”Jag är ju snart femton. Det är nog tillräckligt gammalt för honom. Han är jätterik och om vi blir ihop så ska jag köpa något riktigt fint till dej. Vad önskar du dej?”

”En egen häst och en finare cykel. Får jag det?”

”Det får du.”

Det började slamra i köket och Gunhild skrek: ”Du går inte in till flickorna, hör du det!”

Dörren öppnade sig till Veronicas rum och Valter kom in. Det syntes på lång väg att han var full och spritlukten riktigt ångade om honom.

”Jaså, det är här ni håller hus era små rackare? Nu ska vi dansa.”

Han tog tag i Karin och tryckte henne tätt intill sig och började röra sig i takterna till Sven Ingvars. Karin stretade emot så gott hon kunde och skrek åt honom att sluta. Veronica började gråta och drog allt vad hon orkade i skjortan på Valter.

”Sluta! Hon vill ju inte ser du väl.”

Gunhild kom inrusande och skrek som besatt. Hon slog på Valters rygg och sparkade honom på vaderna.

”Men för fan kärring! Är du inte klok. Vi dansar ju bara.”

”Det är väl du som inte är klok. Du ser väl att flickorna gråter. Dom vill ju inte det här.”

”Då ska jag fan dansa med dej i stället!”

Valter knuffade bort Karin så att hon ramlade och slog armbågen i en stol. Sen tog han ett stadigt tag om nacken på

Gunhild och släpade ut henne ur rummet. Veronica och Karin såg på varandra med rödgråtna ögon då de hörde mamma Gunhilds förtvivlade skrik. Karins ögon blev nästan svarta när hon kisade mot sänglampan.

”Jag hatar honom.”

”Jag också” sa Veronica och kramade om henne.

***

Veronica började vrida sig oroligt i sängen och det var ett säkert tecken på att hon var klar. George knäppte med fingrarna och hon slog upp ögonen.

”Hur känns det?”

”Jag vet inte så noga. Ganska bra antar jag.”

”Vad hände med din mamma?”

”Hon blev ganska illa åtgången och fick åka till lasarettet dan därpå. Polisen kom och hämtade Valter så han fick sova ruset av sig i fyllecellen. Sen släppte de honom.”

”Anmälde hon det inte?”

”Nej, hon ville inte det. Jag minns att Karin tjatade på henne att göra det, men hon verkade glömma fort. Hon var mycket förlåtande och fick lida för det.”

”Ja, du har sannerligen inte ärvt den egenskapen efter henne. Du som aldrig kan låta något bero. Gav du aldrig igen på Valter?”

”Jodå! Jag flyttade ju tidigt hemifrån så jag hade inte så

mycket varken med honom eller mamma att göra, men när han
skulle dö, då kom jag.”

”Vad hade han för sjukdom?”

”Det var förmodligen skrumplever. Jag minns när jag fick se
honom i sjuksängen. Jag kände nästan inte igen honom. En
ynklig varelse, mager och eländig som låg och kved av smärta.
Jag satte mej ned bredvid honom och då tog han min hand och
såg mej i ögonen. Det var första gången han såg på mej på det
sättet. Han pratade så tyst att det nästan inte hördes men han
ville att jag skulle förlåta honom.”

”Jag kan nästan gissa att du inte gjorde det.”

”Nej, jag talade om för honom vilket jävla svin han var. Hur
mycket jag och Karin hade hatat honom och hur mamma sagt
till oss att hon också hatat honom. Fast där ljög jag. Sen
frågade jag honom hur det kändes att få höra det precis innan
han skulle dö.”

”Vad svarade han på det?”

”Jag är van, sa han.”

”Dog han sen?”

”Ja, det är klart, men det tog flera veckor. Jag försökte övertala
mamma att inte besöka honom, men det var lönlöst. Hon var
hos honom när han dog. Det var synd.”

”Det måste ju i alla fall ha känts bra att han bad om förlåtelse
till sist?”

”Nej, inte ett dugg. Vad hade jag för nytta av den? Skadan var
ju redan skedd.”

George gjorde några anteckningar.

”Är det något mer du vill prata om?”

Veronica tänkte efter en lång stund.

”Jag vet inte om det är läge att gräva i det nu precis innan vi ska åka, men det är det här med Karin. Nu sa hon att hon nästan var femton år och eftersom hon dog när hon var sexton så är vi ganska nära.”

”Ja, jag vet. Jag skulle själv vilja veta vad som hände. Men som du säger, ni ska åka bort och ha det trevligt. Jag misstänker att om vi lyckas gräva fram sanningen nu så kommer dina grubblerier att förta lite av semesterupplevelsen. Jag föreslår att vi tar det vid ett senare tillfälle.”

”Jo, du har nog rätt. Vi stoppar här.”

”Gott så! Nu ska jag hem och förbereda. Ulla och jag ska gäster sent i kväll, med bastu och badtunna.”

”Jaså! Vilka blir det?”

”Inga som du känner.”

”Låt mej gissa, hmm... Ett yngre par bestående av en långbent storbystad blondin och en slätrakad man med stora muskler?”

”Fel! Det är en kollega från Karolinska och hans fru. Dom är i vår ålder och stämmer inte på någon punkt in på din gissning.”

George log ett snett leende och klädde på sig ytterkläderna.

”Du kan väl skicka några bilder från Maldiverna. Det ska vara väldigt fint där har jag hört.”

”Det ska jag. Vi hörs!”

***

Dolores tittade förskräckt ner på den lilla remsa som sträckte sig från ön ut i havet och som skulle föreställa en landningsbana.

"Men det kan väl inte vara möjligt att vi ska kunna landa där. Tänk om vi har för hög fart och kanar ner i vattnet?"

"Ta det lugnt Dollan. Det är nog inte första gången piloten landar här. Det ser mycket värre ut här uppifrån."

Dolores kände hur det knöt sig i magen när planet bromsade och sjönk hastigt. Hon blundade och höll sig så hårt i armstöden att knogarna vitnade. När planet tog mark spärrade hon upp ögonen och såg ut som om hon blivit galen. I takt med att farten minskade så återgick hennes ansiktsuttryck till ett mer normalt tillstånd. Veronica hade iakttagit henne hela tiden.

"Inte visste jag att du var så flygrädd."

"Det är jag inte heller. Det är bara vid landning som det är lite obehagligt och speciellt här där det knappt finns någon landningsbana."

De möttes av en kompakt mur av värme när de steg av planet. Det var nästan chockartat och något de inte alls var beredda på. Solen stod rakt ovanför dem och det fanns inte tillstymmelse till någon svalkande vind. Dolores krängde snabbt av sig sin tröja som hon haft på sig hela vägen.

"Men herregud! Här är ju varmare än i Portugal."

"Javisst är det skönt. Nu skyndar vi oss att hämta bagaget. Det väntar en båtresa till vår ö."

Det blev en lång men härlig båttur. Det var inte så många gäster och uppassningen var suverän med servering av frukt och färgglada drinkar. Båten åkte fort över det lugna havet och fartvinden svalkade skönt. Efter en stund dök det upp en flock delfiner som glatt hoppade bredvid båten. Långt bort i fjärran skymtade ön där de skulle bo.

Veronica och Dolores satt bekvämt bakåtlutade i sina solstolar och såg ut över havet.

Incheckningen gick snabbt och smidigt och när de skulle bli visade sitt boende, kom ett helt följe av uppassare för att bära deras bagage. Dolores ville inte släppa sin väska och blev nästan irriterad när en av männen vänligt men bestämt försökte ta den ifrån henne. Hon var van att klara sig själv och det kändes inte bra att bli uppassad på det här viset.

"Men Dollan! Slappna av nu. Det är deras jobb att hjälpa till och dom får förmodligen ovett om någon får se att turisterna bär sitt eget bagage."

Dolores släppte motvilligt taget om väskan.

Efter en kort promenad kom de fram till en liten oas av palmer och buskar med färggranna blommor. Det var som en portal mellan buskarna och där innanför låg två små hus en bit ifrån varandra bara några meter från havet. På de små altanerna stod möbelgrupper utställda och på borden fanns fat med tropiska frukter. Mellan husen och vattnet bredde en kritvit sandstrand ut sig. Den var prydd av snäckskal och vackert gnistrande stenar. Långt där ute bröts vågorna av ett rev och innanför revet låg havet spegelblankt. Dolores kände på vattnet. Det var varmare än hon trott.

"Ja du Dollan, här ska vi väl trivas?"

Dolores nickade förtjust. "Skulle tro det."

Följet med uppassarna, bockade vördnadsfullt när de lämnat bagaget och gick därifrån. Veronica studerade intresserat både exteriör och interiör och konstaterade torrt att de lokala snickarna och inredarna nog hade ett och annat att lära sig. Hon kastade sig ner på sängen och tog ett djupt andetag. Nu jävlar skulle det slappas.

En hydda stor som en halv fotbollsplan, tjänade som restaurang och inrymde buffén de skulle få avnjuta som kvällsmål. Det var en prakt utan like. Veronica som var van vid lyxiga middagar från sina resor i Europa, hade aldrig sett något liknande. Borden som var uppradade i en stor cirkel, bågnade av allsköns läckerheter. Det var hundratals olika rätter och de tjugotal turister som stod runt borden, hade svårt att välja. Dolores gick runt flera varv innan hon lade den första matbiten på tallriken.

”Veronica! Det här var något alldeles fantastiskt. Så mycket mat och så fint sen.”

”Men Dollan! Nu kallade du mej vid förnamn. Det har aldrig hänt förut. Ska du äntligen börja lära dej.”

”Ja, nån gång ska väl vara den första.”

Efter detta överdåd av mat och vin, kände både Veronica och Dolores att de inte skulle orka med mycket mer den kvällen. Efter att ha lyssnat lite på en gitarrspelare, beslöt de att gå hem och sova. Dagen därpå skulle vikas åt sol och bad, hade de bestämt.

Det fanns inte så mycket att göra på ön om man inte var en stor entusiast av vattensporter av olika slag. Att promenera runt ön tog en kvart och efter att ha vant sig vid miljön, fanns inte så mycket att se. Turisterna som mest bestod av tyskar och amerikaner höll sig helst för sig själva och det passade både Veronica och Dolores alldeles utmärkt.

Den mesta av tiden tillbringade de i solstolar nere vid vattenbrynet. Det hade inte varit helt lätt att övertala Dolores att ta på sig baddräkt och bada, men till slut gav hon med sig och blev omåttligt förtjust när hon upptäckte att man flöt i det salta vattnet utan att behöva röra sig så mycket. Simning hade aldrig varit hennes starka sida. Om hon drog sig till minnes, så var senast hon tagit sig ett dopp, för många år sedan då hon och sjömannen varit på semester på västkusten.

Nu flöt hon förtjust omkring och studerade det rika fisklivet under ytan med cyklop.

De började komma varandra allt närmare och Dolores öppnade sig mer och mer. Hon berättade om sin kärlek till sjömannen på både gott och ont och hur ledsen hon varit efter hans död. Hur hon saknat fysisk kontakt och om sin besvikelse när hon trott hon äntligen träffat den rätte och det visade sig att han var så djupt religiös att han såg sex för nöjes skull som något syndigt.

En eftermiddag när de proppmätta satt och lapade sol, kom en ung man fram till dem. Han hade med sig en machete. Dolores blev förskräckt och skrek åt honom att han skulle stanna. När han förstod att hon blev rädd, log han och pekade upp mot en palmkrona. Han frågade på knagglig engelska om han fick bereda dem varsin kokosnöt. Veronica nickade. Han klättrade snabbt och vigt uppför den sneda stammen och med några lätta hugg fällde han två stora nötter. Sen klättrade han lika snabbt ner igen. Med några vana hugg slog han av toppen på nötterna, borrade hål med machetespetsen och räckte fram dem till kvinnorna. Veronica gav honom en sedel som han mottog med ett stort leende och kilade kvickt därifrån. Dolores luktade i hålet och rynkade på näsan.
”Sånt här har jag smakat när jag var barn och det är inget jag kan rekommendera.”

"Men det här är nog en annan sort än dom ni hade i Portugal. Det luktar i alla fall jättegott."

Veronica tog en försiktig klunk, smackade med munnen och försökte placera smaken.

"Hmm... Det smakar lite salt, men friskt och gott på nått vis. Det är säkert väldigt nyttigt."

Dolores tog också en klunk, men grinade illa och slängde bort nöten.

"Usch! Det smakar precis som jag kommer ihåg. Som om någon pissat i ett glas mjölk."

Veronica hajade till. Så där brukade inte Dollan uttryckt sig.

"Det var ju tråkigt att du inte tyckte om det, men jag har en flaska champagne i kylen. Hämtar du den? Tag med ett par glas också."

Dolores var varm och törstig så lite kyld champagne skulle inte vara helt fel. Hon skyndade sig in i huset.

Den kalla drycken bildade snabbt imma på glasen och Dolores drack ur hälften i några klunkar.

"Ja, jag fortsätter väl att kalla dej vid förnamn eftersom det verkar vara så viktigt för dej. Men jag vet inte särskilt mycket om dej. Berätta lite om ditt liv. Har du alltid varit rik?"

Veronica skulle precis protestera, när det slog henne att Dollan nog hade rätt. När hon tänkte efter så hade hon inte berättat någonting om sitt förflutna. I alla fall inget om tiden innan hon kommit på fötter och börjat bli en framgångsrik entreprenör.

"Orkar du höra på då?"

Dolores nickade.

"Så länge du orkar prata."

"Okej då. Som svar på din fråga, så har jag inte alltid varit rik. Långt därifrån. Vi hade det inte särskilt gott ställt när jag växte upp. Inte för att vi behövde gå hungriga eller ha trasiga kläder, men jag skulle nog säga att vi var ganska fattiga med den tidens mått mätt."

Veronica berättade om sin uppväxt som börjat så bra men sedan blev ganska tragisk. Hur hon börjat med droger i unga år och om tiden som narkotikamissbrukare. Dolores trodde inte sina öron. Aldrig i sin vildaste fantasi kunde hon ha föreställt sig Veronica på det sätt som hon beskrev det.

"Men vad var det som hände egentligen? Vad var det som fick dej att komma ifrån den där skiten och bli så duktig och framgångsrik?"

"Det var 1983 då jag var tjugosex år. Jag minns det som i går och kommer aldrig att glömma den händelsen."

***

Veronica gick direkt från jobbet till lägenheten där langaren höll till. Det var i slutet av månaden och hon hade inga pengar kvar. Langaren hette Dick och var själv narkoman. Veronica var en pålitlig kund som alltid gjorde rätt för sig och hade inga problem med att få handla på krita.

Just den här dagen hade Dick fått ett parti från en ny

distributör och det var tydligen av en extraordinär kvalitet. Han svävade som på moln när Veronica kom innanför dörren.

"Tjena bruden! Nu ska du få känna på himmelriket. Jävlar vilket smack jag har. Det måste du testa. Har du stålar?"

"Nej, men du får nästa vecka när jag fått lön. Du vet att du kan lita på mej."

Dick var först motsträvig. Han hade fått betala lite mer för det här partiet, men gav snart med sig.

"Fast då får du släppa till. Lite hygglig kan du väl vara?"

"Nej, jag har ingen lust. Ge mej bara några gram. Jag måste hem sen."

"Jag fixar så får du sila här. Jag vill inte lämna dej ensam med den här dynamiten, inte första gången i alla fall."

Veronica satte sig ner i en sliten fåtölj och rullade upp ärmen på polotröjan. Hon snörde till överarmen med ett kardborreband som hon alltid bar med sig. Sakta började blodådrorna framträda allt tydligare under huden.

Dick mätte upp pulvret i en sked och värmde den långsamt över en bunsenbrännare. Försiktigt rörde han om med en tunn trästicka. När vätskan var flytande och glasklar hällde han över den i en större metallslev som legat på kylning i frysfacket. Med en van rörelse sög han upp vätskan i en spruta och tryckte ut luften tills en stråle skvätte ut från nålspetsen. Han satte sig intill Veronica.

"Nu gumman ska du få en resa du sent ska glömma."

Nålspetsen mötte nästan inget motstånd utan gled in i ådern

som en varm kniv i smör. Han tömde långsamt innehållet
samtidigt som han såg henne i ögonen. Först kände hon
nästan inget alls. Bara en svag värme runt nålsticket. Sedan
började värmen sprida sig i en allt snabbare takt. Det kliade i
hela kroppen och omgivningen blev suddig. Konturer började ta
nya former och det som förut varit rakt, blev nu skevt och
vridet. Det började låta i huvudet. Först lät det som musik men
övergick snart till ett dovt muller, nästan som om det åskade
långt borta. Hon kände sig lätt, och försiktigt lyfte hon sina
båda armar. Det kändes inte alls som det brukade och en
upplevelse av viktlöshet började sprida sig till alla delar av
kroppen. Hon flög och det var helt underbart.
Otroliga bilder spelades upp för henne. Hon hade testat LSD en
gång tidigare och det hade varit surrealistiskt. Det här var tio
gånger häftigare. Det välbehag hon kände går inte att beskriva
med ord. Det var helt enkelt himmelriket. Ett tillstånd som hon
aldrig mer skulle vilja vara utan.
Hon hade inget begrepp om hur länge det varade, men det
kändes nästan som om upplevelsen sakta gled iväg efter en allt
för kort tid. Veronica kände hur hon vaggades fram och
tillbaka. Hon kände en doft som hon inte riktigt kunde placera
och som inte kändes angenäm. Till slut gick det upp för henne
att det var Dicks andedräkt och att han var i full färd med att
genomföra ett samlag. Veronica försökte knuffa undan honom
men hade ingen kraft alls. Hon var fortfarande allt för svag och
hennes armar och ben kändes mer som fjädrar än mänskliga

lemmar. När hon försökte skrika åt honom, lät det bara som ett svagt gnyende. Sakta men säkert övergick känslan av yttersta välbehag, till olust.

När Dick var färdig och hade klivit av, försökte hon resa sig. Det kändes nästan som om alla muskler i kroppen förtvinat och hon kunde knappt röra sig.

Dick hade satt sig framför teven och verkade helt oberörd.

Veronica försökte ta några steg men det var inte det lättaste. Det fanns liksom ingen styrsel i kroppen och hon hade svårt att kontrollera sina rörelser. Ett lätt illamående kom sakta krypande.

Hon drog upp sina jeans och stapplade fram till hallen där hon hade sin jacka. Nu började hon få lite mer kontroll och med viss ansträngning fick hon på sig både jacka och skor.

Det sista hon hörde av Dick, var att han ropade att hon inte skulle glömma betalningen.

Det hade blivit mörkt och skuggorna från månskenet flöt ihop med omgivningen så att det var svårt att orientera sig. Illamåendet tilltog alltmer och efter en kort stund var hon tvungen att lägga sig ner på marken för att vila.

Det var det sista minnet hon hade av den kvällen. När hon vaknade upp låg hon på sjukhuset med en slang i halsen.

Med nöd och näppe hade hon klarat sig med livet i behåll.

Överdosen hade varit så kraftig att den nästan slagit ut alla viktiga kroppsfunktioner. Hon hade haft en väldig tur och det var tack vare att hon varit i så god form.

Hon fick stanna på sjukhuset i några dagar och det var då hon bestämde sig. Efter ett långt samtal med en läkare som förklarat hur nära det var att hon strukit med och som i detalj beskrivit följderna av fortsatt missbruk, ställdes hon inför valet. Fortsätta sitt missbruk och gå mot en allt för tidig död eller sluta och börja leva som en normal människa. Hon valde livet.

Det blev naturligtvis polissak av detta. Det var inte första gången hon stått inför tinget för att ha använt narkotika och den här gången såg domstolen lite allvarligare på det än de gjort tidigare. Det blev villkorligt i två månader och en övervakare utsågs.

Hennes arbetsgivare och chef blev bestört när han fick reda på vad som hänt. Han hade inte haft minsta misstanke om att Veronica missbrukade narkotika. Hon hade alltid skött sig exemplariskt och var mycket duktig och effektiv.

Arbetskamraterna var lika förvånade de.

***

Veronica tittade till på Dolores och såg till sin förvåning att hon sov. Först blev hon förbannad. Här hade hon berättat i förtroende om en av de mest livsavgörande händelserna i sitt liv och så hade människan mage att somna mitt i berättelsen. Dolores snarkade lätt och läpparna plutade som på ett litet barn. Det såg så näpet ut att Veronica glömde sin irritation. Hon sparkade till på Dolores solstol så hon vaknade med ett ryck.

"Du var allt en grann lyssnare. Hörde du nånting av det jag berättade?"

Dolores såg skamsen ut. Hon hasade upp i stolen och torkade sömnen ur ögonen.

"Jag hörde det mesta och jag vet inte vad jag ska säga. Förlåt att jag somnade."

"Det är lugnt. Det har hänt mej också ibland."

"Men hur gick det med langaren? Polisanmälde du honom?"

"Nej, det hade inte tjänat något till. Han skulle bara ha sagt att jag var med på det. Han hade blivit fälld för narkotikainnehav och på sin höjd fått skyddstillsyn. Våldtäkten skulle han klarat sig ifrån. Nej, jag bestämde att jag skulle utkräva ett lämpligt straff senare och det gjorde jag också."

Nu hade Dolores piggnat till.

"Berätta! Vad hände med langaren?"

"Det tog ju en bra stund innan jag blev som folk igen. Jag blev sjukskriven i en månad och faktiskt så kände jag inget behov av knark under den tiden. Jag fick nån slags medicin som skulle minska suget och den verkade hjälpa."

***

Under den månaden snurrade många tankar i Veronicas huvud. Det började gå upp för henne att hon skulle bli tvungen att ta tag i sitt liv på ett drastiskt sätt. Fram tills nu hade hennes tillvaro bestått i arbete på dagarna och sedan hem och sova. Utom de kvällar och nätter då hon knarkade, då var det fest och glädje hela natten och för att orka med arbetet dagen efter så krävdes lite uppåttjack på morgonen. Men det funkade. Frågan var bara, hur länge?

Hennes chef kom och hälsade på en kväll och de hade ett långt och förtroligt samtal. Han föreslog att hon efter sjukskrivningen skulle ta ut sin semester och sedan komma tillbaka och börja jobba igen. Förutsättningen var förstås att hon skulle lägga av med knarket.

Veronica var tacksam över hans förståelse och hon lovade dyrt och heligt att aldrig mer befatta sig med narkotika.

Mot slutet av sjukskrivningen började medicinen ta slut och läkaren som hade hand om henne ville inte skriva ut mer. Han förklarade att det då fanns risk för att hon skulle bli beroende av den i stället för narkotikan. Det som nu återstod, var att stålsätta sig och ta fram det jävlaranamma som han var övertygad om fanns inom henne. Det fanns där, det visste hon. Men det var inte lätt. Hon blev rastlös och stirrig. Tiden gick så sakta och det kröp i kroppen. För att stilla sin oro, började hon läsa. Inte romaner för det hade hon inga. Istället grävde hon ner sig i faktaböcker och läroböcker från gymnasietiden.

Då hade hon mest läst inför prov och inte lagt så mycket i minnet för framtiden. Nu läste hon noggrant och var det något hon inte förstod, tog hon reda på det.

Det blev nästan som ett begär i sig. På gränsen till maniskt, plöjde hon igenom alla böcker hon hade. Inte bara en utan flera gånger. Hon gick till biblioteket och lånade fler böcker som hon lika intensivt studerade. Det fick henne att glömma bort suget efter knark.

När sjukskrivningen började närma sig slutet, kände hon sig mer än redo att börja jobba igen.

Både arbetsgivaren och arbetskamraterna hade varit mycket öppna med att de visste vad som hade hänt och tydliga med vad de förväntade sig. Det kändes skönt att inte behöva ljuga och smyga och arbetet blev faktiskt lite roligare nu än innan.

Veronica hade funderat en hel del på det som hände hos langaren. Att han förgripit sig på henne då hon varit utslagen, rådde det inget tvivel om. Förmodligen såg han det inte själv som ett övergrepp. Han hade vid flera tillfällen kontaktat henne och frågat varför hon inte kom och betalade.

Hon kunde inte släppa tanken och blev mer och mer arg på det han hade utsatt henne för. Att hon skulle ge igen, fanns ingen tvekan om. Frågan var bara hur hon skulle göra.

Det kom hon på när hon en dag stod och snackade med Korven. Han jobbade på lagret och var två och tio lång. Han vägde etthundrafemtio kilo, hade rakat huvud och var ärrig i ansiktet efter en brännskada han fått när han var ung. Korven såg ut som om han skulle kunna äta upp någon levande. Folk tog stora omvägar när de mötte honom på gatan. Men hans personlighet motsvarade inte utseendet. Han var oerhört snäll och from som ett lamm. Mycket omtyckt på jobbet och en trygg följeslagare. När det hade varit någon personalaktivitet på kvällen och man skulle vänta på taxi eller buss, var han ett tryggt sällskap.

Korven och Veronica brukade prata mycket, och när hon berättade om sina planer var han mer än villig att hjälpa till.

En fredagskväll ringde hon upp Dick.

"Hej! Det är Veronica. Kan jag komma?"

"Var fan har du hållit hus! Vet du att du är skyldig mej pengar. Jag fick aldrig några efter att du varit här sist. Sånt där är inte okej!"

"Du fick ju annat i stället, minns du inte det. Det var väl värt något?"

Dick fnyste i telefonen.

"Du kan komma, men den här gången måste du ha stålar med dej, annars får du inget."

"Har du kvar något av det jag fick sist?"

"Ja lite, men det vill jag ha själv. Du får det vanliga den här gången."

"Det är lugnt. Du! Jag har en kompis som följer med. Funkar det?"

"Men va fan! Du vet ju att du måste komma ensam. Du kan inte ta hit folk jag inte känner fattar du väl."

"Jo, jag vet, men han är utvecklingsstörd och jag kan inte lämna honom ensam. Han har en hjärna ungefär som en kyckling så han kommer inte att fatta något."

Det blev tyst i luren.

"Ja, om det är som du säger så funkar det väl. Men vad fan gör du med honom?"

"Jag har lovat att passa honom i kväll. Kan vi komma nu?"

"Ni kan komma om en timme."

Dick fick en smärre chock när han öppnade dörren och fick se Veronica tillsammans med ett monster. Han ryggade tillbaka och såg skräckslagen ut.

"Men va fan! Vilket jävla freak! Hur har han blivit så där?"

"Ja, säg det? Han är väl född sån."

"Så han fattar ingenting?"

"Nej, inte ett jävla smack."

Veronica tog Korven i handen och ledde honom fram till soffan.

"Kan du bjuda på en grogg?"

"Nä, det vet jag inte. Jag är inte så jävla glad på dej om du fattar. Ta fram pengarna bara så fixar jag det du ska ha."

"Men om jag släpper till då? Som en liten kompensation för att du fått vänta, då kan du väl bjuda på en grogg?"

Dick tittade på Veronica och sedan på Korven.

"Så du menar att vi ska knulla medan han där tittar på?"

”Nej, honom sätter vi i köket så länge. Har man väl satt honom någonstans så flyttar han sig inte.”

Efter en stunds tvekan, gick Dick och blandade till två groggar.

Veronica ledde in Korven i köket och placerade honom vid köksbordet, sedan gick hon tillbaka, satte sig i soffan och slängde upp benen.

”Kan du inte sätta på lite musik?”

Dick gick fram till stereon och bläddrade bland skivorna. Snabbt som ögat tog Veronica fram en påse med vitt pulver hon i förväg mortlat av sömnmedicin, tömde i hans grogg och rörde om med en penna.

”Ja, skål då! Vi sveper den. Jag vill bli lite full.”

”Ska vi inte sila först?”

”Nej, det gör vi sen.”

Dick svepte sin grogg men Veronica klarade bara halva. Han hade börjat ta av sig skjortan och knäppa upp byxorna då han kände att det började snurra. Efter en kort stund var han borta.

”Korven! Du kan komma nu. Han har somnat.”

Det rasslade till i köket och lät som en mindre jordbävning när han kom inrusande. Veronica tog fram en liten plastbytta hon hade i jackfickan, öppnade den och tog fram ett ägg som hon lindat in i hushållspapper.

”Tog du med dej gummi som jag bad dej om?”

Korven flinade och plockade fram en liten förpackning ur byxfickan.

"Kom, vi gör i ordning i köket så kladdar vi inte ner här.

Veronica knäckte det råa ägget i en tom kaffekopp och spolade ner gulan i slasken. Hon vispade i äggvitan tills den fick lite tjockare konsistens. Med en tesked fyllde hon upp kondomen till en tredjedel för att sedan släppa ner den i äggvitan och röra om så den blev ordentligt nerkletad.

"Okej! Nu gör vi som vi sa. Du får hjälpa till."

De lade Dick tillrätta i soffan och drog ner hans byxor och kalsonger.

"Kan du sära på skinkorna?"

Korven grinade illa när han gjorde som han blivit tillsagd. Han hulkade och Veronica kunde nästan inte hålla sig för skratt. Med en smörkniv i trä, petade hon försiktigt in den preparerade kondomen i Dicks analöppning varefter hon hällde ut resten av äggvitan över hans skinkor.

Hon stoppade på sig påsen med knarket han förberett och lade tusen kronor på bordet. Sexhundra för det hon var skyldig sedan tidigare och fyrahundra för det hon tog nu.

"Då så! Då var vi klara. Jag ska bara skriva en lapp så går vi sen."

Dick vaknade fram på morgonkvisten och kände sig ganska omtumlad. En lättare huvudvärk och en underlig känsla i stjärten. Han famlade med handen och fick tag i något som stack ut mellan skinkorna. Han drog ut det och blev stel av fasa när han fick se den kladdiga kondomen. Han kastade bort den och kände på sina skinkor som var helt fnasiga av intorkat klet. Först hoppades han på att allt bara var en otäck dröm, men insåg snart att det var på riktigt. Han rusade in i duschen och gråtande började han skrubba sig så hårt att det nästan började blöda. Han stod länge i duschen och försökte skingra tankarna. Äckel och ilska blandades till en sörja av dåliga känslor som nästan lamslog honom.

På vardagsrumsbordet låg pengar och en handskriven lapp där det stod:

"Förlåt Dick, men jag kunde inte hejda honom. Jag hade ingen aning om att han var bög och han blev väldigt aggressiv. Jag lyckades i alla fall få honom att använda gummi så du behöver inte oroa dej för sjukdomar. Hoppas du inte berättar för någon. Veronica".

Dolores bara satt och gapade.

"Men herre min skapare! En sån förskräcklig historia. Vad hände sen? Hörde han av sig?"

"Nej, aldrig mer. Jag fick höra långt senare att han flyttat till Danmark. Sen vet jag inte vad som hände."

"Hur gick det för dej då? Blev du helt fri från knarket?"

"Ja, nästan. Det blev några återfall, men när jag fyllde trettio var jag nästan ren. Det var då det började gå bra för mej och i samma veva träffade jag Sven-Olof, min första man. Men det får jag berätta om senare. Nu börjar jag bli hungrig. Ska vi gå och äta?"

Kapitel 10

Stärkta av den sköna avkopplingen på Maldiverna, kände sig
både Veronica och Dolores som pånyttfödda. Dolores tog mod
till sig och berättade för Martin att hon fattat sitt beslut och det
var att de nog inte skulle gifta sig. De kunde gärna vara goda
vänner och träffas då och då, men det fick räcka med det.
Martin var till en början inte särskilt nöjd med svaret men efter
att ha funderat ett slag, accepterad han hennes beslut utan allt
för stora protester.

Veronica var ivrig att se hur arbetet med fängelset framskred.
Det mesta av grundarbetet började bli klart och
schaktmaskinerna var i full gång med att anlägga trädgården
på innergården. Muren var restaurerad och man hade redan
börjat plantera klätterväxter som till sensommaren
förhoppningsvis skulle börja slingra sig längs stenarna. Hon
kunde se det framför sig. En oas av gröna växter och blommor,
syrenbersåer och vackra trädgårdsmöbler, där de nöjda
lägenhetsägarna kunde sitta och njuta av solen utan att störas
av omgivningen.

På Spargrisen gick allt som på räls. Jörgen Bjure hade hittat sin plats som konsult. Han kunde lugnt se på hur Philippa Nordlund växte in i chefsrollen med både pondus och självförtroende. Hans tidigare farhågor om att det skulle krävas mycket stöd för att få henne att bli mogen uppgiften, var som bortblåsta. En mer kompetent chef stod nog inte att finna.

På SSC blev det först lite turbulent när man ansåg att delegeringarna gått något för långt. Många chefer såg sin vanligtvis behagliga tillvaro störas av en massa merarbete och var inte alls särskilt nöjda. Men det blev lugnare efter att Veronica förklarat att hon var tvungen att fokusera på annat under sommaren och en bit in på hösten, och att de som ansåg sig inte mäkta med en ökad arbetsbörda under en begränsad tid, nog skulle tänka över sin situation.

Nu kände hon sig tillfreds. En rolig tid väntade och hon var gladare än hon varit på mycket länge.

Nere vid udden hade motorklubben fått sitt hyreskontrakt i den nedlagda gymnastikhallen. Byggmästare Gustaf Gotthard och några av hans grannar och tillika affärsbekanta hade protesterat högljutt och hotat kommunen med allvarliga repressalier om inte kontraktet upphävdes. Men det fanns ingen juridisk grund för något överklagande så de fick helt enkelt lov att finna sig i rådande omständigheter. Gotthard

förbannade den stund då han skrivit på kontraktet till Veronica
Stjerne. Den där förbannade kärringen som kom och ställde till
det. Ett luder och inget annat, det var vad hon var.

Han hade gjort några tappra försök att få byggföretaget som
fått entreprenaden på fängelset att dra sig ur, men det hade
varit lönlöst. Vånkan Fastigheter hade numer så gott rykte i
branschen att många entreprenörer var beredda att gå genom
eld för att få vara med på ett hörn.

Veronica hade fått kännedom om Gotthards fula försök, och
det hade resulterat i ytterligare en repa på hans nylackerade
Mercedes. Gustaf Gotthard hade nästan fått en hjärtinfarkt när
han upptäckte att det hänt igen.

Ännu var det lite tid kvar innan hon kunde börja arbeta på
bygget. Det var i slutet av april och dags att ta itu med den
egna trädgården.

Hon vandrade runt med Seppo och pekade på vad som behövde
göras. Han trivdes i hennes sällskap. Inte för att hon visste
särskilt mycket om hur en trädgård skulle skötas. På den
punkten fick han rätta henne hela tiden. Nej, det var för att
hon var så enkel att prata med. En mindre tillgjord människa
hade han aldrig träffat och med tanke på hennes ställning och
status så kändes det extra bra. Sen var det ju maten förstås.
Dolores var en mästare i köket och varje gång han var vid
sjövillan så bjöds det på god mat.

"Du Veronica, hur blir det i sommar med sniglarna? Ska vi inte
göra som jag föreslagit, så du blir av med problemet?"
"I helvete heller! Nu har jag förklarat krig och det ska jag jävlar
vinna på egen hand."
"Jaja, du gör som du vill. Jag tycker bara att det känns som
lite onödigt arbete."
"Det är inte onödigt. Jag mår bra av det och dessutom är det
nyttigt att röra på sig. Så sluta tjata om det där nu."

Det hade nästan blivit en fix idé det där med sniglarna. Hon
visste mycket väl att det skulle vara en enkel match om Seppo
fick som han ville. Men det skulle kännas som en kapitulation.
Att hon fick ge sig. Nej, det var otänkbart, i alla fall som läget
var nu. Kanske om några år, om det inte blivit någon
minskning av den slemmiga populationen, då kanske hon
skulle tänka om. Men inte nu.

Trots att hon kände sig ovanligt stark och glad och inte alls i
behov av någon terapi, valde hon att boka in en session med
George. Nu var det kanske läge att komma till vägs ände. Nu
när hon hade kraft och ork att bearbeta det som eventuellt
skulle komma upp till ytan.

George var ganska hårt ansatt av arbete på sjukhuset men lyckades hitta en lucka. Det var ganska sent på kvällen när han rattade upp sin nytvättade BMW på Veronicas gårdsplan. Dolores var färdig med dagens sysslor och satt i vardagsrummet och läste när det ringde på dörren.

"Men se Dolores! Vackrare än någonsin och jag tror att solbrännan fortfarande sitter i."

Hon såg upp på honom och log sitt bredaste leende.

"Välkommen herr Sandberg. Jag tror frun väntar i biblioteket. Kom in vet jag."

George hade kommit direkt från ett viktigt möte med landstingsledningen så han var klädd i kostym och vit skjorta.

"Nå Dolores, vad tyckte du om Maldiverna då? Gav det mersmak?"

"Oja, det var helt underbart. Dom små bruna männen passade upp på en precis som om man var en kunglighet. Det var nästan så man blev generad."

"Men det är du väl värd? Du som alltid passar upp på andra. Var Veronica hygglig mot dej eller vill du att jag ska läxa upp henne?"

Dolores skrattade.

"Nej, hon var jättesnäll. Jag började till och med att kalla henne vid förnamn och vi hade många trevliga samtal."

"Det låter bra. Är hon i biblioteket sa du?"

"Ja, jag skulle säga till dej att du kunde gå dit. Vill du ha något att dricka?"

"Nej tack, inte något starkt när jag kör bil, fast om du har lite
av den där hallonsaften du gjorde i höstas så tar jag gärna ett
glas. Jag har fortfarande smaken kvar på tungan. Den hade du
verkligen lyckats med."
"Jodå det finns lite kvar. Kom med ut i köket så ska jag hälla
upp."
Dolores korkade upp den sista flaskan hallonsaft. Hon hade
egentligen tänkt spara den till ett senare tillfälle, men vem
kunde väl motstå ett önskemål från herr Sandberg.
Hon tittade på när George tömde glaset och sedan smackade
belåtet.
"Det där du Dolores, det var guld i strupen det. En sådan som
dej skulle man ha. Du får säga till om du skulle ledsna hos
Veronica så får du en plats hos Ulla och mej. Det garanterar
jag"
Hon nickade förtjust.
"Det ska jag."

Veronica hade lagt sig tillrätta i läderfåtöljen.
"Värst vad det tog tid. Tog du dej en svängom med Dollan
först?"
"Nej, men hon bjöd på sin fantastiska hallonsaft. Hon vet
verkligen hur man tar vara på naturens läckerheter den
kvinnan."
"Fan också! Det var den sista flaskan. Den skulle vi ha senare
när vi tar första fikat i trädgården. Men du roffar åt dej som

vanligt din girigbuk. Undrar jag om inte Dollan är lite småkåt
på dej efter som hon fjäskar så dant?"

"Nja, det tror jag väl ändå inte. Fast det är klart, det vore väl
inte så konstigt."

George sträckte på sig och log lite överlägset.

"Man kan ju inte hjälpa att man utstrålar något som attraherar
kvinnorna."

"Ja du, inte attraherar det mej i alla fall. Vet du förresten att
du börjar bli lite småfet."

"Det där säger du bara för att dölja att du innerst inne tänder
på min kropp. Glöm inte att jag är psykologiutbildad och kan
läsa tankar."

"Jaså, det säger du. Okej vad tänker jag på nu?"

Veronica blundade och koncentrerade sig.

"Du tänker på hur förbannat vulgär och opassande du är och
önskar att du hade lite stil och hyfs som jag."

"Fel! Jag tänkte att hur i helvete det kan komma sej att en sån
nolla som du kunnat utbilda sej till läkare."

"Ja du, med charm och ett trevligt yttre kan man komma långt.
Nej vet du vad, nu ska vi väl komma igång. Har du några
tankar inför den här sessionen?"

Veronica blev allvarlig.

"Kanske. Det är inte omöjligt att det här blir sista gången. Jag
känner mej rätt redo nu."

George rynkade pannan.

"Menar du det? Du förstår att det kan bli jäkligt jobbigt."

”Jo, det har jag räknat med. Men jag litar på att du vet vad du gör och när det är dags att avbryta. Jag har nog aldrig känt mej så avslappnad och stark som nu, så vi gör ett försök.”

George nickade och satte sig ner bredvid henne. Han var fokuserad och oerhört nyfiken på vad som skulle komma fram.

”Jag räknar, fem, fyra, tre, två, ett.”

Han studerad hennes ögonlock. Det syntes att det var lite annorlunda den här gången. Vanligtvis brukade han aldrig hinna räkna klart.

”Veronica, kan du höra mej?”

Hon nickade sakta och nästan omärkligt. Han såg på henne att hon inte var riktigt redo och väntade en stund.

”Var är du?”

”Jag vet inte. Jag känner inte igen mej.”

”Finns det nånting som verkar bekant? Är du inomhus?”

”Det är så ljust alltsammans. Vitt och med stora fönster. Nästan som ett sjukhus.”

”Finns det några människor där?”

”Ja, mamma och Valter, sen är det några andra. I vita kläder. Det är nog ett sjukhus.”

”Är inte Karin med?”

”Nej, inte vad jag kan se.”

”Vad gör ni?”

Veronica försökte förstå vad som försiggick. Hon såg sig om i rummet och alla var mycket allvarliga. Gunhild hade gråtit och var alldeles rödögd. Valter stod och pratade med en man i vit rock och drack samtidigt kaffe ur en pappmugg. Gunhild tog hennes hand och kramade den hårt.

"Jag ser inte så noga men jag anar det värsta. Det ligger någon i en säng och jag tror att det är Karin."

George bläddrade i sitt anteckningsblock och läste på några sidor han skrivit för länge sedan.

"Försök att ta reda på vad som hänt."

***

Veronica började känna sig illa till mods. Hon förstod att det hänt en olycka och att det inte var så bra med Karin. Hon släppte Gunhilds hand och gick sakta fram till sängen. Där låg Karin med öppna ögon. Huvudet var fixerat med en stålställning som var fastsatt i sänggaveln.

"Karin, kan du höra mej?" Viskade Veronica. Det blev ingen reaktion. Men hon andades, så hon levde i alla fall.

En sjuksyster kom fram och tog Veronicas hand.

"Kom så låter vi Karin vara ifred. Hon behöver vila."

"Vad är det som har hänt? Varför ligger Karin här?"

Sjuksköterskan tittade ner på Veronica och log vänligt.

"Hon har ramlat och gjort sig väldigt illa förstår du och nu måste hon få vara i fred."

Gunhild tog Veronica i handen och de gick ut ur rummet.

I bussen hem sades inte ett ord. Gunhild var rödgråten och Valter tittade med tom blick ut genom fönstret.

Väl hemma var stämningen lika dyster. Gunhild dukade fram
kvällsmat och Valter satte sig framför teven och slog på
nyheterna.

"Mamma vad är det som har hänt? Har hon blivit påkörd?"

"Nej, hon ramlade ut från en balkong när hon var på fest."

Valter vände sig om i teve-fåtöljen och ropade:

"Men för fan Gunhild! Säg som det är. Hon försökte ta livet av
sej. Flickan måste ju få veta sanningen, ju förr dess bättre.
Den kommer i alla fall fram till sist."

Gunhild började gråta igen. Hon satte sig ner och begravde
huvudet i händerna. Veronica påverkades starkt av
stämningen och började gråta hon också.

"Men mamma, varför gjorde hon så?"

Valter började bli irriterad när han inte hörde allt de sade på
nyheterna.

"Det vet man väl hur flickor i den där åldern är. Alla hormoner
som hoppar hit och dit. Det var väl något kärleksbekymmer."

Gunhild slutade gråta. Hon slet av ett stycke hushållspapper
och torkade bort tårarna.

"Hur kan du säga så där? Vi vet ju inte alls vad som hände."

"Det vet vi väl visst. Det sa polisen. Hon hade hotat att hoppa
och sen gjorde hon det. Hon hade väl druckit också."

"Det är ju inte säkert att dom talar sanning dom som var med
på festen? Hon kanske blev knuffad."

"Hör du inte vad jag säger. Hon hoppade självmant. Sånt där
vet polisen. Dom har förhört alla. Sluta att älta det där nu, det

blir det inte bättre av.”

Gunhild hörde på tonfallet att det var bäst att inte säga något mer. Hon smakade på spenatsoppan med ägghalvor och nickade åt Veronica att hon också skulle äta.

***

George tänkte febrilt på hur han skulle agera härnäst. Nu var de så nära och blev det fel nu så kanske det skulle dröja länge innan de var där igen.

”Kan du se lite framåt? Försök att tänka på Karin där hon ligger på sjukhuset.”

Veronica koncentrerade sig. Ögonen rörde sig intensivt under de slutna ögonlocken. Hon började skaka lätt och ett tag var George på väg att väcka henne, men så blev hon alldeles lugn.

”Jag är på sjukhuset nu och sitter hos Karin.”

”Är du ensam?”

”Det är flera som ligger här men det finns draperier vid varje säng så det är nästan som ett eget rum.”

”Kan du beskriva hur Karin har det?”

”Huvudet är helt fixerat med någon slags stålställning och hon har en slang i ett hål i halsen. Så har hon någon slags anordning som droppar ner vätska i hennes ögon. En massa sladdar och slangar överallt. Det ser hemskt ut.”

Som erfaren läkare hade nu George ganska klart för sig hur det var fatt med Karin. Hon hade med största sannolikhet brutit

nacken och var totalförlamad. Dropparna i ögonen var för att
de inte skulle torka ihop då hon var oförmögen att blinka. Det
här var något av det värsta som kunde hända en människa.
Fullt medveten men inte kapabel att på något vis
kommunicera.
Han hade varit med om det några gånger och visste att man
inte klarar sig särskilt länge. Rent biologiskt skulle man kunna
överleva många år, men det är hjärnan som inte klarar av det.
Man dör helt enkelt av frustration och leda. Att kunna tänka
och känna men inte på något vis kunna ge uttryck för det. Han
såg ner i golvet och kände hur ledsen han blev.

***

Veronica tog Karins hand. Den var livlös men varm och mjuk.
Hon berättad hur det hade varit i skolan och hur ledsen hon
var över det som hänt. Hon beskrev hur vädret var och vilka
program hon sett på tv. Hur Valter hade skällt på Gunhild då
han tyckte att hon överdrev.
Efter en stund kom Gunhild som suttit i samtal med en läkare.
Hon såg om möjligt ännu mer ledsen ut än innan. Hon tog
Veronica i handen och ledde henne bort från sjukhussängen.
På hemvägen berättade hon vad läkaren sagt och att det inte
fanns något de kunde göra.

***

George kände sig sorgsen och uppgiven. Han kände sorg över
det öde som drabbat Karin och familjen men också
uppgivenhet över att detta förmodligen var slutet på historien
om Karin. Så länge som de försökt att få reda på sanningen
och en av orsakerna till Veronicas ångest. Nu var det klart och
de skulle nog inte få reda på något mer.

"Veronica, jag kommer att väcka dej nu. Fem, fyra"
"Nej, vänta! Inte än."
Hon spände hela sin kropp och bågnade som en fjäder. Så hårt
koncentrerade hon sig. Så sjönk hon ihop alldeles avslappnad
igen. Hon var tillbaka hos sin älskade syster.
George hade lagt undan sitt anteckningsblock. Han tittade på
klockan och suckade.

***

Veronica tog åter Karins hand. Hon såg in i hennes ögon och
såg hur pupillen i ena ögat rörde sig. Då kom hon att tänka på
hur Karin och hon brukad teckna bokstäver i luften till
varandra när de inte ville att någon skulle höra.
"Karin, kan du titta upp och ner?"
Hon stirrade intensivt in i hennes öga. Pupillen rörde sig sakta
upp och ner.
"Kan du titta runt, som ett o?"
Pupillen rörd sig i en cirkel. Så där höll de på tills det var dags

för Veronica att åka hem. Nu visste hon att Karin förstod vad hon sa och att de skulle kunna prata med varandra, om än på ett begränsat sätt.

***

George kunde se på hennes rörelser och ansiktsuttryck att det förmodligen inte skulle komma något mer den här gången, så han väckte henne.

"Hur känns det?"

Veronica blundade och kände efter. Det hade varit sorgligt att se Karin ligga där så hjälplös, men nu visste hon i alla fall att det inte skulle vara omöjligt att få reda på sanningen.

"Både bra och dåligt. Jag vet inte riktigt hur jag ska uttrycka det. Det känns konstigt helt enkelt."

"Ja, det förstår jag. Jag har sett en del fall där människor blivit totalförlamade. Man slås ju av tanken av vad som rör sig i deras huvuden när hjärnan fungerar som vanligt men alla andra funktioner är borta."

"Usch, vad hemskt! Kan man inte bara sluta andas så man dör?"

"Nej, så funkar det inte. Man har ju respirator och då hjälper det inte vad man gör. Den pumpar bara på vare sig man vill eller inte. Men dom där tankarna ska du nog försöka slå ifrån dej fortast möjligt. Det är inget man mår särskilt bar av, att älta det som man inte kan påverka."

"Jag fattar det, men det är inte så lätt."

"Du Veronica, nästa gång så kanske vi kommer till vägs ände, eller vad tror du?"

"Ja, kanske. Trodde nästan att det här var sista gången men det är ju så där. Man vet aldrig vad som händer."

"Du får säga till när det är dags. Förresten så ska Ulla och jag på konferensresa till USA om några veckor och vi blir borta ett tag. Men du hade väl inte räknat med att vi skulle ses innan dess?"

"Tror inte det. Nu ska jag snart börja med detaljplaneringen på fängelset och då lär jag få fullt upp. Det ska vara klart i augusti. Då är ni välkomna på invigningen."

"Det ser vi fram mot. Vi hörs!"

Kapitel 11

Dolores hade slutat grubbla över Martin som hon nu såg som ett avslutat kapitel. Hon hade på nytt börjat intressera sig för dejtingsidorna på nätet och redan hittat några nya intressanta objekt. Det kändes inte längre så syndigt eller pinsamt att titta runt bland kärlekstörstande karlar, som vek ut sig och beskrev sig själva som guds gåva till kvinnorna. Det var riktigt roligt och hon drog sig inte längre för att slänga ut några krokar både här och där. Ofta blev hon besviken när hon kunde ana att de hon fick kontakt med, inte alltid hade seriösa avsikter. Ibland kunde det till och med hända att hon fick erbjudanden som rent av var oförskämda. Hon trodde inte att det var sant när hon efter att ha skrivit ganska länge med en man som verkade trevlig, fick en bild på hans erigerade penis. Hon visade bilden för Veronica.

"Men jävlar! Vilken en va? Han var inte blyg han. Tänker du svara?"

"Nej, vet du vad! Skulle väl inte tro det. Det var det mest oförskämda jag har varit med om. Hur kan du ens tänka tanken att jag skulle svara."

"Tja, det kunde ju vara kul. Det är väl inte så dumt att veta hur verktygen ser ut innan man går vidare. Eller hur?"

Dolores var upprörd.

"Nog för jag vet hur du är, men det här trodde jag inte om dej. Han skulle ju polisanmälas."

Veronica studerade bilden lite mer noggrant.

"Den är ju i alla fall ganska fin. Rak och lagom tjock, lite ådrig kanske men det stör väl inte?"

Dolores reste sig hastigt och var mäkta förgrymmad. Med bestämda steg lämnade hon rummet. Veronica ropade efter henne.

"Men Dollan! Du fattar väl att jag skojade. Det är klart att det inte är okej att skicka sådana bilder. Vet du! Vi tar och driver lite med honom så han får sig en läxa."

Dolores stannade till.

"Vad skulle det vara då?"

Veronica funderade ett tag, så sprack hon upp i ett stort leende.

"Nu vet jag! Kom hit så ska jag visa dej."

Dolores gick motvilligt fram. Hon var lite skeptisk till vad Veronica hade hittat på, men samtidigt väldigt nyfiken.

"Vad tänker du göra? Det är väl inte något som jag får skämmas för?"

"Det är väl inte du som ska skämmas. Vi gör så här, vi letar upp en bild på internet, av en riktigt ful murva och skickar till honom."

"En vad då, sa du?"

"Ja, en slida. Ett kvinnligt könsorgan. Gräsligt ful ska den vara också. Det blir skitkul."

Dolores såg helt förskräckt ut. Hon nästan kippade efter andan.

”Är du inte klok! Det kan man väl inte göra. Jag har då aldrig hört på maken.”

”Det kan man väl visst. Tänk dej hans min när han öppnar meddelandet och får se bilden.”

Dolores kunde se synen framför sig. Det som först framstått som en helt horribel tanke, började så smått te sig aningen komiskt.

”Men då får du skriva. Jag tänker i alla fall inte göra det.”

”Självklart! Vi gör det på en gång.”

Veronica slet åt sig datorn och skrev in en beskrivande fras på Google. Genast fylldes skärmen av bilder på kvinnliga könsorgan av allsköns modeller. Dolores tittade storögt och häpnade av utbudet.

”Vad säger du om den här?”

Veronica klickade på en bild som förmodligen var fejkad. Det var en abnormt stor slida med en buske som mer liknade ett skatbo än en könsbeklädnad. Dolores tittade med stora ögon och var helt hänförd.

”Men herre Jesus! Jag har då aldrig sett på maken. Kan man se ut sådär?”

”Den är ju inte äkta fattar du väl. Men riktigt ful. Den tar vi.”

Hon laddade ner bilden och bifogade den till meddelandet där hon skrev:

”Tack för din fina bild. I rättvisans namn så får du här en bild på min, nu när jag fått se din. Det är bra att den är stor för som du kan se så är även jag ganska välutrustad. Hoppas vi hörs igen."

Innan Dolores hunnit protestera, klickade Veronica
på "skicka".

"Så var det gjort. Tror du att han kommer att höra av sig igen?"

"Förmodligen inte" sa Dolores och började fnittra. Veronica
började också fnittra och snart föll de in i ett hysteriskt
skrattanfall som inte verkade ha något slut.

***

Den första veckan i juni började det bli dags för Veronica att
engagera sig i bygget på fängelset. Allt grovbete var i stort sett
klart och man kunde redan nu skönja vilket fantastiskt boende
det skulle bli. Fasaden var putsad och alla fönster var utbytta.
Till några lägenheter fanns balkonger ut mot trädgården och
den omgivande muren. Just muren var något alldeles extra.
Skickliga stenläggare och murare hade restaurerat den
ursprungliga muren från medeltiden, näst intill originalskick.
Planteringarna av vildvin och murgröna hade slagit rot och
började sakta leta sig upp längs den skrovliga ytan.
Stenläggningarna mellan planteringarna i trädgården var
smakfullt utformade och på några platser hade man redan
placerat ut paviljonger och lusthus där de boende kunde njuta
sitt morgonkaffe utan att störas. På lämpliga platser hade små
trädgårdstäppor anlagts så att varje lägenhet skulle ha sin
egen grönsaksodling.

Invändigt var det klart för utformningen av lägenheterna.

Arkitekten hade skissat på förslag som Veronica fått granska.

Hon var i stort sett nöjd men hade lite egna synpunkter som inte helt uppskattades av byggaren. Hon ville att några lägenheter skulle slås ihop och bli sexor i stället för treor. På byggmötet hade diskussionen varit livlig.

"Men det förstår du väl Veronica, att man inte kan göra så. Då måste vi riva bärande sektioner och tidsplanen är redan så pressad den kan bli. Orimligt dyrt skulle det också bli. Nej, där får du nog lov att tänka om."

"Jaså, det säger du. Det går alltså inte?"

"Nej, så är det."

Veronica rynkade pannan och såg bekymrad ut.

"Konstigt. Vi kan tillverka datorer som ryms i ett knappnålshuvud. Vi kan åka ut i rymden och landa på månen. Bygga tunnlar under haven och byta ut inälvor på folk. Men riva några bärande väggar det är tydligen stört omöjligt?"

Det blev helt tyst på byggmötet. Byggledaren kliade sig i huvudet och såg besvärad ut.

"Det är klart att det går, men det blir besvärligt och dyrt."

"Jaså, det går? Men det var ju trevligt att höra. Då föreslår jag att ni sätter igång omedelbart. Jag tror säkert att ni kan få in extrapersonal så att tidplanen håller. Vad gäller ekonomin så tar ni fram en kalkyl så fort ni kan, för jag antar att ni inte vill börja innan den är godkänd och påskriven."

Det blev inga fler invändningar på byggmötet. Redan samma

dag hade en ny kalkyl tagits fram och blivit signerad.

Nu började arbetet som Veronica så länge sett fram mot. Hon vandrade runt med arkitekten, pekade och skissade. I de största lägenheterna skulle det vara exklusiv inredning med badrum i marmor och armaturer i guldpläterad mässing. Köksinredningen skulle vara av högsta kvalitet och golven av ekparkett i fiskbensmönster. I sovrummen skulle det vara luftkonditionering och på balkongerna skjutbara glaspartier och infravärme. Inbyggda högtalare i alla rum och vardagsrum stora nog att kunna rymma tillställningar för större sällskap. Vissa tyckte nog att det var lite överdrivet. Vem skulle ha råd med en sådan lägenhet? Men Veronica var eld och lågor. Hennes entusiasm smittade av sig på konsulter och hantverkare och arbetet fick en nytändning och framskred i en takt som med god marginal skulle vara klart till invigningen.

Det började skrivas om bygget i lokalpressen och det dröjde inte länge förrän de flesta lägenheterna var tingade, trots de höga priserna.
Byggnadsnämnden hade varit flexibla med sina tillstånd och beslut, trots att det begåtts en del administrativa misstag i ansökningar och beskrivningar. De visste allt för väl vad som skulle hända om de började krångla. Att sätta sig upp mot Veronica Stjerne skulle innebära många jobbiga möten där ens tillkortakommanden skulle lyftas fram i ljuset.

Det var många inom kommunen som hade den erfarenheten
och gjorde allt för att det skulle gå så smidigt som möjligt.

I början av augusti stod allt klart. Veronica beskådade sitt verk
med stor förtjusning. Hon hade haft en vision om hur det
skulle se ut och det här överträffade alla förväntningar. Detta
var utan tvekan stadens mest exklusiva boende. Hon var
mycket stolt.

Taklagsfesten blev något utöver det vanliga. En sagolik tur med
vädret gjorde att de inhyrda tälten inte behövde sättas upp
utan allt kunde dukas upp under bar himmel.
Hon hade engagerat några av våra mest kända artister för
underhållningen och trerättersmiddagen var komponerad av
självaste Leif Mannerström som också medverkade och
berättade om rätterna.
Det var fri tillgång till dricka, vilket medförde att det hade blivit
ganska stökigt fram på småtimmarna. Men fängelsegården var
en perfekt plats att festa på utan att störa omgivningen.
Hantverkarna var lyriska över det fantastiska överdåd som
erbjöds och Vånkan Fastigheters goda rykte som en
extraordinär beställare blev inte mindre efter detta.

Invigningen som följde blev inte mindre storslagen. De lyckligt lottade som redan tingat lägenheter kunde belåtet se på när den ena efter den andra lokala celebriteten avundsjukt tittade runt i fastigheten. Det gjordes till och med affärer under själva invigningen där lägenheter bytte ägare och till en värdeökning som gjorde de lyckosamma som varit först framme ännu lyckligare.

Byggmästare Gustaf Gotthard var inte inbjuden till själva firandet, men han kom till den officiella visningen på förmiddagen. Med butter min knallade kan runt med sin käpp och synade kritiskt hantverket. I en hall stötte han ihop med Veronica.

”Hej! Vad trevligt att du ville komma. Nå, vad tycker du om resultatet?”

”Tja, vad ska man säga? Det finns nog ett och annat som kunnat göras annorlunda. Sen tror jag nog att du har felkalkylerat en aning. Det här lär du inte få någon ekonomi i.”

Veronica såg honom i ögonen och log lite överlägset.

”Det vill jag nog inte hålla med om. Alla lägenheterna blev sålda innan bygget var klart. Även dom allra dyraste, så vad det beträffar kan jag nog skratta hela vägen till banken.”

Gotthard såg måttligt road ut, men trots att han ogillade tanken, kunde han inte låta bli att beundra den handlingskraft och det mod som resulterat i detta fantastiska resultat.

”Ja, det får väl vara hur det vill med den saken. Det verkar ju inte helt misslyckat, men som sagt, saker och ting kunde gjorts bättre.”

Veronica spillde inte mer tid på honom utan fortsatte mingla runt bland besökarna. Det var idel positiva kommentarer och det värmde långt in i märgen.

Dagen efter, tog Veronica sovmorgon. Dolores fick ställa undan frukosten orörd. Först fram mot lunchtid började det röra sig under täcket och två rödsprängda ögon tittade yrvaket upp. Det kändes som om hon vandrat genom Saharaöknen, med skoskav, huvudvärk och en brinnande törst.

”Dollan!” Ropade hon med hes röst. ”Kan du komma med lite juice?”

Efter en stund kom Dolores.

”Jag tog med några Magnecyl också, för det antar jag att du behöver. Du var inte riktigt nykter när du kom hem i natt. Du slamrade och väsnades så jag vaknade.”

”Förlåt, det var inte meningen. Du är väl inte tjurig?”

”Nej då, men jag kan väl tycka att man borde veta hur mycket man tål i din ålder. Du är ju ingen tonåring längre.”

”Ja, det blev nog lite för mycket, men det var så jävla kul. Du skulle varit med.”

”Nej tack! Sådana där tillställningar är inget för mej. En massa fulla människor som inte kan sköta sig.”

”Åja! Så farligt var det inte. Då var det värre på taklagsfesten.”

”Jo, men då var det vanligt folk. Fint folk ska väl kunna föra sig lite bättre. Kommunalpampar och sådana som har råd att betala för dina dyra lägenheter. Dom har man ju lite högre krav på."

"Nu tycker jag du låter aningen soffig. Det är inte så stor skillnad på folk nuförtiden. Förresten så var det en himla blandning på dom som var med på invigningen. Det fanns nog en och annan trevlig man som skulle fallit dej i smaken."

Dolores fnyste.

"Det tror jag väl ändå inte. Nå, hur ska hon ha det med lunchen?"

"Hur ska du ha det med lunchen, heter det. När ska du lära dej? Jag tror jag väntar lite. Jag måste nog försöka spy först så jag får behålla något sen."

Dolores ruskade på huvudet och suckade.

Fram på eftermiddagen var Veronica nästan återställd. Efter en mustig sparrissoppa och hembakt bröd, bestämde hon sig för att cykla till kyrkogården. Nu var det ett tag sedan hon var där och lite färska blommor på Gunhilds grav skulle nog inte skada.

Hon gick runt bland rabatterna och plockade ihop en fin bukett. Inget överdådigt men lite vackra blommor och blad som passade ihop.

Det var en härlig dag. Alldeles lagom varmt och inte allt för soligt. Hon kom att tänka på att nästan varje gång hon besökt kyrkogården så hade hon varit lite bakis. Om det berodde på några djupt gömda skuldkänslor eller om det helt enkelt var så att hon inte hade lust med något annat, spekulerade hon över men hon kunde inte hitta någon bra förklaring.

Det syntes att kyrkvaktmästaren nyligen hade varit i farten. Det såg välansat ut och blomsterkransen som länge legat på Gunhilds grav, såg fortfarande riktigt fin ut.

Veronica stack ner buketten i glasvasen som var nedgrävd i jorden och hämtade sedan lite vatten.

Fast hon gjort det så många gånger förr, kunde hon inte låta bli att stanna till vid några gravar och läsa texten på stenarna. Det var något fascinerande med det som stod där. Fantasin skenade iväg och hon föreställde sig hur personerna i fråga sett ut och hur de hade levt sina liv. En dag kanske någon skulle stanna till och läsa på hennes gravsten. Då vore det kul om det stod något annorlunda. Hon tänkte på vad hon hört att det stod på Fritjof Nilsson Piratens gravsten. ”Här under är askan av en man som hade vanan att skjuta allt till morgondagen. Dock bättrades han på sitt yttersta och dog verkligen den 31 januari 1972”. Det var fyndigt. Hon skulle nog försöka hitta på något kul och skriva in det som en önskan i sitt testamente. Men det fick vänta ett tag. Frågan var bara hur länge hon skulle våga vänta? Veronica hoppades att det skulle dröja länge. Nog för att hon vid flera tillfällen önskat det motsatta, men just nu kändes livet ovanligt bra.

Sin vana trogen, gick hon samma väg tillbaka som hon alltid brukade göra. Lite till vänster låg graven hon brukade spotta på. Graven där Anders Larsson låg nedgrävd, eller snarare askan av honom. Veronica stannade till och skulle just avfyra en spottloska, när hon hejdade sig. Han hade varit död i sjutton år nu. I sjutton år hade hon spottat på hans grav när hon gått förbi. Vad skulle det tjäna till? Straffet för sina gärningar fick han när han levde och han dog som en mycket olycklig man. Kanske det fick vara slut med det här nu? Det hade mer blivit som en vana än ett uttryck för förakt och hämndbegär.

Veronica tittade på gravstenen och tänkte på vad det borde ha stått. "Här vilar ett jävla svin som till slut fick vad han förtjänade."

***

Anders Larsson hade haft framgång i sina skumma affärer efter att ha lånat ut sin flickvän till de båda hejdukarna som skulle kolla upp honom. Han hade fått godkänt och klivit några trappsteg upp i hierarkin i den värld han verkade i. Att Veronica hade lämnat honom, brydde han sig inte så mycket om. Hon skulle nog komma tillbaka när han viftade med sedelbuntarna, och mister du en så står där tusen åter. Framgången lät inte vänta på sig. Efter bara några veckor började pengarna strömma in.

Anders gillade det fina livet och han syntes allt oftare ute i vimlet. Han var mycket generös och när ryktet väl hade spridit

sig, började kvinnorna flockas kring honom. Han låg inte på latsidan utan tog för sig av allt det goda som bjöds. Så höll det på i någon månad tills han en dag insåg att han inte hade så stor behållning av det längre. Det var inte så stor skillnad. Han var fullt medveten om att det var ryktet och pengarna som gjorde att han var populär och det kändes helt okej. Det var det här med att ha någon att snacka med. Någon som inte var blåst. Han började sakna Veronica. Med henne kunde man i alla fall föra ett vettigt samtal. Hon var inte bara snygg och bra i sängen, hon var smart också, till skillnad från de han nu umgicks med. Visst var de snygga och sexiga och helt vilda i sängen, men ack så korkade. Nästan utan undantag.
Till slut bestämd han sig för att söka upp Veronica. Han visste mycket väl var hon brukar hålla till och han hade undvikit den platsen med flit. Inte för att han hade några skuldkänslor utan snarare för att han velat vänta tills han hade något bra att erbjuda.

Lördagskväll och fest. Anders tog lite extra tid på sig i duschen. Han vattenkammade håret och tog på sig sin svindyra nyinköpta kostym. Efter att ha fått i sig en kvarting vodka och knaprat lite piller, kände han sig redo att möta utmaningen att vinna tillbaka Veronica. Han hade inga tankar på att det inte skulle gå vägen, så det var en självsäker man som klev in i taxin den kvällen.
Vid halv tolvtiden äntrade han discot. Det var rökigt och varmt,

precis som det ska vara på disco.

Stroboskopen blinkade i takt med musiken och stämningen verkade vara på topp. Ur högtalarna pumpade musik från topplistan ut. Harpo, Pugh Rogerfeldt, Earth Wind & Fire med flera.

Anders såg sig omkring. Genom röken kunde han skönja några bekanta siluetter och där vid ett bord lite längre bort såg han henne. Han spanade in vilka hon satt med och gjorde sig ingen större brådska. Han gick fram till baren och beställde en drink.

Veronica var på ett sprudlande humör. Det var lönehelg och hon hade inte överdrivit med amfetaminet den här gången. Sällskapet hon satt med var bara flyktigt bekanta men de verkade både trevliga och roliga. Hon hade dansat ganska mycket så nu var det skönt att få vila lite med en drink. Hon tittade mot baren och fick se honom. Först stelnade hon till, men andades sedan djupt några gånger och lugnade ner sig. Hon visste att det här tillfället skulle komma förr eller senare och hade förberett sig mentalt för det. Anders mötte hennes blick och gick sakta fram mot bordet där hon satt.

"Hej Veronica! Kul att se dej igen. Det var ett tag sen."

Veronica hejade med en nickning. Anders hälsade på de övriga i sällskapet och frågade om han fick bjuda på något att dricka. Innan de svarat, hade han vinkat till sig en servitris och beställde in två flaskor champagne.

De andra blev imponerade av hans generositet. Hans självsäkra framtoning och naturliga konversationsförmåga gjorde att det bara efter en kort stund kändes som om han var en självklar medlem i kompisgänget. Efter att ha dansat några gånger med de andra tjejerna i sällskapet, började han fokusera lite mer på Veronica. De dansade en stund och gick sedan och satte sig vid ett eget bord. Anders såg henne i ögonen och fick ett allvarsamt ansiktsuttryck.

"Gumman! Jag fattar om du är förbannad. Det var för djävligt det där som hände. Men du förstår att jag hade inte så mycket val. I dom där kretsarna är det hårt, speciellt när man är på väg upp, som jag var då. Men nu är det över. Nu är det inte många som kan säga åt mej vad jag ska göra och det är mycket din förtjänst."

Veronica lyssnade utan att röra en min.

"Hur då min förtjänst?"

"Ja du vet, att du ställde upp som du gjorde. Det ska du ha tack för och du ska inte bli lottlös det kan jag lova. Jag har det rätt fett nu och jag vill att du ska dela det med mej. Vad säger du?"

Veronica fick anstränga sig att inte visa vad hon kände inombords. Hade hon haft en pistol skulle hon skjutit honom på fläcken.

"Okej, vi kan väl göra ett försök. Men det ska du veta, att om förnedrar mej en gång till så är det definitivt finito."

"Självklart! Jag lovar. Om du hänger med hem i natt så testar vi lite nytt pulver jag fixat. Det ska vara nått alldeles extra har jag hört. Har du lust?"

Veronica nickade och svepte champagnen som var kvar i glaset.

Det var många tankar som snurrade i hennes huvud när de sakta gick hand i hand genom stan. Någonstans långt där inne fanns fortfarande spår av attraktion, men den omslöts effektivt av minnet från kvällen då han svikit henne. Nu var vedergällningens tid inne och det enda sättet att komma åt honom var att återigen förnedra sig.

Det blev en het natt. Knarket de testade visade sig vara något alldeles extra och det tog effektivt död på alla känslor som hon befarat skulle komma upp till ytan. Anders visade sitt rätta jag och var våldsam och krävande precis så som hon kände honom innan. Men hon bet ihop. Det var det enda hon kunde göra. I alla fall om hon skulle lyckas med sin plan.

***

Veronica vaknade upp ur sina tankar. Hon tittade igen på graven. Död 1999. Sjutton år sedan. Han skulle varit sjuttiotre år nu om han levt. Undrar hur han hade sett ut? Det sista minnet hon hade av honom var när hon besökte honom på kåken, dagen innan han skulle fylla femtio. Han var inte lika tuff då, efter att ha suttit inne i nästan tolv år. Hans förut så självsäkra uppsyn var ett minne blott och han var bara en spillra av sitt forna jag. Det var då hon berättade vem som angivit honom och vad anledningen hade varit. Hon hade också förklarat att om det var så att han hade planer på någon typ av hämnd, så hade hon vidtagit åtgärder som definitivt skulle få svåra konsekvenser för honom.

Konstigt nog så hade han förlikat sig med sitt öde och hon hörde aldrig av honom efter det att han blivit frigiven. Hon hade hört att han levde som hemlös heroinmissbrukare i Stockholm till den dag han dog av en överdos, förmodligen med flit.

***

Veronica hade gått och grunnat ända sedan den hemska kvällen då Anders hade "lånat ut" henne. Det var svårt att tänka sig ett värre svek. Hon hade verkligen älskat honom och trott starkt på en framtid tillsammans. Hon hade varit övertygad om att hon skulle kunna ändra på hans våldsamma beteende och att de skulle kunna leva som vilket annat normalt par som helst.

Den kvällen var det som om något dött inom henne och det enda som skulle kunna läka såret var att få upprättelse. Öga för öga.

Vägen dit skulle inte bli enkel. Hon förstod att det skulle ta tid och att det kunde vara riskabelt. Att sätta sig in i alla hans

affärer och få honom att berätta om allt olagligt han varit med
om, för att sedan få honom fängslad för lång tid framöver. Men
hon var tålmodig och det skulle visa sig ge
resultat.

Till en början var det ganska enkelt. De hade bestämt sig för
att bo var och en på sitt håll. Veronica hade sitt arbete och de
träffades bara på kvällar och helger. Anders blev mer och mer
öppen och frispråkig och det dröjde inte länge innan Veronica
var väl insatt i hans verksamhet.
Det var inte enbart tungt och jobbigt. Hon fick sina trippar
gratis och behövde aldrig bekymra sig om pengar till annat.
Ibland, särskilt när de båda var påtända, berättade Anders
saker han varit med om och som absolut inte fick komma till
någons kännedom. En kväll berättade han det som Veronica
väntat på. Det som hon skulle kunna använda för att få honom
inspärrad. Hon uppfattade inte hela händelseförloppet, men
tillräckligt mycket för att det förmodligen skulle räcka. Men
hon bestämde sig för att hålla ut ytterligare en tid då det fanns
mer i bagaget.
Det fanns stunder då hon tvivlade på sig själv. Gjorde hon det
rätta? Ibland var han helt underbar och de undertryckta
känslorna av kärlek som fanns någonstans långt där inne,
gjorde sig påminda. Men de trycktes brutalt tillbaka vid de
tillfällen då han visade sitt rätta jag, som den sadist han var.

Efter ett halvår hade Veronica tillräckligt med information. Hon kontaktade en polisman som hon kände sedan tidigare. Sven-Olof Hallqvist. Han hade gripit henne vid några tillfällen för narkotikainnehav. De hade snackat en hel del och kommit varandra ganska nära. Det var länge sedan nu men de hade hållit kontakt och brukade då och då ta en fika tillsammans. Sven-Olof var en av få människor hon litade på. Han var förstående och verkade genuint intresserad av hur det gick för henne. Till en början hade hon misstänkt att hans intresse kanske hade ett syfte att tillskansa sig sexuella favörer, men det visade sig vara fel. Vid ett tillfälle hade hon lovat honom allt han kunde önska sig i sängen för att han skulle se mellan fingrarna. Han hade vänligt men bestämt tackat nej.

Det skulle inte vara riskfritt att träffa en polis på tu man hand, även om han hade civila kläder. Anders kontaktnät var stort och han hade ögon och öron utspridda lite varstans i staden. Veronica kontaktade Sven-Olof brevledes och de bestämde att ses i en annan stad. Hon tog ledigt från jobbet och de träffades på en plats där hon visste att Anders inte hade några kontakter.

Hon blev glad när hon fick se Sven-Olof. Det var länge sedan de hade träffats och det kändes verkligen som att återse en kär vän.

"Hej Veronica! Vad kul att se dej. Det var inte i går. Du ser fräsch ut. Hur har du det?"

"Det är bra. Hur är det själv? Har du fångat några bovar på sistone?"

Sven-Olof skrattade. Han mindes henne som rolig och frispråkig och det var ingen skillnad nu.

"Jodå, en och annan bandit har jag nog satt handbojor på sen vi sågs sist. Annars lunkar det på som vanligt. Jag förstod att det var något viktigt när jag läste brevet, så vi kanske ska sätta oss i bilen så får du berätta."

Veronica berättade hela historien från början. Hur Anders hade misshandlat henne vid flera tillfällen och hur han låtit sina så kallade vänner utnyttja henne och att hon nu var redo att sätta dit honom.

Sven-Olof såg bekymrad ut. Han rynkade pannan tittade allvarligt på henne.

"Du fattar att du är ute på farligt vatten va? I hans kretsar är det här något som är svårt att acceptera. Att ange någon är något av det värsta brottet i deras värld."

"Jo, jag vet det, men jag tänkte inte att det skulle komma ut. I alla fall inte nu. Jag tänker inte vittna i domstol om du tror det."

"Nej, det vore nog ingen bra idé. Men då måste du förstå att vi inte kan åtala honom för det han gjort mot dej."

"Det skiter jag i. Det andra han gjort bör räcka för ett långt fängelsestraff."

"Ja, narkotikabrott ser man ganska allvarligt på. Kan vi få dit honom för att ha smugglat eller sålt lite större kvantiteter så lär det nog bli några år. Kanske tre, fyra.”

”Vad sägs om mord då?”

Sven-Olof stelnade till. Nu började det lukta bränt.

”Vad är det du säger. Har han mördat någon. Finns det bevis?”

”Ja, för fyra år sen sköts en kille i ryggen när han var på väg hem från krogen. Det stod rätt mycket i tidningen om det. Tror han hade något utländskt namn. Den som gjorde det har ni inte fått fast.”

Sven-Olof tänkte efter och fick upp en minnesbild.

”Hassan Safri hette han. Det fallet har gäckat oss länge. Har Anders sagt att det var han som sköt honom?”

”Ja, han har berättat allt. Det var en uppgörelse om ett parti amfetamin som kommit på villovägar.”

”Okej, men det räcker inte med en berättelse förstår du väl.”

”Pistolen han använde ligger inlåst i en byrålåda hemma hos honom.”

”Ja, då kommer saken i ett annat läge. Vi har ju kulan. Sen är frågan om han talat sanning?”

”Det gjorde han. Han var hög på heroin när han sa det och då ljuger man inte. Det borde du känna till.”

”Det visar sej när vi undersöker vapnet. Stämmer det att kulan kom från det vapnet så ligger han pyrt till. Men han kan ju förstås neka till att vapnet var i hans ägo vid det tillfället.”

”Det lär han nog göra, men han plockade även plånboken från offret och den har han inte gjort sig av med. Sen läste jag att ni säkrat fingeravtryck. Det är hans.”

Sven-Olof suckade. Det här var information som skulle räcka långt. Hoppas bara att uppgifterna nu stämde.

”Det kommer mer. Varannan torsdag klockan tio på kvällen får han en knarkleverans som han förvarar i källarförrådet tills han skickar det vidare på söndagen. Om ni slår till i rätt tid så kommer ni att hitta kanske fyra kilo av ganska tunga grejor.”

Sven-Olof gick igenom tillslaget i sitt huvud samtidigt som Veronica berättade. Om nu Anders bara var en mellanhand skulle de kanske ta både avsändaren och mottagaren och dessutom lösa ett mordfall som länge legat i träda.

”Tror du att du kan hålla dej undan nästa torsdag vid tiotiden?”

”Det är nog inget problem, men är det en sån bra idé egentligen? Det kan ju verka lite misstänkt. Är det inte bättre om ni tar mej samtidigt?”

Sven-Olov bet sig i läppen och rynkade pannan.

”Hmm... Du har nog rätt. Så gör vi. Men jag måste ta det här med åklagaren först, så att du inte blir kallad till rättegången. Vi kör på den linjen att vi fått tips om en knarkleverans och vid husrannsakan så hittade vi mordvapnet. Han lär inte misstänka dej för att ha tipsat om knarket, för du använder väl det fortfarande? Är det inte så?”

Veronica tittade ner och såg lite skamsen ut.

”Jo, så är det. Men jag ska sluta snart.”

Veronica och Anders satt och tittade på en film. Klockan var fem i tio på kvällen och Anders tittade på klockan.

"Ja, då börjar det bli dags. Jag går ut så länge, det går fort. Du kan väl berätta sen vad som hände."

Han gick ner i källarförrådet och stuvade om lite. Lagret hade växt och med den här leveransen hade han omkring tio kilo som skulle inbringa en rejäl summa.

Den sedvanliga lätta knackningen på källardörren uteblev. I stället slogs dörren in med ett brak och en hel armé av beväpnade poliser i skyddsvästar stormade in.

Leverantören hade de tagit strax innan och det de tog i beslag var mer än de kunnat hoppas på. Det gjordes en husrannsakan och man hittade både pistolen och plånboken. Anders fick inget veta om mordmisstankarna. Det var först efter att mottagaren av knarkpartiet var gripen, som han delgavs misstanke om mord.

Rättegången som följde blev inte särskilt utdragen. Den ballistiska undersökningen visade att det dödande skottet kom från Anders pistol och fingeravtrycken på offret, plånboken och vapnet var så tydliga att det var ställt utom allt rimligt tvivel att Anders var skyldig.

Han dömdes till femton års fängelse.

***

Veronica spottade inte på gravstenen den här gången. Hon gick bort med bestämda steg, fast besluten att för alltid lämna den delen av sitt förflutna bakom sig.

Kapitel 12

I köket rådde full aktivitet. Dolores hade plockat fram ett helt
artilleri av baktillbehör. Hon for fram som ett yrväder mellan
bunkar och plåtar. Radion var påslagen på hög volym och
latinamerikanska rytmer fyllde rummet. Veronica kände
nästan inte igen sig när hon kom in.

"Vad ska det här betyda? Har du fått en knäpp?"

"Nej, jag bakar, ser du väl."

"Jo, det ser jag, men varför är du så glad?"

"Vadå? Får man inte vara det?"

"Jo, det är klart, men finns det någon särskild anledning just
nu?"

Dolores stannade till och såg ut som om hon tänkte efter riktigt
ordentligt.

"Nej, jag tror inte det. Det känns bara ovanligt bra i dag.
Brukar inte du känna så ibland? Att du är jätteglad utan
någon särskild anledning?"

Veronica grävde i minnet för att försöka hitta ett sådant
tillfälle.

"När du säger det så. Det har nog hänt. Fast mest brukar det
nog vara åt andra hållet. Vad bakar du?"

"Kanelbullar och sockerkaka. Så förbereder jag för lite
småkakor också."

Veronica kunde inte låta bli att ryckas med av Dolores
sprudlande energi. Det var en ovanlig syn. Oftast brukade hon

vara ganska butter.

”Får jag vara med?” Frågade Veronica.

Dolores stannade till mitt i ett steg och såg mycket förvånad ut.

”Vadå! Vill du vara med och baka?”

”Ja, är det så konstigt. Det ser skitkul ut och det var länge sedan jag gjorde det.”

”Jag har då aldrig sett att du har bakat. Kan du det?”

”Ja, tänk för att jag kan det. Innan jag började med affärer så både bakade jag och lagade mat ganska ofta. Min förste man Sven-Olof älskade när jag stod i köket.”

”Ja, han kanske inte var så kräsen. Varför slutade du?”

”Det blev så när vi skiljdes. Jag fick annat att tänka på och det blev inte så mycket tid över till hushållsarbete.”

”Var det därför ni skiljdes, för att du slutade laga mat?”

”Nej, det var en lång historia. Jag hade precis startat Vånkan Fastigheter och det tog mycket mer tid än jag hade trott. Sven-Olof var stöttande och tålmodig i början, men det var inte riktigt det livet han ville leva. Han ville helst att vi skulle umgås och ta det lugnt på kvällarna när han kom hem från jobbet. Det gick ju inte när jag precis hade startat allt och det var så himla intensivt.”

”När träffade du Sven-Olof?”

”Jag var trettio år, fast vi hade känt varandra länge. Han var nog den ende som jag kunnat öppna mej för och som jag litade fullständigt på. Så var han så himla rar och gullig också.”

”Hur länge var ni ihop?”

"Sex år, så länge stod han ut. Men det var ingen dramatisk separation. Vi började prata om det redan tidigt, sen föll det sig ganska naturligt att vi gick skilda vägar."

Dolores suckade och ruskade på huvudet.

"Det där kan jag inte begripa. När man väl hittar en snäll och hygglig man som man tycker om, varför ska man då inte hålla fast vid honom."

"Ja, säg det? Man glider iväg åt olika håll och till slut har man inget gemensamt att hålla fast vid. Vi fick aldrig några barn. Hade vi fått det kanske det sett annorlunda ut."

"Varför fick ni inte det?"

"Jag ville inte. Jag hade sett hur jävligt livet kan vara och att utsätta några ungar för det, kändes då inte särskilt snällt. Dessutom tänkte jag på mina gener som inte var något att skryta med. Dom ville jag inte föra vidare till nästa generation."

Dolores suckade och ruskade på huvudet som hon alltid gjorde när hon tyckte att något inte lät bra.

"Jag kommer nog aldrig att begripa mej på dej. Du resonerar så konstigt. Ångrar du dej inte nu då när du har allt du kan önska?"

"Det är klart att jag gör ibland. Men det går ju inte att göra något åt nu."

Ugnsklockan ringde och båda hoppade till. Dolores rusade fram och tog ut plåten med nygräddade bullar.

"Ska vi inte ta och få oss en kopp kaffe och smaka på bullarna?"

”Bra idé! Det gör vi.”

De satte sig ner vid köksbordet, rörde i kopparna och det klingade hemtrevligt. Bullarna var goda och smälte i munnen.

”Kommer du ihåg när vi var på Maldiverna och du berättade en massa saker för mej. Du lovade att fortsätta vid ett annat tillfälle. Kan du inte fortsätta nu?”

Veronica tuggade färdigt bullen och sköljde ner med den sista slurken kaffe.

”Det kan jag väl om du vill. Var slutade jag?”

”Det var när det vände för dej. När du slutade med knarket.”

Veronica lade pannan i djupa veck och försökte minnas.

”Det var nog till största delen Sven-Olofs förtjänst om jag ska vara ärlig. Hade det inte varit för honom så hade jag förmodligen inte levt i dag.”

***

Veronica hade hållit upp i nästan sex månader när återfallet kom. Hon hade arbetat intensivt med att renovera sin lilla lägenhet i det nyinköpta men något förfallna hyreshuset. Hon var ganska slutkörd. Först arbeta från sju till fyra och med övertid flera kvällar i veckan. Sedan med den lilla ork som fanns kvar, hade hon målat och tapetserat till långt in på småtimmarna. Veronica var stolt över sitt hus. Nu fanns något som var hennes eget.

Till att börja med gick inte tapetseringen så bra. Hon hade visserligen gjort det några gånger i tonåren, men aldrig på egen hand. De knölade sig och blev fula veck. När hon försökte klistra flera våder åt gången, hade klistret börjat torka på den sista när hon skulle sätta upp den. Men hon var envis och till sist blev det klart, även om resultatet inte blivit precis så som hon önskat sig.

Den kvällen somnade hon i målarkläderna och kom två timmar för sent till jobbet morgonen därpå.
Det var hennes chef som hade tipsat henne om huset. De hade pratat om hur hon såg på framtiden, om hon hade för avsikt att jobba kvar. Då hade hon varit ärlig och berättat att hon nog skulle vilja starta något eget och då gärna något som hade med fastigheter att göra. Hon hade börjat bli väl insatt i byggekonomi och lärt sig mer och mer om branschen. Chefen hade tyckt att det lät spännande och uppmuntrat henne.

En eftermiddag kom han inrusande till hennes rum med en tidningsannons på ett hus som var till salu. Det var ett gammalt tegelhus med tre mindre lägenheter. Visserligen med ett visst renoveringsbehov, men det låg bra till och hade potential. Veronica blev genast förtjust i huset, men när hon såg prislappen så förstod hon att det var för mycket pengar och att hon nog inte skulle lyckas övertala banken om ett så stort lån. Hennes chef förstod hennes belägenhet.

Till Veronicas stora glädje, sa han att han var villig att gå i borgen. Sedan gick allt väldigt fort. Med en sådan välrenommerad borgenär var det inga problem att få ett banklån. Chefen var med vid förhandlingen med mäklaren och lyckades att få ner priset betydligt.

***

Dolores var tvungen att avbryta när ugnsklockan ringde och sockerkakan var klar.

"Det verkade vara en bra chef du hade. Var du aldrig orolig att han ville ha något i gengäld?"

"Nej, han var inte sån. Visst var man lite misstänksam i början, i alla fall då när han fick reda på att jag knarkade och ändå lät mej komma tillbaka. Men det visade sig snart att han var en genuint god människa."

"Vad sa han senare när du slutade hos honom och det började hända saker?"

"Han stöttade mej hela tiden och var intresserad. Jag är så jävla tacksam att han fanns."

"Det var ju länge sedan nu. Lever han fortfarande?"

"Ja, i högsta grad. Han är över åttio och har köpt hus i Spanien. Där tillbringar han sina dagar med att titta på badflickor, dricka fin whisky och röka cigarr. Jag har hälsat på honom några gånger och han har det väldigt bra."

"Det måste kännas fint att veta att man gjort något bra för en annan människa."

"Ja, så känner han nog. Men jag fick tillfälle att ge något tillbaka. När det blev finanskris i början av nittiotalet, höll hans företag på att gå i konkurs. Då var det min tur att hjälpa honom och det känns jättebra för mej."

"Hur gick det med huset? Sålde du det?"

"Nej, jag hyrde ut det. Faktiskt så har jag det kvar än i dag. Jag har sagt att jag aldrig ska sälja det, sen får vi väl se hur det blir med det."

"Men det var i den där vevan som du började knarka igen?"

"Nej, jag började inte, men jag fick ett kraftigt återfall. Det var då Sven-Olof kom in i bilden."

***

Veronica flyttade in i den nytapetserade och uppfräschade lägenheten så fort färgen torkat. Det var en härlig känsla att bara vara där. Veta att det var hennes alldeles egna.

Men det hårda tempot började ta ut sin rätt och snart såg hon ingen ände på allt som var kvar att göra. Hon hade inte kopplat av på flera månader och nu kände hon för att bara lägga ner för en stund och unna sig en helkväll med fest och nöjen.

Det blev fest, men kanske lite i överkant. Hon började på fredagskvällen med en flaska rött innan hon gick ut. Då hon inte festat på länge, tog det hårdare än hon hade tänkt sig och omdömet försvann i samma takt som den tilltagande

berusningen. Gamla bekanta poppade upp som gubben i lådan
och snart hade hon blivit erbjuden både det ena och andra i
drogväg.

Naivt nog så trodde hon att hon kunde bemästra situationen,
men hon hade fel.

På söndagsmorgonen vaknade hon upp hos en okänd man i en
skitig lägenhet. Hon kände hur det kliade i armvecket och när
hon tittade så var där flera stickmärken.

Ångesten kramade henne riktigt duktigt och hon skyndade sig
att klä sig och gå därifrån.

Veronica satt mest och skakade hela dagen och på kvällen
förstod hon att hon inte skulle kunna gå till jobbet dagen
därpå. I stället gick hon ner på stan och handlade ut lite. Inte
så mycket, bara så att hon skulle bli som folk igen. Det gick
överstyr och hon hittades efter några dagar medvetslös i
sängen av en arbetskamrat som blivit tillsagt att ta reda på var
det blivit av henne.

På sjukhuset kom Sven-Olof och hälsade på. Han var
bekymrad och såg på henne med sorgsna ögon.

"Hur är det med dej? Jag trodde verkligen att du skulle klara
det den här gången och att det skulle vara över nu."

"Du ska ge fan i mej. Vi har ingen relation över huvud taget.
Varför bryr du dej egentligen?"

"Därför att jag gillar dej. Ganska obegripligt med tanke på hur
du beter dej."

"Du vill väl ligga med mej. Det är kanske där skon klämmer?"

"Ligga med ett nerknarkat vrak, nej vet du vad."

Veronica förstod att han inte menade allvar, men det tog ändå ganska hårt.

"Jävla skit att det skulle bli så här, men nu får det vara slut med det."

Sven-Olof suckade uppgivet.

"Hur många gånger har du sagt så?"

"Inte så många. Jag har faktiskt varit ren i ett halvår nu."

"Vad är det som säger att det här skulle vara sista gången då?"

"Därför att jag inte längre tycker att det är värt det?"

"Har det någonsin varit värt det?"

"Ja, annars skulle jag väl inte hållit på."

"Så du menar att du kan styra begäret precis som du vill?"

"Ja, nu kan jag det."

Sven-Olof tog hennes hand. Den var alldeles kall. Han såg ömt på henne och det var då hon förstod att han menade allvar med det han sagt. Att han verkligen brydde sig.

Sven-Olof tog semester och tillbringade mycket tid med Veronica under hennes sjukskrivning. Det blev några svåra stunder då abstinensen satte in som allra värst, men efter en tid så började läget stabiliseras. Till en början tyckte hon att han överdrev sin omtanke, men sakta började en märklig känsla komma smygande inom henne. Inte den passionerade och okontrollerade förälskelse hon upplevt som ung. Snarare en känsla av trygghet. Något hon aldrig tidigare känt.

Efter två veckor var det som om inget hänt och hon hade inte
det minsta sug efter en tripp längre.

Hon hade nu släppt sina spärrar, låst upp alla dörrar och
släppt in Sven-Olof.

Han hade inte varit helt övertygad, men allt eftersom tiden
gick, började han ana att den här gången hade hon haft rätt.

***

"Men Dollan du gråter ju."

"Ja, det är så himla sorgligt. Hur kunde du lämna honom?"

Veronica log och klappade henne på ryggen.

"Det var inget som bara hände. Det var en lång process och
inte sorgligt på något vis. Vi hade en underbar tid tillsammans,
men gled sakta ifrån varandra. Utan samma mål i livet var vi
bara två goda vänner med olika intressen. Vi skiljde oss efter
sex år och då hade vi bott isär i nästan två."

"Har du träffat honom efter det?"

Veronica log hemlighetsfullt och reste sig.

"Det kanske jag har. Nej, nu måste jag läsa på tills i morgon"

***

Veronica hade tänkt mycket på den sista sessionen med George. Hon hade legat vaken på nätterna och försökt komma ihåg vad Karin berättat. Att det varit genom hennes ögonrörelser de kommunicerat, visste hon. Men vad hade de sagt och hade de kommit fram till något? Hur hon än ansträngde sig så fanns inte ett spår av minnen. Hon kunde knappast bärga sig till nästa möte.

***

Nu stundade en resa till London och SSC:s kontor där.

Det hade uppstått ett problem. Till en början verkade det inte vara något större bekymmer och Veronica var mycket irriterad över att de inte kunnat lösa det på egen hand.

Det hade kommit uppgifter om sexuella trakasserier. Personen i fråga var en meriterad och kompetent chef i dryga femtioårsåldern. Tidigare hade det aldrig funnits några sådana signaler, men nu hade det anställts en ny tjej och det var då problemen börjat.

Hon hade bara jobbat några veckor, då hon berättade för en arbetskamrat att chefen hade kommit med vissa anspelningar. Till en början ganska oskyldiga och på ett skämtsamt sätt. Men det hela hade eskalerat och nu var det inte roligt längre.

När Veronica hade fått information om problemet, fick hon intryck av att det kanske var den nya tjejen som känt sig åsidosatt och på något vis ville göra sig sedd. Det hade ju inte tidigare framförts några klagomål på mannen i fråga. Men det som börjat som en morgonbris hade nu utvecklats till en storm.

När hon fått information om läget en andra gång, förstod hon att det var allvar. Det började krypa fram fler vittnesmål och snart stod det klart att det var flera unga kvinnor som drabbats av chefens olämpliga beteende.

Det lättaste hade varit att bara byta ut personen i fråga och därmed vara av med problemet. Det hade kanske gått i Sverige, men i Storbritannien såg det lite annorlunda ut. Utan konkreta bevis skulle det inte gå att avskeda honom utan att drabbas av höga skadeståndskrav och kanske bli stämd inför domstol för förtal.

Veronica hade konsulterat jurister och andra kunniga inom området och fått klart för sig att utan en fällande dom i arbetsdomstolen skulle det inte gå att komma åt honom. Inte så länge han skötte sitt jobb på ett oklanderligt sätt. Om det var oklanderligt att bära sig illa åt mot sin personal på det sättet han gjort, var ett konstigt sätt att se på det. Men det var vad Veronica hade att förhålla sig till.

Hon förstod att hon måste få honom att sluta på egen begäran. Något avgångsvederlag var hon inte särskilt intresserad av att erbjuda honom.

Till att börja med skulle hon intervjua personalen och bilda sig en egen uppfattning om vad som hänt. Sedan skulle hon konfrontera mannen i fråga och höra hans version. Hon hade aldrig träffat honom, men visste att han var en slipad typ som man inte lekte med hur som helst.

Det var som vanligt grått och regnigt i London. Veronica blev upphämtad på flygplatsen och kördes direkt till kontoret. Där hon möttes upp av David Westhouse, kontorets chef och själva anledningen till att hon var där.

David presenterade sig och visade Veronica runt. Han gav ett förtroendeingivande intryck och hon hade svårt att tänka sig att han skulle vara en sådan som inte kunde hålla sig i skinnet när det gällde sina kvinnliga anställda.

David var väl medveten om hennes ärende och drog sig inte för att genast föra det på tal när de satt ensamma på hans rum.

"Det var ju tråkigt att du tvingats besöka oss under dessa omständigheter, men jag hoppas att vi tillsammans ska kunna reda ut alltsammans och lägga dom här missförstånden bakom oss."

"Ja, jag hade verkligen trott att ni skulle kunna sköta det här internt, men det kunde ni tydligen inte. Nu är min plan att intervjua personalen först för att sedan få höra din version. Men nu när du ändå fört det på tal så kan vi lika gärna börja."

David Westhouse såg självsäker ut. En reslig man i sina bästa år med de grå tinningarnas charm och ett ansikte fårat av visdom och erfarenhet. Veronica tyckte att han såg oerhört attraktiv ut och hade svårt att tänka sig att någon skulle ta illa upp om han antydde något som skulle kunna tolkas som utmanande. Men det är klart, det var ju inte kvinnor i hans egen ålder som han intresserat sig för. Det var unga tjejer som han skulle kunna vara pappa åt och de kanske inte hade samma syn på attraktion som de lite äldre.

"Låt höra din version. Jag är idel öra."
David såg Veronica i ögonen och lade sig till med ett snett leende som hon uppfattade som lätt arrogant.
"Som du nog har hört så började det när Pamela Carter blev anställd. Hon är oerhört framåt och målmedveten och hade nog tänkt sig en snabbare karriär än den sedvanliga. Hon spelade ganska mycket på sitt utseende och var inte sen att framhäva sina kvinnliga attribut på ett utmanande sätt. Men där misstog hon sig. Det var förmodligen av besvikelse över att få höra att hennes karriär var beroende av helt andra faktorer, som hon började baktala mej."

Det lät övertygande det han berättade, om det nu var sant. Det skulle det bli en jobbig situation att reda ut.
Veronica tackade för samtalet och bad om ett ledigt rum där hon kunde prata ostört med flickorna.

Det var åtta kvinnor anställda på avdelningen i fråga. Alla var de unga och välformade. Veronica förstod genast att det funnits substans i ryktesspridningen. Visst kunde unga snygga tjejer

vara begåvade och flitiga, men det brukade alltid finnas någon
äldre och mer erfaren och kanske någon som inte såg ut att
komma direkt från modellagenturen. Det framstod ganska
tydligt vad David Westhouse hade haft för kriterier när han
anställt dem.

Hon började med att kalla in Pamela Carter.

"Hej Pamela! Trevligt att träffas. Hoppas att vi ska få ett bra
och ärligt samtal. Allt du säger stannar mellan oss och du
behöver inte vara orolig för några negativa konsekvenser så
länge du håller dej till sanningen."

Pamela var påtagligt nervös. Hon flaxade med blicken och hade
svårt att sitta still. Det var uppenbart att hon inte var bekväm i
situationen. Veronica studerade henne och kunde nästan
känna medlidande när hon tänkte på hur flickan måste känna
sig.

"Ta det bara lugnt Pamela, det här är inget att vara nervös för.
Det enda jag vill, är att höra din version, sakligt och
sanningsenligt."

Pamela tog några djupa andetag och samlade sig.

"Jag vet inte riktigt var jag ska börja. Jag var på
anställningsintervju, berättade om mej själv och visade upp
mitt cv. David frågade en massa saker och jag svarade. Det var
inget konstigt med det."

"Så det fanns inga antydningar eller anspelningar från hans
sida i det skedet?"

"Nej, inte alls. Det var mycket seriöst och han uppträdde

professionellt och förtroendeingivande.”

”Var det fler sökande som skulle intervjuas då?”

”Ja, det var några till.”

”Tänkte du på hur dom såg ut?”

”Ja, jag minns att jag reflekterade över att det bara var unga tjejer och att alla såg väldigt bra ut. Det var ju lite konstigt.”

”Sen blev du anställd?”

”Ja, inte direkt, men han ringde efter några dagar och berättade. Jag blev naturligtvis jätteglad. Jag fick börja veckan därpå.”

”Hur var stämningen bland dom andra tjejerna när du kom dit?”

”Den var bra. Så uppfattade jag det i alla fall. Det var först efter några dagar som jag började förstå att allt inte var som det skulle. David skulle på en tjänsteresa och ville ha någon av oss med sig. Det skulle bli fin middag på kvällen och övernattning på hotell. Jag tyckte det lät toppen och kunde inte förstå att dom andra inte var lika entusiastiska. Det var då jag fick höra att David förväntade sig att man skulle ställa upp på lite annat också.”

”Pratade ni öppet om det och var det flera som hade samma erfarenhet?”

”Så öppet var det kanske inte. Det viskades och sen snackade vi på kvällarna. Det var inte första gången han ville ha med någon på resa och flera av mina jobbarkompisar hade egna erfarenheter av dom där så kallade jobbresorna.”

”Var det någon som följde med den här gången då?”

”Jag gjorde det. Jag ville inte riktigt tro på att det kunde gå till så som dom berättade och trodde väl att jag var tuff nog att kunna bemästra situationen om den skulle uppstå.”

”Berätta vad som hände.”

Pamela hade nu kommit över sin nervositet och berättade sakligt om hur det hela utvecklat sig.

”Det var inga problem så länge det hade med jobbet att göra. Det var på middagen det började. Han frågade en massa saker om mitt privatliv och så, sen halkade frågorna in på lite mer intima saker. Jag trodde först att han skämtade men förstod snart vad han var ute efter.”

”Han ville alltså ligga med dej, är det så du uppfattade det?”

”Ja, helt klart. Han uttryckte det ganska tydligt. Om jag sov över i hans hotellrum så skulle det vara bra för min karriär. Om jag inte ställde upp så skulle han se till att min resa på företaget inte skulle bli så angenäm.”

”Ställde du upp då?”

”Nej, jag vägrade och stod på mej”

Veronica suckade. Det var inte första gången hon hört att personer i ledande befattning försökt att utnyttja sin ställning och det var lika beklagligt varje gång.

”Då ska jag prata med dom andra flickorna. Ni får ligga lite lågt med att prata om det här tills jag vet hur jag ska agera.”

Veronica kallade in resten av flickorna en efter en. De hade alla liknande historier att berätta. En del av dem hade inte vågat säga nej och mådde nu inte särskilt bra av det de varit med om.

När samtalen var avslutade, hade Veronica bilden fullständigt klar för sig. David Westhouse var en synnerligen genomrutten människa helt utan moralisk kompass.

På kvällen i hotellrummet funderade hon länge över hur hon skulle agera. Hon gick igenom olika scenarier och vad konsekvensen skulle bli. Till slut hade hon bestämt sig och kunde äntligen somna.

När Veronica vaknade, kände hon sig ovanligt pigg. Vanligtvis brukade hon vilja ligga och dra sig en stund, lyssna på radio och tänka på hur hon skulle lägga upp dagen. Den här morgonen kändes annorlunda. Hon hade kommit på en i hennes ögon strålande plan och var ivrig att få sätta den i verket.

Det krävdes lite förberedelser men med hjälp av några värdefulla kontakter gick det att ordna på ett smidigt sätt.

Hon avnjöt hotellfrukosten lugnt och utan stress, bläddrade i Daily Mirror och beställde sedan fram en taxi.

När Veronica kom till kontoret var det inte långt kvar till lunch. Hon frågade David om han hade lust att göra henne sällskap och han tackade naturligtvis ja.

Hon hälsade på tjejerna som hon tidigare talat med och såg sig
om i lokalerna innan det var dags att bege sig till
lunchrestaurangen.

David Westhouse var lite stressad. Det hade dykt upp ett
brådskande ärende men han kunde ju inte gärna tacka nej till
Veronica.

Det var mycket folk på restaurangen men hon hade bokat bord
i förväg. David trummade nervöst med fingrarna i bordet när
han tyckte att serveringen gick lite för långsamt, vilket
Veronica belåtet noterade.

"Nå David, är du inte nyfiken på vad vi kom fram till, flickorna
och jag?"

David hajade till.

"Jo, det är klart, men det kommer väl fram i sinom tid, tänkte
jag."

"Ja, jag vet inte riktigt hur jag ska uttrycka mej. Att du
utnyttjat din ställning på ett otillbörligt sätt står väl ganska
klart och det är ju inte bra."

David Westhouse blev grå i ansiktet. Det här hade han inte
väntat sig att få höra. Veronica fortsatte.

"Men du ska veta att jag har en viss förståelse för ditt
agerande. Dom är unga och vackra och vi är inte mer än
människor med fel och brister. Det är klart att man kan bli
frestad, det förstår jag."

Det snurrade av tankar i Davids huvud. Vart ville hon komma
och vad skulle detta leda till?

"Nu hänger jag inte riktigt med. Vad är det du säger
egentligen?"

Veronica lade upp ett underfundigt leende.

"Jag menar att jag tycker vi glömmer hela den här historien
och blickar framåt i stället. Berätta lite om vad du har för
framtidsplaner. Är du till exempel intresserad av att avancera
inom företaget?"

Davids ansiktsfärg hade nu återgått till en mer normal nyans.
Det kändes som om faran var över och fortsättningen skulle
rentav kunna resultera i något positivt.

Han redogjorde för sin syn på saken och förklarade sig villig att
göra vad som krävdes för att ta sig upp i organisationen.
Veronica nickade intresserat under hans anförande och sköt
då och då in lite frågor.

Tiden gick och David började allt oftare kasta ett öga på sitt
armbandsur.

"Strax innan vi gick hit så ringde dom från huvudkontoret och
begärde in redovisningen från förra kvartalet redan nu. Så om
du upplever mej som lite stressad så har det sin förklaring.
Kanske bäst om vi beger oss tillbaka nu?"

"Det var ju tråkigt. Vi som hade det så trevligt. Men vet du, vi
kanske kan fortsätta vårt samtal i kväll under en middag? Det
är ju inte ofta jag är här och det skulle vara trevligt att få
uppleva lite av nöjeslivet ni har här."

David skruvade på sig. Han förstod att om han skulle få klart
med alla siffrorna man begärt, skulle det bli sent. Dessutom

hade han lovat sin hustru att gå på teater i kväll. Samtidigt gick det ju inte att säga nej till koncernens ägare.

"Det låter väldigt trevligt, det gör jag gärna."

"Så bra! Då släpper jag iväg dej så du får lite uträttat. Ska vi säga att du hämtar mej på hotellet vid åttatiden? Själv tänker jag ta en liten shoppingrunda nu när jag äntligen är i London."

David hjälpte Veronica med kappan och fick sedan bråttom iväg.

Eftermiddagen tillbringade Veronica i shoppingkvarteren. Att gå runt och titta i affärer var inte hennes största intresse. Hemma i Sverige gjorde hon det bara om det var absolut nödvändigt, men det var något visst med storstäder. Utbudet var enormt och hon kunde inte undvika att bli imponerad av mångfalden.

Efter några timmar var hon trött i benen och begav sig tillbaka till hotellet för att vila lite innan kvällen. Hon var spänd på hur det hela skulle utveckla sig så hon lugnade ner sig med några glas från en flaska rött hon hade i minibaren. Efter att ha lagt sig på sängen, dröjde det bara några minuter innan hon somnade.

Vid sextiden vaknade hon och efter en skön dusch kände hon sig pigg och fräsch igen. Hon letade igenom sin resväska som inte var särskilt välfylld men hittade i alla fall en uppsättning som skulle passa väl för en helkväll i Londons nöjesliv.

Veronica studerade sitt ansikte i spegeln en lång stund innan hon började lägga på sminket. Där kunde hon sig se spåren från ett långt och intensivt liv med många nyanser. Hon undrade hur det skulle sett ut om hon gjort andra val eller fått andra förutsättningar. Bilden av hur det kunnat sett ut om hon fortsatt sitt missbruk var ganska klar. Hur långvarigt knarkande eller supande kan förstöra ett utseende hade hon sett många gånger. Några av hennes bekanta från den tiden hade hon stött på senare i livet och mot dem hade inte tidens tand varit nådig. Själv var hon ganska nöjd och när hon var färdigsminkad kunde hon inte låta bli att le åt sin spegelbild.

Som avtalat, kom David Westhouse på utsatt tid. Han väntade vid en taxi och höll artigt upp dörren till Veronica när hon klev in.
"Välkommen till nöjeslivet i London. Har du några särskilda önskemål?"
"Nej, jag litar på dej. Jag tror säkert att du kan ge mej en angenäm upplevelse."
David hade klätt sig i en välsittande och förmodligen svindyr kostym. Han luktade milt av rakvatten och hade låtit bli att raka bort skäggstubben för att på så vis ge ett mer maskulint intryck.
Ett praktexemplar, tänkte Veronica, när hon sneglade på honom i taxin.

Trots den inte fullt så trevliga agendan, hade Veronica en
mycket lyckad kväll. Maten och vinet var av högsta kvalitet.
David visade både klass och stil och visste verkligen hur man
skulle föra sig i sammanhanget. Det blev både dans och annan
underhållning och slutligen ett besök på en liten intim bar som
var vida berömd för sina läckra tapas och skönsjungande
artister.

Någon timme efter midnatt märkte hon att han började titta
allt oftare på klockan.

"Nej du, det är kanske dags att avrunda, det är ju arbetsdag i
morgon. Har du har lust att lotsa mej till hotellet?"

David drog en lättnadens suck. Nog för att kvällen varit trevlig
även för honom, men han hade lovat sin hustru att inte bli så
sen. Dessutom hade han fått gräva ganska djupt i den privata
plånboken. Att redovisa representationsnota för en kväll med
koncernens ägare skulle inte se särskilt bra ut och säkert
utmynna i besvärliga frågor från revisorerna.

När taxin stannat vid hotellet, tog David Veronicas hand och
tackade för ett mycket trevligt sällskap.

"Men du följer väl med upp och tar en nattfösare?"

David blev lite överrumplad av frågan och funderade intensivt
på hur han skulle ta sig ur situationen. Hade det varit under
andra omständigheter hade han inte tvekat, men nu var det
ägaren av hela koncernen som ville ha honom som sällskap.
Visserligen såg hon bra ut, men han hade svårt att tända på

kvinnor äldre än tjugofem och med tanke på vem personen i fråga var, skulle det bli än svårare.

"Tack, det vore trevligt, men det börjar bli sent och jag har en hel del att uträtta i morgon."

Veronica tittade strängt på honom.

"Men snälla David, du kan väl inte mena allvar. Jag insisterar faktiskt."

David insåg att loppet var kört.

"Det är klart jag följer med. Jag var bara lite orolig för att det kunde uppfattas som opassande."

"Vem skulle uppfatta det så? Ser du någon mer här?"

"Nej, det var bara en tanke."

Veronica hälsade glatt på den sömniga receptionisten och gick med David till hissen. På femte våningen plingade det till och de var framme.

Veronica sparkade av sig sina skor så fort de kommit innanför dörren.

"Gud så skönt! Slå dej ner så häller jag upp varsin drink."

David kände sig lite nervös. När han hängt av sig kavajen syntes runda svettfläckar under armarna på skjortan. Hur skulle han ta sig ur den här situationen med hedern i behåll? Om han fokuserade och verkligen koncentrerade sig skulle han kanske kunna få till det, men det var alls ingen garanti. Det skulle kännas oerhört pinsamt om han skulle behöva lämna Veronica Stjerne otillfredsställd.

Veronica rumsterade om vid minibaren. Hon tog fram en liten flaska som alls inte hörde hemma där och hällde några droppar i det ena glaset. Hon kände sig som en giftmörderska och mindes vad hon hade gjort mot langaren Dick för många år sedan. Men den här gången var det inget sömnmedel hon preparerade drinken med.

David hade nu förlikat sig med sitt öde och tog tacksamt emot glaset.

De hade småpratat och druckit en stund då David ursäktade sig och gick på toaletten. Veronica kunde inte låta bli att le när hon hörde vad som skedde där inne.

Hon hade naturligtvis kunnat avstå med att preparera hans drink med laxermedel, men hon ville ta det säkra före det osäkra och förvissa sig om att skeendet skulle stoppa innan det gått för långt. Dessutom skulle förnedringen bli så mycket större.

Veronica klädde av sig klänningen och lade sig i en utmanande pose på sängen.

När David kom ut såg han allt annat än bekväm ut. Han tittade på Veronica där hon låg i underkläderna och ville bara sjunka genom jorden.

"Hallå där min snygge man! Nu vill jag se hur du ser ut i all din prakt. För du har väl redan förstått att jag är tänd på dej?"

David harklade sig.

"Jag är hemskt ledsen Veronica, men jag känner mej inte riktigt i form. Det måste vara något vi ätit. Jag måste nog åka hem nu.”

David såg ut som en ledsen hund. Det värkte i magen och han kände att det snart var dags för ett nytt besök på toaletten.

”Men David då! Nu blir jag riktigt besviken. Tycker du att jag är oattraktiv?”

”Nej, självklart inte. Du ser fantastisk ut. Men som jag sa så känner jag mej ganska dålig och det vore nog ingen bra idé om vi inte avslutade här och nu.”

Mer hann David inte säga innan han var tvungen att rusa in på toaletten igen. Veronica fnissade högt för sig själv när hon hörde de karaktäristiska ljuden.

När han för andra gången kom ut, hade hon krupit under täcket.

”Det där lät inget vidare du. Det är bäst att du åker hem och lägger dej. Hoppas att du är frisk tills i morgon för vi har lite att prata om då.”

Veronica var spänd men nyfiken när hon knackade på Davids dörr, sent på förmiddagen dagen därpå. Spänd därför att situationen var som den var och nyfiken på hur han skulle reagera.

”Hej David! Hur är det? Tråkigt att du blev dålig i magen när vi hade det så trevligt. Kan det ha varit ostronen tror du?”

David satt hopsjunken i sin fåtölj vid det stora skrivbordet. Han ville inte se henne i ögonen och fick verkligen anstränga sig för att försöka ge intryck av att han var oberörd.

”Det är mycket troligt. Jag har aldrig varit med om det förut, men så äter jag inte ostron särskilt ofta.”

”Hur som helst var det tråkigt. Men nu tänkte jag att vi ska prata allvar en stund. Jag åker hem i kväll och då ska den här historien med dina flickor vara utredd och avklarad.”

David tittade upp och såg förvånad ut.

”Det lät på dej i går som om vi var färdiga med den biten?”

”Det var i går det. I dag är en ny dag. Nu ska du lyssna jävligt noga. När du stod framför mej på hotellrummet i natt, med svettfläckar under armarna och nära att skita i byxorna. Försök att minnas den känslan, för det är ungefär samma känsla som tjejerna du mer eller mindre tvingat följa med på dina representationsresor, har känt. Hur kan du i din vildaste fantasi, inbilla dej att dom gjort det för att dom tycker att du är en sån oerhört attraktiv man och inget hellre önskar än att bli påsatt av dej. Du är ju gammal nog att vara deras pappa.”

David sjönk ihop ännu mer och förmådde sig inte att lyfta blicken från skrivbordet. Han önskade över allt annat att han kunde befinna sig på en annan plats just nu. Veronica fortsatte.

”Jag tänker inte säga så mycket mer och jag hoppas att du förstått budskapet. Kommer det minsta lilla signal att det förekommit några fler oegentligheter på det här kontoret så är du så rökt i branschen som någon kan bli. Dessutom ska jag ta ett allvarligt snack med din fru. Har du förstått?”

David Westhouse var ingen man längre. Han kände sig som en hundvalp som nyss bajsat på den dyra persiska mattan och fick känna på sin mattes ilska. Han förmådde sig inte att titta upp utan nickade bara.

Veronica reste sig och gick ut. Hon slog igen kontorsdörren med en smäll för att ytterligare understryka allvaret i det hon sagt.

Efter ett kort möte med de fackliga representanterna, samlade hon de berörda flickorna i ett konferensrum och berättade att saken nu var utredd och att det aldrig mer skulle upprepa sig. De uppmanades att höra av sig direkt till Veronica om det någonsin skulle uppstå något liknande problem igen.

På flygplatsen i väntan på sin flight, pratade Veronica med ledningsstaben i Berlin och gjorde klart för dem att om det kom på tal om några personalförändringar i ledningsgruppen och om det kom en intresseanmälan från Londonkontoret, ville hon vara den första att få veta.

Kapitel 13

Dolores låg fortfarande och sov när Veronica kom hem på torsdagsmorgonen. Det hade aldrig hänt förut. Vanligtvis brukade hon vara uppe strax innan sex och rumstera om i köket.

Först blev Veronica lite orolig och tänkte att hon kanske var sjuk. Hon gläntade försiktigt på dörren och där låg Dolores ljudligt snarkande med ett leende på läpparna. Det flimrade under ögonlocken som om hon drömde något trevligt. Hon stängde dörren och gick försiktigt ner i köket där hon satte på kaffe och plockade fram bröd och pålägg. Snabbt som ögat slängde hon ihop ett par frallor, hällde upp två koppar kaffe och ställde allt på en bricka.

Veronica knackade först lite lätt på dörren och när inget hände så bankade hon hårdare. När det hördes att något började hända där inne, öppnade hon och gick in.

"God morgon Dollan, Här kommer jag med lite frukost om det kan smaka."

Dolores satte sig upp som en pinne i sängen och stirrade på Veronica. Hon kastade en hastig blick på väckarklockan och skrek till.

"Herre min skapare! Vad har hänt? Jag måste ha försovit mej."

Hon nästan studsade upp ur sängen, alldeles röd i ansiktet.

"Jag ber så mycket om ursäkt. Jag vet inte vad som hände. Herregud så pinsamt."

”Men ta det lugnt Dollan. Det kan hända vem som helst. Om du bara visste hur många gånger jag försovit mej. Nu käkar vi frukost och snackar lite skit, sen föreslår jag att vi tar en ledig dag. Jag är trött efter resan och vi kan ringa efter pizza till lunch.”

Dolores hade fått tillbaka fattningen och tagit på sig morgonrocken.

”Jag vet inte riktigt vad jag ska säga.”

”Säg ingenting utan ät i stället. Sen hittar vi på nått kul att göra. Vi kanske ska åka ner på stan och kolla på karlar?”

Dolores blev först lite ställd innan hon förstod att Veronica skojade.

”Ja, om det fanns några att titta på så. Jag tycker mest det är slashasar i den här stan och är det någon som är något att ha så är han förmodligen upptagen.”

”Du är så kräsen du. Om du låter bli att sålla bort alla som inte är religiösa så skulle du ha många fler att välja mellan. Inte var väl sjömannen särskilt religiös av sej?”

”Jo, det var han visst. Han hade en stark tro även om han inte alltid visade det.”

”Men du har ju berättat att han både söp och svor och vad jag förstår så var han väl ganska så vild i sängen också. Hur hänger det ihop?”

”Ja, han kanske inte var Guds bästa barn, men han var ändå ett Guds barn. Det kan man vara även om man inte alltid kan leva upp till alla krav.”

”Saknar du honom?”

”Ja, mycket. Vi hade så roligt ihop. Sen fanns det stunder som var mindre roliga, men så är det väl i alla förhållanden.”

Veronica nickade igenkännande.

”Du då, saknar du dina karlar? Du har ju haft några stycken.”

Veronica tänkte efter. Det var inget hon brukade fundera så mycket över.

”Det kan jag väl inte påstå. Två av dom är döda. Det är klart att jag kände saknad, men inte nu längre.”

”Då var det väl inte någon äkta kärlek mellan er, annars skulle du väl ha saknat dom hela tiden?”

”Jag skulle snarare vilja kalla det för äkta vänskap. Riktigt kär har jag bara varit en gång och då var det i ett svin som inte förtjänade det, men han är också död och begraven gudbevars. Så var jag lite kär i Sven-Olof förstås och han lever ju. Eller kär och kär, jag tyckte jättemycket om honom. Det var i alla fall på gränsen till kärlek.”

Dolores tittade sorgset på Veronica.

”Ja, den där Sven-Olof. Det var ju så tragiskt alltsammans. Ni som verkade ha det så bra och sen skiljer ni er bara utan att vara osams. Jag förstår inte riktigt det där du sa om att ni bara gled ifrån varandra. Det gör man väl inte om man har det bra?”

Veronica log och tittade underfundigt på Dolores.

”Ja, jag kan väl berätta då, om det kan hjälpa dej att förstå. Vi hade varit gifta i fyra år när han kom ut ur garderoben.”

Dolores tittade i taket och tänkte så det knakade.

”Vad gjorde han där?”

Veronica vek sig av skratt. Hon kunde inte hejda sig. Dolores var helt oförstående till hennes munterhet.

”Ja du Dollan, han berättade att han var gay.”

”Vad är det för något?”

”Homosexuell, bög, fikus. Han tände mer på karlar än på fruntimmer. Det har du väl hört talas om?”

Dolores grinade illa och undrade om hon hört rätt. Det var i det närmaste en chockartad information.

”Men är det sant? Usch! Hur i fridens namn kunde han komma på tanken att gifta sej med en kvinna om det nu var på det viset?”

”Det kan man fråga sig, men det var väl så att han var osäker på sin identitet och inte riktigt visste var han hade sig själv.”

”Märkte du ingenting innan?”

”Jo, det är klart. Jag började ana långt tidigare och vi pratade också om det. Men han sa att han var bisexuell och det kändes okej för mej.”

”Du kommer med så konstiga ord. Vad menas med det?”

”Det är när det funkar både med kvinnor och män. Fattar du?”

Tankarna snurrade i Dolores huvud.

”Nej, det kommer jag nog aldrig att förstå. Hur blev det sen? Skildes ni bara och aldrig träffades igen?”

”Jodå, vi träffades och gör det än i dag så ofta vi hinner. Han är min bästa vän. Glöm inte att det är mycket hans förtjänst att jag lyckades ta mej ifrån det destruktiva livet jag levde i min ungdom. Jag har mycket att tacka honom för.”

”Så då är det inte så sorgligt som jag fått för mej då?”

”Nej, verkligen inte.”

Samtalet fortsatte en lång stund. Veronica märkte på Dolores att hon mer och mer började slappna av i hennes sällskap. Den förut så korthuggna och buttra Dollan började sakta förvandlas till en god vän, ja rentav en systersgestalt. Något som hon saknat så mycket genom alla år. Sven-Olof var den ende vän hon hade och som hon kunde tala förtroligt med. Georg Sandberg såg hon också som en god vän, men på ett annat sätt. Dollan kändes på något vis mycket enklare och dessutom var hon kvinna.

Hur många individer hade hon haft i sitt liv som hon kunde kalla för riktiga vänner? Karin förstås. Även om de bråkat och slagits ibland, hade de stått varandra väldigt nära. Sedan blev det svårare. I skolan då? Nej, ingen hon kunde kalla en nära vän. Jan som också var frökens hackkyckling hade hon känt en stark gemenskap med, men att kalla det för en varm vänskap var nog att ta i. I tonåren hade det passerat en ström av människor, men det hade mest blivit ytliga bekantskaper. I affärslivet var det säkrast att betrakta alla bekantskaper som fientliga. I alla fall så länge det handlade om pengar.

Efter att ha grubblat en stund, insåg Veronica det sorgliga i att hon levt större delen av sitt liv utan att ha en nära kvinnlig vän efter att Karin gått bort.

Det hade börjat regna, så någon tur ner på stan kändes inte särskilt lockande längre. Dolores funderade på om hon skulle göra lite nytta i stället. Kanske städa ur några garderober eller torka kaklet i poolrummet. Veronica hade också tappat lusten att göra något trevligt när hon såg hur regnet piskade mot marken. Hjälpa till att städa hade hon ingen lust med och att övertala Dollan att göra något annat, verkade lönlöst nu när hon bestämt sig.

Det blev en dag som bara gick utan att man tänkte på vad som hände. En ickedag man kunnat vara utan men som på något vis ändå kändes värdefull.

Veronica satte igång hemmabion och tittade på en gammal musikal med Gene Kelly. När han dansade med Leslie Caron, kände Veronica hur hon fick en häftig längtan efter att själv få dansa. Det var något som hon saknade mycket. På sjuttio och åttiotalet hade hon varit en flitig gäst på klubbar och diskotek och när den eran börjat ebba ut, hade hon upptäckt tjusningen med styrdans. Det var otaliga kvällar som hon tillbringat på Stadshotellet till tonerna av kända dansband. Men efter att lokalen brunnit ner så hade det inte blivit så mycket mer av den varan. Nuförtiden fanns ingenstans man kunde gå om man ville dansa på ett moget vis och samtidigt höra något av vad danspartnern hade att säga.

Mitt i filmen fick Veronica en strålande idé. Hon rusade ut i poolrummet där Dolores stod på knä, intensivt gnuggande på den italienska marmorn.

"Dollan! Vet du vad? Vi åker på en Ålandskryssning i helgen."

Dolores slutade gnugga och tittade misstänksamt upp på Veronica.

"Vad ska vi där och göra bland alla fulla människor?"

"Hur vet du det? Har du åkt på en sån resa förut?"

"Ja, en gång åkte vi dit och det var inte särskilt trevligt. Folk bar sej så illa åt och det var sånt liv på natten att det inte gick att sova."

"Men det är nog annorlunda nu. Man tar inte ombord vilka drägg som helst. Det har blivit mycket högre klass, det är i alla fall vad jag har hört."

"Men vad skulle vi göra då?"

"Äta och dricka gott så klart och sen dansa."

"Jag kan inte dansa."

"Det kan du visst. Tror du inte att jag sett hur du skuttar omkring i köket när du lyssnar på radio och tror att ingen ser dej. Du har ju rytmen i blodet."

Dolores rodnade. Hon visste mycket väl vad Veronica pratade om. Ofta hade hon kommit på sig själv med att ta några sköna moves speciellt när det var något latinamerikanskt på radion. Hon älskade att lyssna på salsa och mambo. Då hon var tonåring i Portugal hade hon till och med gått på dansskola. Så nog kunde hon dansa alltid, även om det nu var länge sedan. Kanske skulle det kunna bli roligt att åka på en sådan resa trots allt.

"Men har du verkligen tid med sånt, du som har så mycket att uträtta?”

”Jag får väl ta mej tid. Jag kollar på nätet med en gång.”
Veronica småsprang in på sitt kontor och satte sig framför datorn. Det var lönehelg och ganska fullbokat, men två av de dyraste hytterna var lediga.

”Dollan! Nu är det klart. Vi åker på lördag.”

***

Dolores tappade nästan andan när hon öppnade dörren till hytten. Ett jättestort rum i två etage, lyxigt inrett och ett stort fönster med en vidunderlig utsikt. På bordet stod en fruktkorg och en flaska champagne. Hon hade väntat sig något helt annat. När hon åkt med sjömannen för länge sedan hade de haft en liten hytt med dubbelslafar, ungefär lika stor som badrummet i den här hytten. Hon gick länge runt och tittade innan hon började packa upp resväskan.

Efter en stund knackade det på dörren och Veronica kom in.

”Nå, vad tycker du om hytten? Inte så illa va?”

”Nej, det var väldigt fint. Men blev det inte dyrt?”

Veronica skrattade men svarade inte på frågan. Kostnaden för den här hytten var väl ungefär lika stor som intäkten på hennes konton under en minut, om hon räknade snabbt.

”Har du inte öppnat champagnen än? Vi ska väl ta varsitt glas innan vi gör oss i ordning. Restaurangen öppnar klockan åtta så vi har god tid på oss.”

Dolores skruvade vant upp metallkorgen över korken och öppnade flaskan utan att det skummade och vällde över. Det hade hon gjort många gånger då denna ädla dryck var lite av Veronicas favorit. De satte sig ner och slappnade av. Efter halva flaskan var Dolores på strålande humör och berättade fnittrande om hur det var när hon och sjömannen åkt till Åland för länge sedan.

Tiden gick fort och de bestämde sig för att göra sig i ordning för kvällen. Veronica gick in till sig och Dolores började fundera på vad hon skulle ha på sig. Hon plockade bland plaggen och kunde inte riktigt bestämma sig. Till slut hade hon i alla fall valt en färgglad och ganska vid klänning som skulle passa bra att dansa samba i. Inte för att hon räknade med att bli uppbjuden men utifall att.

Hon tappade upp ett skumbad och hällde upp det sista av champagnen som hon ställde på badkarskanten.

Veronica låg också i skumbad med ett glas champagne. Vattnet var så varmt att det nästan brände och hon kände hur stressen riktigt ångade bort och hon blev dåsig.

Hon såg verkligen fram mot kvällen. Sist hon dansade var på kickoffen för Spargrisen och då hade det haft ett speciellt syfte. Nu skulle hon bara roa sig och blev hon inte uppbjuden så skulle hon själv bjuda upp. Det var nästan bättre så, för då slapp man nobba om det kom någon som var för onykter.

Hon satt länge framför spegeln. Först hade hon tänkt att vara sparsam med sminket men när hon väl börjat kunde hon inte sluta. När hon var klar kände hon nästan inte igen sig själv och hon var ganska nöjd med vad hon såg.

Hon hade inte riktigt bestämt vad hon skulle ha på sig men till den kraftiga sminkningen passade den svarta snäva klänningen som slutade strax ovan knäna. Örhängen, halsband och armband i guld och så de svarta skorna med snörning och höga klackar. Det hade varit mer praktiskt med några bekvämare skor, men för en gångs skull valde hon att inte tänka så praktiskt. Hon reste sig och snurrade några varv framför spegeln. Femtioåtta år. Det kunde man inte tro. Hon tänkte på hur hon skulle se ut om tio år men kastade genast bort tanken.

Efter att ha borstat tänderna och gjort den sista justeringen framför spegeln, kände hon sig redo att möta kvällen.

När Dolores fick se henne, hajade hon till. Så uppstyltad hade hon aldrig sett henne förut. Den sjaskiga Veronica som hemma brukade springa runt i trasiga jeans, omålad och med rufsigt hår, framstod nu som en filmstjärna på väg till Oscarsgalan. Själv kände hon sig liten och obetydlig i jämförelse och hon blev nästan orolig för vad folk skulle tycka, om det omaka paret.

Veronica studerade Dolores med kritisk blick innan hon sprack upp i ett brett leende.

"Jävlar vilken femme fatale! Du är ju het. Som om du kom direkt från karnevalen i Rio. I kväll lär du inte få sitta mycket. Karlarna lär älska den där looken.

"Det tror jag väl ändå inte. Tycker du inte att jag målat läpparna lite för mycket."

"Nej, det passar jättebra till klänningen. Och dom stora örhängena sen. Jävligt läckert."

Veronica tog Dolores om armen och tryckte på hissknappen. Det var mycket folk som rörde sig mot restaurangerna. Tvärt emot vad Dolores hade väntat sig, verkade de flesta vara städade. Visst fanns en och annan som var lite extra röd om näsan och som kanske inte gick alldeles stadigt. Men det hon såg, lovade gott för kvällen.

Det var en och annan blick som vändes mot det omaka paret. Den långa Veronica i slimmat svart med höga klackar och guld runt hals och handleder, arm i arm med den korta svarthåriga Dolores i vid kjol i regnbågens alla färger.

De blev anvisade ett eget bord med utsikt över havet.

"Nå, vad säger du Dollan? Här finns väl en och annan stilig herre som skulle passa damen. Men lova att du inte börjar fråga om dom är troende och så. Nästan inga karlar är det nu för tiden."

Dolores såg lite förnärmad ut.

"Jag är väl inte här för att gifta mej. Dansa kan man väl göra med vem som helst, bara han är artig."

"Jo, men sen är det kanske en fördel om dom kan dansa också.

Det finns inget värre än att bli uppbjuden av en stel pinne helt utan taktsinne. Men det där ser man nog efter en stund om man kollar på dom som är uppe och dansar."

"Nu är det väl ingen garanti att jag blir uppbjuden. I alla fall inte när jag sitter i sällskap med dej."

"Säg inte det du. En sådan skönhet som du lär inte behöva vänta länge.

Efter att ha blivit serverade varsin aperitif, tittade de i menyn. Veronica bläddrade och såg allvarlig ut.

"Ta nu inget som du får gaser av. Inte för mycket grönsaker eller bönor och sånt."

"Jag brukar inte få gaser. Tänk på dej själv i stället."

Dolores bläddrade också och hade likt Veronica svårt att välja. Till slut hade de i alla fall bestämt sig. Det blev toast Skagen till förrätt, halstrad havskatt med smörsås och kokt potatis till huvudrätt och sedan flamberad banan med vaniljglass och vispgrädde till dessert.

"Lite svennigt kanske, men jävligt gott."

"Måste du svära i varje mening? Det låter inget trevligt"

"Det faller sej liksom naturligt i mitt sätt att prata. Det är inget jag kan ändra på. Du får vänja dej."

"Ja, det är väl inget annat att göra" suckade Dolores.

Det dröjde ganska länge innan de blev serverade så när väl maten kom på bordet, högg de in med god aptit. Vinet sjönk snabbt i flaskan och snart var de både mätta och lite lagom salongsberusade.

De satte sig en stund i baren och lyssnade till orkestern innan de tog ett bord alldeles intill dansgolvet.

"Nu du, nu ska vi spana och se vilka som är duktiga och vilka vi ska nobba ifall dom kommer fram."

De hann inte sitta länge innan en bredaxlad man, bra mycket yngre än de själva, kom fram. Han tittade vänligt på de båda varefter han bugade för Dolores och frågade om hon ville dansa.

Det kom lite plötsligt. Hon hade inte väntat sig att bli uppbjuden, i alla fall inte före Veronica.

Hon tittade först på mannen och sedan på Veronica som vände sig bort och inte låtsades om något. Dolores tackade ja och reste sig.

Mannen var inte så lång men väldigt muskulös. Lite ung kanske, tänkte Dolores, men han såg onekligen bra ut och han verkade ganska nykter. En svag doft av rakvatten nådde hennes näsa när han ledde henne fram till dansgolvet.

Orkestern spelade en lugn låt och mannen tryckte henne tätt intill sig, lade sin kind mot hennes och tog ett stadigt grepp runt hennes midja. Först ryggade hon tillbaka lite men han drog henne intill sig igen och så var de igång.

Det flöt på lite bättre med dansen än hon förväntat sig. Det märktes att han hade taktkänsla och snart hade Dolores tappat all sin nervositet och svävade fram över golvet som på moln.

Efter två danser tackade han artigt och ledde henne tillbaka till bordet. Veronica tittade förtjust på henne.

”Så där ja, vad var det jag sa. Du verkar vara hett byte i kväll.”

Strax därefter kom två något överförfriskade män i övre medelåldern fram och frågade om de fick slå sig ner. Efter en snabb analys, upplyste Veronica att det alls inte gick för sig. Dolores skämdes och tittade bort när de båda snopna männen slokörat gick därifrån.

Veronica hade redan spanat in ett lämpligt offer. Hon hade noterat hur han rörde sig på dansgolvet och noga lagt märke till var han satt och vilket sällskap han befann sig i. Det verkade vara ett jobbsällskap med ordentliga människor. Mannen var nog i hennes ålder och såg ut att vara i bra form.

Efter en kortare paus började bandet spela igen och Veronica reste sig och gick fram till sällskapet.

”Hej! Vill du dansa?”

Mannen tittade upp på henne och reste sig hastigt.

”Med nöje, men jag måste upplysa dej att om det kommer en bugglåt så är jag ganska dålig på det.”

”Då får vi väl hoppas att det inte blir någon sådan på en stund. Förresten, Veronica heter jag.”

”Det visste jag redan. Jag har sett dej i tidningen. Folke heter jag och kommer från Söderköping.”

Precis som Veronica hoppats på, var Folke en mästare på dansgolvet. Med säker och varsam hand förde han henne genom tonerna på dansgolvet. Han luktade gott och viskade då och då små lustigheter i hennes öra som fick henne att skratta. Efter två lite lugnare låtar kom en i upptempo.

”Vågar du ta chansen eller ska vi sluta?”

”Äsch, vi provar. Det är väl ingen katastrof om det skulle gå lite stappligt.”

Folke var inte så dålig på att bugga som han hade antytt. Han slängde med Veronica så hon nästan blev yr. Efter några snabba låtar på rad var båda så andfådda att de kom överens om att ta en paus. Folke ledde henne till bordet och hälsade artigt på Dolores.

”Tack för dansen, det var väldigt trevligt. Om ni har lust så kan ni komma och göra oss sällskap. Vi har platser över.”

”Vi får se. Kanske senare.”

Dolores var fortfarande uppspelt efter att så snabbt blivit uppbjuden. Hon hade spanat efter sin kavaljer men inte sett till honom på ett tag. Veronica vinkade till sig en servitris och beställde två glas vin.

”Det var värst så många danser ni tog. Är det inte brukligt att man bara tar två?”

”Det kanske det är, men vem bryr sig. Man lär inte hamna i fängelse om man bryter mot den normen. Prova du nästagång.”

”Om det nu blir någon nästa gång. Herrn i fråga verkar ha gått upp i rök.”

”Men det finns väl fler? Drick upp vinet så ska du se att det
snart kommer någon ny. Du kanske skulle ta och bjuda upp
själv?”

”Nej vet du vad, det skulle jag aldrig våga.”

När bandet började spela en lugn bossanova kände Dolores hur
det ryckte i benen. Hon hade precis druckit upp det sista i
glaset när samme man som tidigare bjudit upp henne, stod
där.

”Hallå igen! Har du lust att dansa?”

Dolores reste sig genast utan att ens säga något. Det kunde
inte bli bättre. En sådan trevlig man och en bossanova.

Veronica hade spanat runt ett tag men inte sett någon som
fallit henne i smaken. Då och då kastade hon en blick bort mot
sällskapet där Folke satt. De verkade ha väldigt trevligt och
kanske skulle hon föreslå Dolores att de skulle gå dit lite
senare.

Veronica vinkade till sig en servitör för påfyllning. Hon kände
sig bra i form. Dolores snurrade runt på dansgolvet med ett
lyckligt leende på läpparna och verkade inte ha för avsikt att ta
en paus.

Plötsligt slog sig en man ner på Dolores plats utan att fråga om
lov. Han var i Veronicas ålder med en väldig kulmage och en
tunn hårkalufs som han kammat lite halvdant över flinten.

Han var påtagligt onykter och stirrade med glansiga ögon på

Veronica.

"Tjena! Vad gör en sån här liten donna ensam här då?"

Veronica tittade på honom med avsmak.

"Det ska du skita i. Det är upptaget här."

"Oj då, en bitch!" Mannen hickade ljudligt och med en rörelse som fick hårfliken som dolde flinten att falla tillbaka.

"Du skulle nog må bra av lite stock. Vad säger du, ska du med till hytten?"

Veronica suckade. Den mannen visste verkligen hur man uppvaktar en kvinna så att hon känner sig utvald.

"Du, får jag fråga en sak? Hur stor kuk har du?"

Mannen såg frågande ut och verkade inte uppfatta vad hon sagt.

"Vad sa du?"

"Jo, jag frågade hur stor kuk du har. Du är visst inte bara fet och ful, du är döv också. Det fattar du väl att jag inte följer med nån om jag inte vet hur stor kuk han har. Eller du kanske är korkad också?"

Mannen blev illröd i ansiktet och reste sig hastigt.

"Du är ju för fan inte riktigt frisk."

Han skyndade sig iväg, halkade till och stötte mot ett bord så drinkarna välte och blötte ner de som satt där. Det blev ett väldigt ståhej och vakterna fick skynda till för att avstyra bråket som uppstod.

Veronica suckade igen. "Hur tänkte han?"

Äntligen kom Dolores tillbaka, svettig och med ett saligt leende på läpparna.

”Gud så roligt. Han är så bra på att dansa.”

Mannen sträckte sig fram och tog Veronica i hand.

”Jesper. Hej! Trevligt att träffas. Dolores berättade att du är hennes arbetsgivare.

”Ja, men i kväll är vi väninnor. Var kommer du ifrån då?”

Jesper berättade att han var från Söderköping och att de var några från jobbet som tog en Ålandstripp då och då.

”Ni har möjligen ingen i sällskapet som heter Folke?”

Jesper sken upp.

”Jo, faktiskt! Känner du honom?”

”Nej, men jag har dansat med honom om det är han som sitter där borta. Fast jag måste ha missat dej.”

Hon pekade mot bordet hon hållit uppsikt över.

”Ja, det är han. Folke Travolta kallar vi honom. Va kul! Kom med vet jag. Vi har lediga stolar.”

Dolores var inte svår att övertala och snart satt de i glatt samspråk med gänget från Söderköping.

Veronica och Folke dansade så mycket de orkade. Folke som tydligen var någon slags chef över gänget, bjöd frikostigt och stämningen var på topp.

När sista dansen annonserades bjöd Folke upp på nytt.

Veronica tittade efter Dolores men hon var borta. Så var även hennes danspartner.

Sista dansen var en tryckare. Folke höll försiktig om Veronicas nacke. Då och då gled handen upp till hennes hårfäste och hon ryste av välbehag av den lätta beröringen. När de kom tillbaka till bordet hade de flesta försvunnit. Folke tog Veronica om axlarna och såg henne djupt i ögonen.

"Ja Veronica, nu var den här stunden kommen. Ska vi gå till dej, till mej eller var och en till sitt?"

"Vi går var och en till sitt. Det blir bäst så."

När hon såg Folkes besvikelse, drabbades hon av dåligt samvete. Hon borde kanske ha gjort klart det lite tidigare. Folke försökte se oberörd och glad ut.

"Ja, då säger vi väl god natt. Du ska veta att jag hade en fantastiskt trevlig kväll."

När han gått några meter, ropade hon.

"Vänta! Du kan komma med upp en liten stund. Ge mej tjugo minuter bara."

Hon skrev ner hyttnumret på en papperslapp och gav till honom. Sen skyndade hon sig till hissen.

På vägen till sin egen hytt, passerade hon Dolores. Först gick hon förbi men hejdade sig och tog några kliv tillbaka. Hon lade örat mot dörren. Det var ingen tvekan om vad det var för aktivitet som pågick där inne. Veronica log och skyndade sig in till sin egen hytt.

Hon satte sig på sängen. Omgivningen snurrade lätt och hon tänkte på vad hon hade gjort. Hon hade alltså lovat en främmande man sex för att hon själv ville. Det hade sällan hänt i hennes liv förut. Det hade nästan alltid varit av tvång, av plikt eller om det funnits något att vinna på det.

Kapitel 14

Plikten kallade och det blev några intensiva dagar med resor kors och tvärs över landet. På Vånkan Fastigheter hade det dykt upp intressanta objekt både i norr och söder. Veronica ville gärna titta på dem innan hon gav sitt godkännande.

Cheferna på SSC tjatade om att de ville träffa henne, men då det inte rörde sig om några problem som skulle lösas så tyckte hon inte att det var så angeläget. Hon gjorde i alla fall ett besök på Spargrisen för att känna av stämningen och se om hon trivdes bättre nu när Philippa Nordlund möblerat om och den nya organisationen satt sig.

Hon kände det direkt när hon klev innanför dörren. Det var som om det luktade annorlunda. Hon började med ett besök på den lyhörda gästtoaletten. Där var tyst som i graven.

Jörgen Bjure satt som vanligt djupt insjunken i något dokument på datorskärmen. Veronica knackade lätt på dörren och kikade in.

"Hej Jörgen! Allt väl?"

Han tittade upp över glasögonen.

"Men hej du! Det var en överraskning. Kom in och sätt dej vet jag"

"En kort stund bara. Det kan ingen människa sitta länge inne hos dej på den där obekväma pinnstolen. Att du inte gör dej av med den."

”Det säger Philippa också, men jag är så van att ha den där, så nu får den stå.”

Veronica satte sig.

”Annars då, hur tycker du det har gått?”

Jörgen lutade sig bakåt och petade sig i örat med kulspetspennan.

”Det har gått bra. Faktiskt över förväntan. Nog för att jag visste att Philippa var som klippt och skuren för rollen som VD, men att hon skulle komma in i det så snabbt hade jag inte förväntat mej.”

”Har du hört något om vad personalen tycker då?”

”Dom verkar nöjda. Jag har i alla fall inte hört några klagomål.”

”Du själv då, trivs du i din roll?”

”Ja, det måste jag säga. Jag har det mycket lugnare nu och kan fokusera bättre på det jag jobbar med. Du skulle ha kommit på den här idén mycket tidigare. Jag skulle gärna ha börjat jobba så här, för länge sedan. Nu närmar det sig slutet.”

”Vad menar du?”

”Det är väl lika bra att jag säger det nu trots att det är en stund kvar. Jag har bestämt mej för att gå i pension.”

”Jaså, det var oväntat. Du har ju antytt att du skulle vara kvar till sextiofem.”

”Jo, jag vet, men ibland får man tänka om. Hustrun är inte riktigt kry och ekonomiskt så är det inga problem. Vi funderar faktiskt på att flytta ut till sommarstugan för gott.”

”Hur länge hade du tänkt jobba då?”

"Tills jag blir sextiotvå. Det är om ett halvår."

Veronica såg bekymrad ut.

"Så snart. Du kan inte tänka dej att hoppa in som konsult då och då?"

"Tror inte det. Jag har nog tänkt på det, men jag befarar att om jag skulle göra det så skulle jag bli sittande här mer än jag gör nu. Du vet hur det är, ju mer man uträttar, desto mer får man att göra."

"Jo, så är det väl. Men tror du Philippa är mogen att stå helt ensam då?"

"Utan tvekan. Det är hon redan nu. Maken till handlingskraftig människa har jag sällan träffat. Så ung och så klok. Det är ovanligt."

"Har du berättat för henne?"

"Nej, inte än, men du kan ju göra det om du ändå ska träffa henne."

Redan efter tio minuter hade Veronica fått träsmak av den obekväma besöksstolen. Hon reste sig och tackade för samtalet.

"Vi lär väl ha en liten avskedsfest innan du drar?"

"Det är inte nödvändigt. Jag skulle nog föredra en diskret sorti om det inte är för mycket begärt."

Veronica hastade vidare till Philippa Nordlunds kontor. Hon satt fortfarande kvar i sitt gamla trots att det var trångt och hade fönster åt norr. Dörren stod på glänt så Veronica körde in huvudet.

”Hallå där! Nu kom jag allt på dej med byxorna nere. Sitter du och chattar?”

Philippa hoppade till men sprack upp i ett stort leende när hon såg vem det var.

”Men hej Veronica! Det var länge sen. Är du på tjänsteärende eller är det en artighetsvisit?

”Nej, jag ville bara kolla hur ni har det. Är det bra?”

”Jättebra. Jag tycker att allt börjar sätta sig nu och det blir allt mer sällan jag behöver springa till Jörgen för att fråga om något.”

”Ja, nu får du snart stå på helt egna ben, hörde jag.”

”Vadå ska Jörgen sluta?”

”Japp! Han ska gå i pension om ett halvår. Så passa på nu och mjölka honom på information för sen lär han inte vara tillgänglig.”

”Det var en överraskning. Att han inte sagt något.”

”Du vet hur han är. Han snackar inte i onödan. Men enligt honom blir det inga problem. Han skröt över dej så det var inte likt nått. Vad har du gjort med honom?”

Philippa kände sig något förlägen. Om det var något i chefsrollen som hon var ovan med, var det att få beröm.

”Äsch! Det sa han väl bara för att jag alltid gjort som han sagt och inte tjafsat emot.”

”Det ligger nog mer bakom än så. Men vad tror du själv, är det

något som stör dej att du snart blir ensam herre på täppan?"
Philippa svarade utan närmare eftertanke.

"Nej, det stör mej inte det minsta. Det ska bli spännande."

"Ja, du vet att så länge siffrorna är svarta så har du fria
händer. Men det blir nog inte lika spännande om kurvorna
börjar peka nedåt."

"Det behöver du inte upplysa mej om. Stannar du länge? Du
kanske har tid med lunch?"

"Nej, jag ska iväg. Det får bli en annan gång."

"Vi får väl fixa till nånting då Jörgen slutar?"

"Han ville inte det. Han har ju aldrig varit så intresserad av
uppmärksamhet och vad jag förstod så menade han allvar. Jag
tror han skulle uppskatta en enkel fika och lite tårta. Sen
kommer jag personligen att fixa en avskedspresent som heter
duga. Han har ju trots allt en stor del i hur företaget har
utvecklats."

Veronica reste sig och höjde armen för en high five som
Philippa besvarade.

"Vi hörs sen."

På hemvägen började Veronica känna sig matt. Hon blev yr och
det började krypa obehagligt i kroppen. Dolores var på besök
hos en väninna i församlingen, som var deprimerad efter en
separation. Hon skulle stanna borta några dagar, men hade
gjort i ordning matlådor som hon prydligt radat upp i
kylskåpet.

Veronica tog fram en låda med korvstroganoff och kastade in i mikron. Lite mat och vila kanske skulle få henne att må bättre. Efter maten lade hon sig och somnade nästan direkt. Den här gången hade hon inte ställt klockan på ringning och fick nästan en chock när hon vaknade och klockan var över sex på kvällen. Hon kände efter och märkte att hon inte alls hade blivit bättre. Snarare tvärt om. Det värkte i kroppen och hon huttrade trots att det var varmt. Hon tog upp mobilen och slog numret till George som genast svarade.

"Hej! Kan du komma och titta till mej? Jag mår inte så bra."

"Vad är det med dej då?"

"Jag har ont i kroppen och fryser. Det känns inget vidare."

"Hmm... Det där låter som influensa eller en kraftig förkylning. Ta ett par Alvedon och bädda ner dej så ska du se att det snart blir bättre."

"Jag tror inte att det är en förkylning. Det känns som nått annat. Du kan väl komma?"

"Det får bli som hastigast då. Jag svänger förbi på hemvägen."

Det dröjde några timmar innan Veronica hörde mullret av Georges V8 då han körde upp på gården.

Han ringde på dörrklockan och Veronica skrek att det var öppet.

"Så här har vi sjuklingen. Var är Dolores?"

"Hon är hos en kompis. Fan, jag känner mej ännu sämre nu, yr är jag också. Vad tror du det kan vara?"

George tittade i hennes ögon och lyssnade på hjärta och
lungor.

"Förmodligen nått virus. Det är nog inget att oroa sej för."

"Det här känns inte som ett virus. Jag har varken ont i halsen
eller hostar. Du får göra en ordentlig undersökning."

"Det har jag inte tid med. Jag och Ulla ska bort i kväll.
Dessutom har jag inte grejor så jag kan ta några prover."

"Men det är ju inte så långt till sjukhuset. Du kan väl åka och
hämta?"

George började bli märkbart irriterad.

"Tror du att jag är din privata doktor. Nu får du väl ändå ge
dej."

"Hur mycket är det nu du får för varje besök? Låt mej tänka.
Hmm... tiotusen, kan det stämma? För några timmars jobb då
du mest sitter och läser. Tycker du då att det är för mycket
begärt att du kan kolla upp mej om jag råkar bli sjuk?"

George var väl medveten om att han fick oförskämt mycket
betalt för de där sittningarna med Veronica, men det var hon
som insisterat och han ville inte känna sig som någon livegen."

"Snälla Veronica, visst hjälper jag dej om jag har möjlighet men
just nu så går det inte.

Veronica började bli desperat. Hon kände att hon började
svettas och värken i kroppen blev allt värre.

"Så du tycker alltså att det är viktigare att springa på
swingerspartyn än att rädda livet på mej?"

"Hör du! Vad jag ska göra har du ingen aning om och inte har du med det att göra heller, för den delen."

"Jag vet nog vad ni har för er, du och din överkåta fru. Hon är ju nymfoman! Man får torka upp efter henne när hon har suttit någonstans och du är väl inte bättre du?"

George blev grå i ansiktet.

"Du är ju sanslös! Vad i helvete är det du säger, ditt bortskämda arroganta fruntimmer? Vem fan tror du att du är? Jag tackar gud för att jag fick en fru med lite lust och lekfullhet och inte en frigid jävla ragata som du. Fy fan, säger jag. "

Veronica blev förvånad av hans vredesutbrott. Så här rasande hade hon aldrig sett honom förr. Nog för att de haft sina sammandrabbningar men aldrig så häftigt som det här. Hon häpnade över hans ordval och förstod att han helt tappat kontrollen. Det spelade tydligen ingen roll att man var klok och välutbildad, blir man tillräckligt arg så tittar reptilhjärnan ändå fram.

"Stick iväg då och skyll dej själv. I morgon kanske jag ligger här död."

"Du klarar dej nog. Det är inte så många som stryker med av vanlig influensa. Du behöver inte kontakta mej något mer."

George rafsade ihop sina saker och gick med hastiga steg mot dörren. Innan han öppnade, vände han sig om.

"Du hörde vad jag sa. Ring inte mer."

"Far åt helvete!" Skrek Veronica när han slog igen dörren med ett brak.

Veronica vaknade av att solen irriterade henne. Hon kände sig lite bättre nu men fortfarande hade hon värk i kroppen. Det började låta ute i trädgården och hon förstod att det var Seppo som klippte gräset. Hon tog på sig morgonrocken och ett par tofflor och stapplade ut på altanen. Seppo vinkade och stängde av gräsklipparen.

"God morgon Veronica. Jag väckte dej väl inte?"

"Nej då! Men du, skulle du kunna skjutsa mej till vårdcentralen?"

"Ja visst! Är du sjuk?"

"Ja, jag mår inte så bra. Jag ska bara klä mej så kommer jag."

Veronica tvättade av sej som hastigast och drog på ett par jeans. Seppo hade redan startat bilen när hon kom ut.

"Vad är det som har hänt? Är du mycket sjuk?"

"Jag vet inte. George sa att det var influensa men det känns inte som det. Jag hoppas att det inte är cancer."

"Det tror jag väl ändå inte. Har du haft ont en längre tid?"

"Nej det kom plötsligt i går."

"Då är det nog inte cancer. Det kommer nog mer krypande under en längre tid."

Veronica blev grundligt undersökt på vårdcentralen. George hade haft rätt. Det var ett virusangrepp och hon fick utskrivet medicin och uppmanades att ta det lugnt några dagar.

Hon kände sig lite snopen men ändå lättad över att det inte var något allvarligt.

Det hade blivit värre under senare år. När hon var yngre hade
hon aldrig reagerat på det här viset när hon blivit sjuk.
Visserligen blev hon nästan aldrig sjuk men numer blev hon
alltid orolig när det hände. Inte för att hon var rädd för att dö.
Det var snarare en skräck över att bli beroende av andra. Att
inte själv kunna bestämma om sitt liv. Det var något som var
viktigt för henne. Nu skämdes hon över vad hon sagt till George
och bestämde sig för att gottgöra honom så fort hon blev frisk.

När Dolores kommit hem igen, var Veronica så gott som
återställd. Värktabletterna hade gjort vad de skulle och hon
hade till och med hunnit uträtta lite jobb under tiden.
Hon funderade på hur hon skulle försonas med George igen.
Vid tidigare tillfällen då de blivit osams, hade det liksom runnit
ut i sanden och inte behövts några åtgärder, men den här
gången kände hon att det inte skulle bli lika enkelt. Nu kände
hon ju George ganska väl och hade snart tänkt ut vilka
knappar hon skulle trycka på.
Efter några ärenden på stan och ett par telefonsamtal var det
mesta ordnat. Strax efter klockan åtta på kvällen, satte hon sig
på cykeln.

Det var en lagom ljum sommarkväll som passade utmärkt för en cykeltur. Vindstilla men ganska mycket mygg och knott i luften. Hon fick se till att ha munnen stängd när hon for fram längs vägen.

En halvtimme senare styrde hon upp mot uppfarten till Georges hus. Bilen var hemma och de verkade inte ha besök. Det kändes lite pirrigt att ringa på dörren. Inte för att hon var orolig över hur han skulle reagera. Det var mest det att hon var ovan med att krypa till korset och erkänna att hon handlat fel. Hade det varit för några år sedan skulle hon aldrig gjort det. Men på sista tiden hade hon ibland kommit på sig själv med att börja tänka i nya banor. Kanske var det åldern som börjat ta ut sin rätt. Förhoppningsvis var det så att erfarenhet och visdom nu börjat samverka på ett konstruktivt sätt. Något hade i alla fall hänt.

Det var Ulla som öppnade. Hon såg ovanligt ungdomlig ut i jeansshorts, ett vitt åtsittande linne och med håret uppsatt i en knut. Veronica hade alltid tyckt att Ulla var färglös och hade noll utstrålning och kunde inte begripa vad George såg hos henne. Nu med kvällssolen i ansiktet och med ett varmt leende på läpparna, såg Veronica att hon faktiskt var riktigt vacker.

”Men hej Veronica! Är du ute och cyklar så sent? Vad har du på hjärtat då?”

”Hej Ulla. Är George hemma?”

Ulla såg lite bekymrad ut.

”Ja, han är hemma, men det verkar inte som han har någon

större lust att träffa dej. Han berättade att ni blev osams och han är ganska sur nu.”

”Säg till honom att jag är här för att be om ursäkt.”

Ulla gick in och efter en kort stund kom George.

”Vad är det jag hör? Det kan väl ändå inte vara möjligt. Veronica Stjerne vill be om ursäkt. Nu blir jag både förvånad och nyfiken.”

”Ja du, ibland händer det konstiga saker. Kan vi prata?”

”Okej då, vi går ner i källaren. Vill du ha kaffe?”

”Nej tack!”

De gick ner i rummet han använde som kontor och slog sig ner i varsin fåtölj.

”Jaha, du har frisknat till kan jag se. Vad var det för åkomma?”

”Det var som du sa, ett influensavirus. Men nu är jag helt återställd. Du vet ju om min hypokondriska sida och att den blivit värre med åren, så det är väl inte så underligt att jag blev orolig. Men nu var det inte det vi skulle prata om, utan framtiden.”

George rättade till sig i fåtöljen och hostade några gånger.

”Så här är det, visserligen får jag rejält betalt av dej för mina tjänster, men du kan inte kräva att jag alltid ska ställa upp så fort du viftar med fingret. Jag har lite annat och göra också, så jag vet inte om jag längre har så stor motivation.”

”Jag förstår det, men nu är vi så nära. Jag känner att jag förändrats till det bättre bara under den sista tiden. Det är inte alls så ofta som jag grubblar och blir deprimerad längre. Bara nu den sista pusselbiten faller på plats och jag får klarhet i Karins död, så tror jag att vi är färdiga.”

”Jag kan väl inte förneka att även jag är lite nyfiken, men det förstår du väl att jag blev besviken när du talade så nedlåtande om Ulla.”

”Ja, och det vill jag be om ursäkt för. Jag bryr mej väl inte om vad ni lever för liv. Det har jag inte med att göra. Förresten så är väl jag den sista som ska ha åsikter om andras sexliv. Jag kan ju inte precis skryta om att jag haft en särskild hög moral när det gäller sånt. Det vet du ju om och du fattar väl att jag sa det i affekt.”

”Det förstår jag. Men kan du svara på varför du överhuvudtaget bryr dej? Jag vet ju mycket väl vad du levt för liv, men nu verkar det nästan som om du blivit en moralkärring. Kan du vara så öppen och ärlig att du förklarar det för mej? Vad jag förstår så har du inga intima relationer längre. Varför? Veronica skruvade på sig. Hon kunde känna en bitterhet i att det kapitlet i hennes liv tagit en sådan vändning som det gjort. Det var något hon helst inte ville dela med andra. Inte ens med George.

”Jodå, jag har ett sexliv även om det är torftigt. Det är bara det att jag inte känner något längre. Det blir liksom något man gör bara för att man ska och inte för att man så gärna vill. Kan du nöja dej med det svaret? Sen att jag raljerar över andra och kommer med anspelningar och plumpa skämt har ingenting med hur jag själv känner att göra.”

George lade pannan i djupa veck.

"Det går att göra något åt det, det vet du va?"

"Det kanske det gör, men nu ska du inte ta på dej arbetsrocken. Jag är inte här för behandling. Förresten så har jag med mej en present till dej och Ulla."

Veronica fiskade upp ett kuvert ur byxfickan som hon öppnade.

"Det här tänkte jag att ni skulle få. Det är en resa till Bahamas med valfri avgång. Ni reser första klass och tar in på femstjärnigt hotell med all inklusive, när ni vill."

"Så du kommer med en muta?"

"Ta det som du vill. Det är min ursäkt i alla fall. Jag vet ju att ni älskar att resa. Och du! Vad ni har för er på resan lägger jag mej inte i. Bara ni har kul."

"Förutsättningen skulle då vara att jag fortsätter med din behandling?"

"Ja, men det är ju snart klart. Sen är du fri. Vad säger du? Snälla!"

George sprack upp i ett stort leende.

"Det är klart att jag gör." Han ropade på Ulla. "Kom ner och se vad Veronica hade med sig."

På hemvägen kände sig Veronica lättad. Nu skulle det i alla fall bli av. Den förhoppningsvis sista sessionen då allt skulle falla på plats. Hon funderade på det där George hade sagt, att det skulle gå att få lusten tillbaka. Egentligen saknade hon inte det

så mycket. Visst kunde det ibland vara mysigt med en varm famn att krypa in i. Få känna beröring av känsliga fingrar och fuktiga läppar mot sin hals. Det skulle kanske räcka, men vilken man skulle nöja sig med det? Det var resten som fick henne att tveka. Hon hade nog haft mer sex i sitt liv än många andra, men från ungdomen var det nästan bara förknippat med dåliga känslor. Ingen av hennes äkta män hade varit några större virtuoser i sängen och då kändes det mer som ett sätt att hålla dem på bra humör. Visst hade det varit ganska trevligt med Folke på Ålandsbåten, men då hade hon varit berusad och det höll effektivt tillbaka minnena från förr. Ibland önskade hon att hon varit som Dolores. Hon hade blivit som en ny människa efter Ålandsresan. Det började nästan bli lite för mycket av det goda. I stort sett varje helg hade hon varit ute på något äventyr och det var inte svårt att förstå vad hon hade haft för sig. Nu var det inte roligt att försöka skoja med henne längre då hon inte blev det minsta generad. Men huvudsaken var att hon trivdes och hade kul.
Veronica ökade farten. Håret fladdrade för vinden och i den sista nedförsbacken gick det så fort att hon nästan blev rädd.

Kapitel 15

Den här gången var Veronica mer mentalt förberedd. Allt som hon antecknat efter tidigare sessioner hade hon läst igenom och analyserat efter eget huvud. Det som George kunnat utläsa och som verkat relevant, tog hon till sig och bäddade in i sin egen analys. En hel natt hade hon suttit och skrivit upp alla händelser hon kommit på. Händelser som fått henne att må dåligt. Konflikter, kränkningar, otur, misstag, ja allt som hon kunde komma på, ända från sina första minnen och fram tills nu. Det blev en omfattande lista och hon förstod att det inte var särskilt konstigt att hon då och då drabbades av depressioner och svarta tankar.

Som motvikt mot allt det mörka, listade hon också allt det positiva som hon kunde komma på. Förvånansvärt nog var det mycket från tiden som missbrukare som hamnade på den listan. En del var höljt i dimma och minnesbilderna var nog inte helt att lita på. Det var ändå underligt att det över huvud taget fanns något positivt från den tiden. Det måste ha berott på att hon varit så ung och haft andra referenser då.

Den absolut lyckligaste tiden i hennes liv hade nog varit mellan trettio och trettiofem då hon lyckats bygga upp sitt företag till något hon kunde vara stolt över. Visserligen hade det varit hårt att samtidigt kämpa mot abstinens och frestelser. Det hade absolut funnits stunder då hon gärna hade kört in i en bergvägg eller tagit en överdos. Men känslan av stolthet över

att ha uträttat något stort mot alla odds, var övergripande.
När allt började rulla på och hon kunde säga att hon var
ekonomiskt oberoende, var det en underbar känsla. Hon trodde
nog att den skulle finnas kvar i all framtid. Men snart gick det
upp för henne att gott om pengar och lycka var två helt skilda
saker som inte alls hade något gemensamt. Trygghet och
oberoende som kan köpas för pengar hjälpte visserligen till att
underhålla lyckan, men obalansen gick inte att köpa sig fri
från. Den fanns alltid där, även då hon börjat inse att hon
kunde göra vad hon ville med sitt liv.

Veronicas intensiva arbete med att analysera allt som hänt, tog
på krafterna och fick henne att inse behovet av vila. Hon
knäppte av sin mobil och gav Dolores stränga förhållningsorder
att inte koppla vidare några samtal från den fasta telefonen.
I tre dagar lade hon alla tankar på jobb åt sidan och ägnade sig
uteslutande åt att plocka sniglar och att hänga med Seppo när
han rumsterade om i trädgården.

Det var en terapi i sig att vara med Seppo. Hans lugna
finskkklingande dialekt och hans jordnära sätt, kändes
verkligen avkopplande. Dessutom var det intressant då han var
så oerhört kunnig om det som försiggick i trädgården.

Det fanns en hel del som skulle fixas inför hösten. Det skulle beskäras och myllas, rensas och täckas över. Det var svårt att lägga på minnet allt som skulle göras, men som tur var så spelade det inte så stor roll. Hon hade ju Seppo.

Egentligen var det mesta ganska bra just nu, när hon tänkte efter. Veronica hade allt hon behövde och ville hon ha något mer var det bara att skaffa det. Dolores var så duktig och plikttrogen. Hon skötte allt som behövde göras i ett hushåll och dessutom var hon ett trevligt sällskap och en god vän. Seppo som var en duktig trädgårdsmästare, hjälpte henne också med praktiska göromål som hade med huset att göra.
Visst var det allt för mycket jobb ibland, med alla möten och beslut som skulle fattas. Men det kunde varit värre.
Det skulle inte vara så i alla tider, det insåg hon och hade också funderat på det en längre tid. Seppo började bli till åren och kanske inte skulle orka med så länge till. Att hitta någon hon trivdes lika bra med, skulle nog inte bli det lättaste.
Utan arvingar skulle Vånkan Fastigheter tillfalla allmänna arvsfonden den dag hon skulle falla ifrån. Det var det som bekymrade henne mest. De andra företagen skulle hon inte ha några problem med att avyttra, men Vånkan betydde något alldeles extra. Hon hade diskuterat detta ganska ingående med Sven-Olof och han hade försökt övertyga henne att göra sig av med hela skiten så fort som möjligt.
Om hon sålde allt, skulle hon bli Sveriges i särklass mest

förmögna kvinna och vara bland topp fyra i Europa. Om det redan nu var besvärligt att hålla journalister och lycksökare borta, hur skulle det inte bli då?

Hon hade en plan. Även om det låg en bra bit fram i tiden så hade hon insett att hon måste göra något. SSC, Spargrisen och alla fonder skulle säljas. Det mesta av intäkterna skulle placeras i nya fonder som stödde forskning och vetenskap inom områden som låg henne varmt om hjärtat. Inte för att hon skulle undslippa publicitet, men den skulle i alla fall inte bli sämre. Vånkan Fastigheter skulle hon behålla så länge hon orkade och tyckte det var roligt, för att sedan på ålderns höst låta det gå samma väg som de övriga företagen. Om hon nu skulle få en hjärtinfarkt eller något annat obehagligt och kola av innan allt var ordnat, skulle allt hon planerat gå åt helvete. Det ville hon inte tänka på. Sven-Olov hade sagt att hon skulle skriva ett testamente och det var ju så klart ett måste. Det gällde bara att få arslet ur vagnen och göra det.

Nu kände sig Veronica mer redo än hon någonsin varit förut. Hon bokade tid med George och såg till att de skulle få vara i fred. Hon kände sig ganska avslappnad men ändå lite spänd inför vad som skulle hända.

Halv åtta på kvällen ringde George på dörren. Dolores öppnade.

"God kväll i stugan." George lyfte på hatten och bockade.

"Goddag herr Sandberg. Ni är efterlängtad har jag förstått."

George hängde av sig rocken i tamburen och kastade upp
hatten på hyllan med en elegant rörelse.

" Hör du Dolores, vore det inte på tiden att du började kalla
mej vid förnamn? Jag tycker att vi känt varandra så pass länge
nu att det vore på sin plats. Vad säger du om det?"

"Det kanske vi kunde göra, men det skulle inte kännas så
bekvämt. Jag är ju så van att kalla dej vid efternamn så det blir
liksom naturligt."

"Ja, du gör som du vill. Jag skulle i alla fall tycka det vore
trevligt. Förresten, vad är det för rykten jag hört att Dolores
skaffat fästman?"

Dolores blev röd i ansiktet.

"Det vet jag inte vad dom ryktena skulle komma ifrån?"

"Det var en liten fågel som visslade att det nog kunde vara så.
Men det kanske bara är rykten?"

"Om det så vore så är det inget som herr Sandberg behöver
bekymra sig om."

George märkte att hon blev generad.

"Sant eller inte. Det vore väl högst märkligt om en sådan
vacker och blodfull kvinna som Dolores skulle förbli singel i
alla tider."

Dolores vände på klacken och gick leende ut i köket. Han
kunde verkligen uttrycka sig den mannen.

"Är Veronica i biblioteket?"

"Ja, det är bara att kliva på. Jag serverar kaffe om en stund"

Veronica hade förberett sig väl. Efter en ansträngande simtur
hade hon legat i väldoftande skumbad en lång stund och sedan
ätit en utsökt skaldjurssallad med ett glas rödvin. Nu satt hon
bekvämt i sin vita fåtölj iklädd sin favorittunika och ett par
sköna fårskinnstofflor.

"God afton min sköna. Allt väl med dej?"
Veronica blängde lite syrligt på honom och gäspade.
"Det är lugnt. När tänker ni dra till Bahamas då?"
"Det får bli lite senare. Ulla har ganska mycket med sina
uppdrag just nu."
"Vad är det för uppdrag? Jag trodde hon var hemmafru."
"Det är hon emellanåt men hon är konstkritiker också. Det har
jag väl nämnt?"
"Inte som jag kommer ihåg i alla fall. Är hon en sån som
skriver en massa dravel om tavlor som ingen begriper sej på?"
"Så kanske man kan uttrycka det, men hon är faktiskt väldigt
ansedd i branschen och blir ofta anlitad. Nu har faktiskt
Svenska Dagbladet hört av sej."
"Det var som fan. Du då, är du intresserad av konst?"
"Ska jag vara ärlig så är jag väl ganska okunnig på det
området, men jag är glad att det går bra för henne."
"Du är väl mest intresserad av att göka? Hur går det med det
nu då när hon har så mycket att göra?"
George rynkade pannan.
"Det tycker du är en information som är intressant i

sammanhanget?”

”Ja, jag intresserar mej för ditt väl och ve.”

George lyfte fram en stol och satte sig bredvid Veronica.

”Nej, om vi skulle bli lite seriösa nu. Vi har ju pratat om det här förut, att det kanske blir sista gången. Har du tänkt vidare på det?”

”Jadå, mycket. Nu vill jag veta om Karin har något att säga. Något som kan ge klarhet i om hon verkligen hoppade av egen vilja eller om hon blev knuffad.”

”Känns det angeläget att du får veta det? Det förändrar ju inget.”

”Det är väl klart att det förändrar. Om det är någon som är skyldig så ska han jävlar få sota för det.”

”Om det är en hon då?”

”Skit samma, men det har jag svårt att tro.”

”Ja, vi får se vad som händer. Jag är nog lika ivrig som du. Det ska bli oerhört spännande. Men det vore gott med lite kaffe först. Dolores nämnde att hon skulle fixa det.”

Veronica ropade så högt att George hoppade till.

”Dollan! Kaffe.”

Det hördes tassande steg utanför rummet.

”Men kära nån vad du skriker. Jag är ju här.”

Dolores dukade av brickan och hällde upp kaffe i små blommiga koppar. På en lika blommig assiett låg två bullar så varma att sockret på toppen nästan hade smält.

"Vill Sandberg ha lite mjölk eller grädde i kaffet?"

"Nej tack, det är bra som det är."

"Lite socker då?"

"Det är jättebra Dolores. Tack."

"Då ska jag lämna er ensamma då. Ni får ropa om det är något, men jag tänkte gå och lägga mej vid tio."

"Gör det du Dolores och dröm söta drömmar."

"Ja, vad hon drömmer om nu för tiden är väl inte svårt att gissa." Sa Veronica och flinade.

De fikade klart utan att säga så mycket. Båda var fokuserade på den kommande uppgiften och stämningen i rummet tätnade.

"Nå, vad säger du? Är du redo?"

"Mer än nånsin. Nu kör vi."

George knäppte upp manschettknapparna och rullade upp skjortärmarna.

"Då räknar jag"

Han studerade Veronicas ögon innan han började nedräkningen. Nu var det bara att vänta. De hade gjort detta så många gånger att han visste precis vad som skulle ske härnäst. Några gånger hade han försökt att skynda på förloppet, men då hade det inte blivit bra. Om hon fick tillräckligt med tid och själv ta initiativ så skulle allt gå så mycket bättre.

George reste sig försiktigt, gick fram till bokhyllan och tog fram en gammal bok om en av Thor Heyerdahls resor över Stilla havet.

Han satt djupt insjunken i en dramatisk händelse, när det började röra sig borta i fåtöljen. Kvickt lade han ifrån sig boken och skyndade fram till Veronica.

"Veronica, kan du höra mej?"

Hon reagerade inte på hans fråga men det syntes att hon upplevde något hon inte var helt tillfreds med. George frågade igen.

"Veronica, kan du se var du är någonstans?"

"Jag sitter i en cafeteria med mamma."

"Är ni nere på stan?"

"Nej, tror inte det. Det ser inte så mysigt ut och det är jättestort. Det är nog på lasarettet."

"Hur är det med din mamma, är hon ledsen?"

"Hon verkar sammanbiten och inte är hon speciellt glad inte."

"Kan du försöka se framåt eller bakåt. Ska ni besöka Karin?"

Ögonen rullade innanför Veronicas ögonlock. Hon kämpade med att försöka förflytta sig i händelsen. Plötsligt började hon gråta häftigt.

"Vad är det som händer?"

Veronica hade svårt att få fram orden mellan gråtattackerna. Hon snörvlade och stakade sig.

"Jag tror att Karin har dött nu."

"Varför tror du det?"

"Därför att hon ligger där och dom har tagit bort slangarna.
Mamma sitter på golvet och gråter."
Han såg att Veronica hade det svårt, men det var viktigt att
hon fick vara med om det här.
"Försök att koncentrera dej lite och gå tillbaka i tiden när
mamma och du kom till sjukhuset."
Vad George kunde förstå så borde dödsfallet ha inträffat efter
det att de suttit och fikat. De skulle väl knappast göra det
efteråt. Bara nu det inte hade skett innan de var framme. Det
skulle vara förödande för Veronica att inte en gång för alla få
klarhet i vad som hänt.

Veronica slutade gråta och blev åter lugn. Hennes
ansiktsuttryck förändrades och övergick nästan i ett leende.
"Jag sitter hos Karin nu."
George stelnade till och blev oerhört fokuserad.
"Prata lugnt med henne och se henne i ögonen. Försök minnas
vad som hände."

***

Veronica tog hennes hand och såg henne i ögonen. De var
nästan livlösa men om man tittade riktigt noga så kunde man
se små rörelser. Hon viskade.
"Karin, kan du höra mej? Titta upp och ner om du kan det."
Först fladdrade pupillerna runt nästan obemärkt men efter en

stund stannade rörelserna av och började röra sig sakta men tydligt upp och ner.

”Har du ont? Titta upp och ner om du har det, annars tittar du runt.”

Nu hade Karins pupiller stabiliserat sig och det gick tydligt att urskilja hur de rörde sig. De började röra sig i en cirkel.

Veronica kände sig varm i hela kroppen. Nu visste hon att Karin i alla fall inte hade ont.

Gunhild kom flera gånger och sa till Veronica att de skulle gå, men hon bad att de skulle stanna en liten stund till.

Då och då började Karins pupiller att fladdra utom kontroll, men Veronica var tålmodig och talade lugnt till henne.

”Karin, jag måste få veta. Blev du knuffad eller hoppade du frivilligt?”

Det var som om något hände och Karins blick blev helt stilla. Oändligt sakta började hennes pupiller röra sig igen. Först i en långsam cirkel. O. Sedan upp och ner och åt sidan längst ner. Det bildade ett L, det var Veronica nästan säker på. Det dröjde en liten stund innan det började röra sig igen. Nerifrån och upp, sedan åt sidan och ner igen för att avslutas med ett streck åt sidan mitt i. Det var inte helt enkelt att uppfatta, men när hon gjort det några gånger förstod Veronica att det var ett A.

”Är det OLA du menar? Gör en cirkel om det är så.”

Karins pupiller började röra sig i cirklar för att sedan bli helt stilla.

Gunhild kom fram till sängen.

”Veronica, vi måste åka hem nu. Annars missar vi bussen. Vi
får komma tillbaka en annan dag.”

På bussen hem frågade Veronica:
”Mamma, vem är Ola?”
”Det var en odåga som Karin brukade umgås med.”
”Kan det vara han som knuffade Karin?”
”Det vet man inte. Polisen har förhört alla som var med på
festen. En del säger att dom inget såg och andra säger att hon
ramlade. Vad som verkligen hände lär vi aldrig få reda på.”
Veronica tittade upp på Gunhild med en sorgsen blick.
”Jo, Ola vet.”
”Hur kan du tro något sådant?”
”Därför att Karin sa det.”
”Hon kan ju inte prata. Sluta fantisera nu, du blir bara ledsen.”
”Jag är redan ledsen.”
Karin insåg att det inte skulle vara någon idé att försöka
förklara för Gunhild om hur de hade kommunicerat, så hon
höll tyst under bussresan hem.

***

George blickade ner på några rader i sitt anteckningsblock. Det
var alltså det här som var nyckeln till vad som hade hänt. En
man vid namn Ola. Han kanske inte ens lever i dag och då lär
de inte kunna komma vidare. Om han nu skulle gå att få tag i,

kanske han inte skulle vara intresserad av att komma ihåg
något. Men det skulle vara upp till Veronica att gå vidare med.
Det var med en viss lättnad som han, för kanske sista gången,
räknade och knäppte med fingrarna för att väcka Veronica ur
hypnosen.
Hon blev klarvaken på en gång. Vanligtvis brukade hon sakta
återvända, ungefär som när man vaknar ur en djup sömn. Men
den här gången såg hennes ögon klara och pigga ut på en
gång.
"Hur känns det?"
"Det känns bra. Jag kommer precis ihåg hur det var nu. Vi
åkte tillbaka efter ett par dagar men då var hon inte
kontaktbar. Sen dröjde det bara några dagar till så var hon
död. Det var strax efter att vi hade fikat på lasarettets kafeteria.
Hon dog när vi var där och vi märkte det inte förrän doktorn
kom inspringande och bara kunde konstatera faktum."
"Så dom försökte inte få igång henne igen?"
"Nej, inte vad jag kan minnas. Hon var redan förklarad
hjärndöd."
"Men hon kunde ju inte varit hjärndöd då du kommunicerade
med henne?"
"Det där får väl du fundera på, du som är läkare. Jag vet inte."
George lade pannan i djupa veck och funderade.
Analysmetoderna på den tiden var inte lika sofistikerade som i
dag så det var nog mycket möjligt att de kunnat ha tagit fel.
"Vad händer nu då?"

"Ja, vad tror du? Jag ska naturligtvis leta upp den där Ola och vrida sanningen ur honom."

"Stackars människa. Har du någon aning om vem han är?"

"Nej, men jag tänker ta reda på det. Jag minns att Karin hade en kille som hette Ola. Det blir nog inte särskilt svårt att få tag i honom."

"Tänk om han inte lever då?"

"Han lever, tro mej."

"Du får hålla mej underrättad. Det är den sista biten i pusslet som jag tänker lägga och sedan redovisa för dej och förhoppningsvis göra dej hel."

"Ja, lyckas du med det så har du en vän för livet."

"Om jag inte lyckas då? Har jag en ovän?"

"Nej, då får du fortsätta som min privata doktor. Det får du förresten göra ändå. Jag är snart sextio och då behöver man extra bra service."

George flinade och reste sig.

"Så det tror du?"

"Ja, annars får jag väl övertala dej. Det brukar inte vara särskilt svårt."

Kapitel 16

Veronica kände ett helt nytt lugn nu efter den sista sessionen.
Minnen började dyka upp och bilden av hur hennes uppväxt
varit, blev allt tydligare. Små detaljer som kunde tyckas
obetydliga fick en ny mening när de sattes in i rätt
sammanhang.

Något som slog henne, var att hon sällan fått någon
uppmuntran eller beröm när hon uträttat något bra. Från
skoltiden kunde hon bara minnas ett tillfälle då hon fått
uppskattning för en prestation. Det var efter ett matteprov då
det fanns en liten stjärna i kanten och fröken hade skrivit en
positiv kommentar.

När hon hade fått makt och inflytande och då speciellt då hon
tagit över ledningen av SSC, skedde en radikal förändring.
Beröm och vackra ord hade fullständigt haglat över henne. Men
när hon kommit till insikt om att det bara var luft och enbart i
syfte att ställa sig in, blev känslan en annan.

Hon började förstå att sådana små detaljer som en stjärna i
kanten, var viktiga även för vuxna människor.

Veronica funderade över hur hon själv brukade uppmuntra
sina medarbetare och insåg då att hon precis inte brukade
slösa med beröm. Allt kan ju överdrivas, men bara en sådan
sak som "det här gjorde du bra" kunde göra stor skillnad och
som påverkade mycket annat. Det hände så klart ibland, men

kanske inte på ett sätt som kändes ärligt och äkta. Hon hade märkt vilken inverkan det hade på Dollan när hon fick uppskattning och likaså Seppo när hon sagt något uppskattande för vad han åstadkommit i trädgården. Om hon själv fått uppskattning och uppmuntran i unga år, kanske hon skulle ha varit en lyckligare människa i dag.

***

Det var inte svårt att få fram uppgifter på Ola. Var han fanns och hur han levde. Sven-Olov hade hjälpt henne. Trots att han inte längre var i aktiv tjänst, hade han många kontakter kvar i polishuset och med lite övertalning och några resor till konditoriet, hade han snart både namn och personnummer. Sedan var det bara att googla.

Ola Bengtsson 65 år, bosatt på landet ett stycke utanför Mariefred. Han hade en lång karriär bakom sig som lärare och rektor på lantbruksgymnasiet och nu efter att han gått i pension, sysslade han mest med att föda upp hönsfåglar av ovanliga raser. Det fanns en hel del att läsa om honom när det gällde hönsavel. Tydligen var han något av en ikon inom detta område.

Veronica log vid tanken på hur det kunde ha varit om Karin levt och de blivit ett par. Hon såg framför sig hur Karin gick och slängde ut frön, omgiven av hönor och tuppar i regnbågens alla färger.

Vad hon kunnat få fram så verkade Ola bo ensam på gården
och då han var pensionär och hade djur, var han förmodligen
hemma för det mesta.

Veronica tittade i sin kalender och markerade ett datum då
hon skulle kunna ta sig dit. Det kändes lite pirrigt, framför allt
undrade hon hur hon skulle reagera om det visade sig vara en
otrevlig eller dryg person som inte alls var villig att öppna sig
om det som varit. Hon hade sett bilder av honom och han såg
både trevlig och snäll ut.

En tisdagseftermiddag satte sig Veronica i sin Jeep och styrde
färden mot Mariefred. Det var lite småkyligt men gudomligt
vackert med alla höstlöven som skiftade i rött och gult.
Gps:en visade en väg som verkade helt fel, men efter att ha
irrat omkring en stund var hon snart framme. Ett ganska stort
rött hus omgivet av ett gammaldags staket. Där fanns också en
ladugård, en stor lada och några mindre uthus. Trädgården
verkade välskött och lite överallt stod burar i olika storlekar
där det kacklade av höns och kycklingar.
Veronica stannade bilen utanför grinden. Han bodde ganska
ensligt och det syntes inte till någon mer gård i närheten. Det
stod ingen bil på tomten och hon blev lite orolig att han inte
skulle vara hemma. Men när hon tittade mot huset såg hon att
det rörde sig i gardinen.
Ett djupt andetag och hon öppnade grinden. Med bestämda

steg gick hon mot dörren som öppnades innan hon var framme.

”Hejsan! Jag heter Veronica Stjerne. Är det du som är Ola Bengtsson?”

Mannen såg först lite frågande ut, men sedan sprack han upp i ett leende.

”Jag tyckte väl att du verkade bekant på något vis. Nu känner jag igen dej. Du brukar ju figurera ganska ofta i veckopressen. Vad föranleder detta besök?”

”Jo, jag undrar om du har tid att prata en stund, om gamla tider. Jag har förstått att du kände min syster Karin i slutet av sextiotalet.”

”Karin ja, var det din syster? Ja, du har väl bytt namn sedan dess förstås. Välkommen in.”

Veronica klev upp för den bastanta stentrappan och hängde av sig kappan i tamburen. Det var spartanskt inrett i huset men verkade rent och snyggt. Det var nog ett tag sedan det hade bott någon kvinna där.

”Bor du ensam här?”

”Ja, min hustru och jag skildes för femton år sedan.”

”Tråkigt. Själv har jag skilt mej en gång och har blivit änka två gånger.”

”Oj då! Då har du legat i. Jag hade nog hoppats att hitta någon efter skilsmässan, men det har inte blivit så.”

”Åja, än är det väl inte för sent?”

”Nej, vi får väl se vad ödet har att ge. Slå dej ner vet jag. Vill du
ha lite kaffe? Jag har inte något kaffebröd, men en glasspinne
kanske skulle smaka?”

”Tack gärna.”

Veronica satte sig i kökssoffan och Ola satte igång
kaffebryggaren.

”Vet du att vi har träffats några gånger tidigare. Du hade nog
inte ens fyllt tio så det minns du nog inte.”

”Nej, det kan jag inte komma ihåg. Var det hemma hos oss?”

”Ja, men utanför. Karin ville aldrig att jag skulle komma in till
er.”

”Varför då? Skämdes hon för dej?”

”Nej, men jag förstod att ni hade det lite besvärligt med eran
styvfar som var ganska törstig av sig. Hon skämdes nog för
honom.”

”Ja, det är väl det minsta man kan säga. Så ni var ihop alltså?”

”Ja, eller vad man nu kallade det i den där åldern. Vi hängde
mycket och var på fester tillsammans. Fast om vi var ihop vet
jag inte riktigt.”

”Du kanske förstår varför jag är här?”

”Jo, jag anar väl det. Du vill veta vad som hände när Karin
ramlade ned från balkongen?”

”Ja, har du lust att berätta?”

Veronica kände hur hon blev varm i hela kroppen och röd om
kinderna. Hon nästan skakade, så spänd var hon på vad han
skulle säga.

"Du vill förstås veta om jag hade något att göra med olyckan?"

"Hade du det?"

"På sätt och vis. Det hela var en tragisk olycka och det värsta av allt var att jag hade kunnat förhindra den. Du förstår att Karin var suicidal, speciellt när hon drack. Om jag inte skaffat mellanöl och bjudit henne den där kvällen så hade det aldrig hänt."

Olas ögon blev blanka och det var uppenbart att det var ett känsligt ämne.

"Vadå suicidal! Vad är det? Kan du prata så man begriper."

"Ja, självmordsbenägen. Alltid när hon drack, började hon tjata om att ta livet av sej. Det kunde vara minsta småsak som utlöste det. Det var nog mycket därför, som det aldrig blev någon djupare kärlek mellan oss. Det var ganska jobbigt ska du veta."

Veronica tog sig för ansiktet och försökte minnas. Karin som nästan alltid var så glad och positiv. Det var svårt att förstå men ändå kunde hon tro på det. Det fanns ett sådant arv och att det skulle kunna överföras från far till dotter var väl ganska troligt.

"Vad hände? Berätta allting, snälla."

"Minnena börjar blekna och det är väl inte så konstigt. Det är snart femtio år sedan det hände. Men först måste jag mata hönsen, dom har inget tålamod att vänta. Du kanske vill följa med?"

Att det skulle bli hönsmatning kom lite oväntat och inget som
Veronica räknat med. Men det kunde ju vara kul att se hur det
gick till.

"Det kan jag väl, men jag har bara gymnastikskor. Funkar
det?"

"Jodå, det är rent och torrt."

Veronica följde efter Ola ut i den stora ladan där han hämtade
hinkar som han fyllde med någon slags pellets.

"Du kan ta en hink du också om du vill, så går det lite fortare."

Ute på gården började hönsfåglar av alla kulörer och storlekar
att strömma till. Några var instängda i inhägnader och förde ett
himla liv när de såg vad som var på gång.

"Varför är en del lösa och andra instängda?"

"Dom som är instängda är yngre och har inte lärt sej hur dom
ska skydda sej mot hökar och andra rovfåglar. Dom lär sej av
dom som är ute."

Ola och Veronica började kasta ut pellets både på marken
utanför och in i burarna. Det ljudliga kacklet avtog allt mer och
snart hördes bara dova kluckanden när fåglarna pickade i sig
av maten.

"Det var ett udda intresse du har. Hur kom du på det?"

"Jag har alltid varit intresserad av fåglar och skaffade några för
många år sedan. Efter det har det bara ramlat på. Nu är jag
ganska känd inom gebitet och får tillbringa mycket tid framför
datorn med frågor från hela Europa, ja även från andra

världsdelar faktiskt.”

”Ja, alla har vi våra intressen.”

”Du då, har du någon hobby?”

Veronica tänkte efter. Det fanns bara jobb där. Någon resa ibland och lite trädgårdsarbete, men inget hon riktigt brann för. Det kändes lite vemodigt. Tänk att ha något som verkligen kändes jätteroligt och som inte hade med arbetet att göra. Det skulle vara en lycka. När hon var liten tyckte hon mycket om att teckna, men det intresset hade helt försvunnit när hon blev tonåring.

”Jag har inte haft tid att tänka så mycket på det, men vi får se. En vacker dag kanske jag hittar något som jag tycker är kul.”

”Jag kanske kunde påverka dej så du blir intresserad av exotiska hönsraser. Vad tror du om det?”

Veronica skrattade. Hon kunde se det framför sig och tanken var faktiskt inte helt befängd.

”Nja, det har jag svårt att tänka mej, men man ska aldrig säga aldrig.”

Efter att utfodringen var avklarad, gick de tillbaka in i huset och satte sig vid köksbordet.

”Var vill du att jag ska börja?”

Ta det från början, när ni träffades för första gången. Jag vill veta allt.”

Ola blundade och försökte minnas.

”Vi gick i samma klass ända från ettan, men det var väl först i

femman eller sexan som man började intressera sej för det
motsatta könet. Jag minns faktiskt inte så mycket av Karin
innan det. En ganska glad tjej som skrattade mycket, men hon
gjorde inte så mycket väsen av sej. Sen hände det där tråkiga
när vi gick i trean, det kommer man ju ihåg.”
Veronica suckade och kände hur det gjorde ont när hon tänkte
på det.
”Du vet att våran pappa hängde sej va?”
”Jo, det var ju snart ute på bygden. Hur gammal var du då?”
”Fyra, så jag förstod väl inte riktigt vad som hade hänt.”
”Nej, men det gjorde Karin. Hon blev förändrad då. Mycket
vuxnare och hårdare på något vis. Det blev en väldigt konstig
stämning i klassen minns jag. Vi visste inte riktigt hur vi skulle
hantera det. Karin var ju där redan några dagar efter att det
hänt.”
”Hur verkade hon ha tagit det? Var hon mycket ledsen?”
”Nej, och det tyckte vi var så konstigt. Vi såg inte att hon grät
en enda gång, men förändrad hade hon blivit, ungefär som om
hon blivit flera år äldre på en gång.”

Ola berättade sakta och med inlevelse om hela skoltiden. Det
var nästan som om Veronica fick vara med om allt som hade
hänt där Karin varit delaktig. Både roligt och sorgligt på
samma gång.
”När började du intressera dej för henne? Eller det kanske var
hon som började?”

”Du vet när man kommer i puberteten så finns det ingen
styrsel på hormonerna så allt som var av motsatt kön var av
intresse. Karin såg väldigt bra ut, så det är klart att man
tittade lite extra. Men hon hade utvecklats lite fortare än oss
pojkar så hon var ganska ouppnåelig. Hon umgicks mest med
dom lite äldre killarna. Det var nog när jag fyllt femton och
skaffat moppe som vi började hänga. Jag bjöd henne på skjuts
och då tror jag det tändes en liten lampa hos henne också.”
”Var det då ni började dricka?”
”Ja tyvärr, eller vad man nu ska säga. Det gjorde nästan alla.
Det var ett himla festande varje helg. Då fanns det ju mellanöl
och det var inga problem att få ut.”
”Karin då, var hon likadan?”
”Jag hoppas att du inte blir ledsen när jag säger det men hon
var faktiskt värre. Drack som en hel karl och blev ordentligt full
på varje fest.”
”Och det var då som hon blev, vad var det nu du kallade det,
suisid...?”
” Suicidal, ja precis. Det var jäkligt jobbigt. Det kunde vara
något så simpelt som att ölen tog slut eller att någon sagt något
hon inte gillade. Samma visa varje gång. Ibland skulle hon
ställa sig framför tåget och en annan gång hoppa ner i ån. Jag
fattar inte att jag lät det fortgå. Jag hade kanske kunnat få
henne att dricka mindre eller göra något annat än att gå på
fest, men jag gjorde inget och det där har förföljt mej genom
hela livet. Hade jag gjort annorlunda så hade Karin levt i dag

och vi kanske hade varit ett par."

Ola kunde inte hålla tillbaka tårarna. Det var som om det släppte en fördämning och han skakade av gråt. Han försökte hejda sig, torkade bort tårarna och harklade sig, men det gick inte så bra.

De mörka tankar Veronica haft innan mötet med Ola, började nu förbytas till medkänsla.

"Det var ju inget som du kunde rå för. Hon hade ärvt det av vår pappa och förr eller senare hade det nog hänt i alla fall."

"Jag kunde ha dragit iväg henne från festen, varit med henne hela tiden och sett till att hon inte drack. Nu gjorde jag inte det och det gör så himla ont."

Veronica fick tårar i ögonen. Det var smärtsamt att se en vuxen man så ledsen och ångerfull, speciellt som han inte själv hade någon skuld till det som hänt. Hon visste inte riktigt vad hon skulle säga.

"Har du alltid känt så här?"

Ola torkade återigen bort tårarna, sträckte på sig och tog ett djupt andetag.

"Nej, inte alltid, men det kommer då och då. Men så här har jag aldrig reagerat förut. Allt kommer liksom tillbaka nu när jag pratar med dej."

"Du kanske inte orkar eller vill berätta om den där kvällen det hände?"

"Jodå, det är klart att du ska få veta. Men vi kanske ska få något att äta först. Börjar inte du bli hungrig?"

Veronica kände efter och det var inte utan att det började
kurra lite i magen.

"Visst vore det gott, men det känns lite genant att du ska bjuda
på mat."

"Tok heller, det är klart att jag ska. Det är inte så ofta som jag
får så celebert besök här i stugan. Jag har färdiga köttbullar i
kylen och så kokar jag lite makaroner, det går fort. Äter du
köttbullar och makaroner? Jag har tyvärr varken hummer eller
champagne hemma."

"Det blir alldeles utmärkt. Hummer och champagne börjar jag
ledsna på. Vill du ha hjälp?"

"Nej, sitt du, jag fixar. Vad vill du ha att dricka? Mjölk, öl,
vatten?"

"Mjölk blir bra."

Det var länge sedan Veronica ätit vanliga makaroner med
köttbullar och ketchup. Dolores brukade ofta laga pastarätter
men då med konstiga namn och starka såser till. Det här var
inte alls så dumt.

Ola berättade om vad han gjorde efter skolan och hur han blev
lärare och sedan rektor. När han frågade Veronica om hennes
resa, svarade hon kortfattat och utan några snaskiga detaljer.
Veronica hade varit beredd på konfrontation och hårda ord
inför sitt möte med Ola. Hon hade varit övertygad om att hon
skulle bemötas med ovilja och förnekelse. Det kändes ganska
konstigt nu när hon satt och åt makaroner och köttbullar med

den som hon misstänkt ha förorsakat Karins död och som hon
nu kunde känna sympati med.

Ola hade borstat bort demonerna och berättade små lustiga
anekdoter från sin tid som lärare. Han var en duktig berättare
och Veronica glömde nästan bort i vilket ärende hon var där.
Hon hade sjunkit in i hans berättelser och det kändes nästan
som om hon var med när det hände.

Det hade hunnit bli mörkt utan att de märkt det. Ola tände
några ljus och satte på en ny kanna kaffe.
"Tycker du att jag pratar för mycket?"
"Nejdå, inte alls. I så fall hade jag sagt till."
"Ja, man har fått det intrycket när man läst om dej, att du
säger vad du tycker."
"Det är väl i så fall det enda som stämmer av det dom skrivit.
Det mesta är bara påhitt och fantasier. Jag undrar var dom får
allt ifrån dom där murvlarna."
"Det gäller att sälja, det är väl vad det går ut på. Sen om det är
sant eller inte skiter dom nog i, bara det sticker ut och fångar
intresse. Blir du aldrig förbannad när det står något elakt?"
"Inte nu längre. Jag bryr mej faktiskt inte. Det ska vara något
riktigt jävligt i så fall."

Klockan började närma sig midnatt och ett silvrigt månsken tittade in genom köksfönstret. Det var länge sedan Veronica känt sig så lugn och avslappnad, rentav harmonisk. Allt talade för att hon borde känna på ett annat sätt i sällskap med den här mannen och hon var mycket förvånad att hon kände som hon gjorde. Det var som om alla vassa kanter och taggar i hennes personlighet plötsligt slipats ner och blivit slöa och ofarliga.

"Ska jag berätta nu?"

Veronica nickade och vaknade till från sitt dvalliknande tillstånd.

"Vi hade först varit hemma hos mej, Karin och jag. Druckit lite och lyssnat på musik. Vi var helsålda på Beatles båda två, så det var vad som snurrade på skivspelaren hela tiden."

Veronica log när minnena ploppade upp.

"Det minns jag. Karin var lite förtjust i Paul McCartney."

"Ja, det ska gudarna veta. Inte så lite heller. Vad gillade du för musik på den tiden?"

"Sven Ingvars" sa hon och skrattade.

"I alla fall så hade vi bestämt att gå på fest senare på kvällen. Jag tror det var en fredag. En kompis hade föräldrafritt och det skulle bli ett jädra drag hade han sagt.

Vi tog moppen ner till kiosken där dom flesta ungdomar brukade samlas. Där var det full fart och hela gänget drog sen hem till Kjell."

"Jag kommer ihåg vilket liv det var vid kiosken på den tiden och hur dom vuxna klagade på buslivet. Sen dog det bara ut. När tog det slut egentligen?"

"Jag vet inte. När man fick körkort började man åka in till stan och nästa generation ungdomar hade kanske andra intressen."

"Ja, dom åkte nog också till stan. Det var lite häftigare där. Fortsätt."

"Vi var nog ett tjugotal personer hemma hos Kjell. Det var ett himla liv och polisen var där två gånger för att grannarna hade klagat. Det spårade ur ganska mycket, men det var inget ovanligt. Folk raglade omkring och haschröken låg tät."

"Rökte Karin hasch?"

"Jodå, när det fanns så. Just den här kvällen var hon ordentligt påstruken, det var jag också för den delen. Sen var det någon skitsak vi började tjafsa om. Jag minns inte riktigt vad det var, men förmodligen nått väldigt simpelt. Så började hon gasta om att hon skulle ta livet av sig. Det var inget ovanligt så ingen tog henne på allvar.

Plötsligt satt hon där på balkongräcket och vinglade. Vi skrek åt henne att hon skulle gå därifrån men hon brydde sej inte. Då gick jag fram och sträckte ut handen. Hon såg mej i ögonen och jag förstod att hon skulle komma. Det var då det hände. När hon skulle slänga upp benet så fastnade hon i räcket och tappade balansen. Hon föll fyra våningar och låg livlös nere på marken. Vi ringde efter ambulans och rusade ner. Det fanns ett litet hopp om att hon hamnat i ett buskage som kanske hade dämpat fallet, men hon hade landat på asfalten.”

”Var hon livlös när ni kom ner till henne?”

”Nej, hon pratade faktiskt. Hon sa att det var en jävla tur att hon var full, annars hade hon nog brutit sej. Sen kom ambulans och polis. Det blev ett jäkla pådrag och folk började komma ut på balkongerna för att se vad som stod på.”

”Var det någon som följde med i ambulansen.”

”Ja, det är klart. Det gjorde jag. Det var på lasarettet som jag fick besked om att det var värre än vi befarat och att hon brutit nacken.”

”Var mamma och Valter där?”

”Er mamma kom dit efter en stund men inte Valter. Jag fick höra i efterhand att han satt på torken då.”

”Ja, det var väl just likt honom. Pratade du med mamma?”

”Nej, hon var inte särskilt förtjust i mej så jag tyckte det var bäst att låta bli. Sen blev jag hämtad av polisen och fick sitta i förhör hela natten.”

”Det blev aldrig någon rättegång då?”

”Nej, alla vittnesuppgifter var samstämmiga och det klassades som en olycka.”

”Hur tog du det, var du mycket ledsen?”

”Ja, så klart. Jag var helt bedrövad. Jag hälsade på vid ett par tillfällen men sen orkade jag inte gå dit mer. Hon var helt okontaktbar.”

”Jag hade kontakt med henne. Hon var fullt medveten men kunde inte röra något annat än sina pupiller. Det var via hennes pupiller som vi kunde kommunicera.”

”Men vad säger du, är det sant? Hur gick det till?”

”När vi var hemma brukade vi teckna bokstäver i luften när vi inte ville att mamma eller Valter skulle höra. Det var likadant på sjukhuset, hon tecknade bokstäver med ögonen.”

”Vad sa hon då?”

”Det blev ju inga längre meningar men hon sa i alla fall att hon inte hade ont och när jag frågade om vad som hade hänt så nämnde hon dej.”

”Anklagade hon mej?”

”Nej, hon sa bara ditt namn. Jag förstår nu i efterhand att hon menade att du var den som kunde berätta hur det gått till.”

Ola och Veronica satt tysta och såg på varandra. Båda kunde känna ett slags sorgset lugn. Ljuset på bordet fladdrade till och månskenet som strilade in från köksfönstret blänkte i deras glansiga ögon. Det var nästan som om de kunde förnimma en uppenbarelse. Att de inte var ensamma.

”Det känns nästan som om Karin är här nu.”

”Ja, jag känner det också.”

Kapitel 17

George Sandberg och hans fru Ulla var nyss hemkomna från Bahamas. Det var en resa de sent skulle glömma. Det femstjärniga hotellet alldeles vid stranden var vida berömt för sin lyx och extraordinära service. Till en början hade de bara badat, solat och ätit gott på restaurangen. När det gått några dagar och de börjat lära känna lite folk, blev nattlivet mer spännande.

De hade träffat ett par från Holland. Mannen var läkare liksom George, men med inriktning på kirurgi. Hans fru var ursprungligen Island och hade varit någon slags programledare på tv där, innan de träffades. Det klickade direkt mellan paren och de började umgås allt oftare. De var på gemensamma middagar och gjorde utflykter tillsammans.

Till en början hade inte George och Ulla några planer på att det skulle kunna utvecklas till något mer än bara trevligt umgänge. Men snart kunde de ana att det holländska paret nog var lagda lite åt samma håll som George och Ulla.

Det började så smått med skämtsamma antydningar och luriga blickar. När sedan Ulla och den isländska skönheten umgåtts en stund på egen hand, hade de öppnat sig för varandra och upptäckt att de hade liknande intressen på det sexuella planet. George blev först nervös när Ulla berättade det. Det hade inte kommit på tal när han pratat med mannen men Ulla var övertygad om att paret var helt överens i den frågan.

I vanliga fall då de varit ute på äventyr hemma, brukade de gå på någon klubb för likasinnade och då rådde det inga tveksamheter om vad som förväntades. Nu var det lite mer känsligt och det fanns en liten risk att de var fel ute. Men Ulla var säker på sin sak och blev allt mer entusiastisk.

Efter en skön dag på stranden, blev de inbjudna på cocktail till det andra parets svit. Det var ganska uppenbart vad som väntade så George och Ulla ansträngde sig extra mycket med att bli tjusiga inför kvällen. Det andra paret hade också förberett sig och tog emot i långklänning och smoking.

Efter en stunds trevlig konversation och ett inte så litet antal drinkar, satte mannen på stereon och nickade åt sin fru som reste sig och bjöd upp Ulla till dans.

Männen satt i soffan, tittade på och rökte varsin cigarr.

Kvinnorna som nu var ganska runda under fötterna, började bli allt mer intima och det dröjde inte länge innan de förflyttat sig till den enorma sängen och fortsatte sin sensuella dans i vertikalt läge.

George kände hur han blev alldeles varm i kroppen. Den slanka isländska kvinnan med sitt långa blonda hår, tätt hopslingrad med den välformade Ulla utgjorde en tavla som skulle kunnat få en eunuck att bli upphetsad.

Just när det började bli som mest intressant, kände George en hand på sitt lår. Han tittade till på mannen bredvid och förstod i samma ögonblick att det nog skulle ta en vändning som han inte var bekväm med. Nog för att han var fördomsfri och inte hade några problem med att älska tillsammans med andra, men han var absolut inte bisexuell. Att vara intim med en annan man skulle vara fullständigt omöjligt. Han lyfte bort mannens hand och försökte sig på ett leende, men det tolkades tydligen inte på rätt sätt. Mannen flyttade sig närmare och lade armen runt hans hals samtidigt som han började stryka George i nacken. Kvinnorna på sängen var fullt upptagna av varandra så de lade inte märke till vad som var på gång i soffan.

George försökte med sitt kroppsspråk på alla sätt visa att han inte var intresserad, men den andra mannen verkade inte ta någon notis om det. När han sträckte sig fram för att försöka kyssa George, blev det för mycket. George reste sig så hastigt att mannen ramlade ner på golvet. Han reste sig men verkade fortfarande inte ha fattat vinken. Fylld av upphetsning och berusning gjorde han ett nytt försök som George besvarade med en rak höger. Mannen föll med en dov duns ner på den mjuka mattan, reste sig igen och stirrade rasande och förvirrad på George. Med en rörelse så snabb att George inte hann reagera, tog han tag i en flaska som stod på bordet och dängde den i ansikten på George. Slaget träffade över ena ögat. Det var inte särskilt hårt men det räckte för att George skulle bli omtöcknad. Mannen började skrika på holländska och kvinnorna i sängen reste sig och såg oerhört förvånade ut när de förstod vad som hänt.

Det blev en hastig sorti för George och Ulla och det blev oerhört

pinsamt när de resten av semestern ibland tvingades hälsa på
det holländska paret då de möttes.

***

Veronica var nyfiken på vad George hade kommit fram till i sin
analys. Han hade meddelat att han var klar och att hon var
välkommen att konfronteras med vad som orsakat hennes
ångest. Hon hade gjort sin egen analys och var tämligen
övertygad om att den var fullt tillräcklig, men det skulle också
bli spännande att höra vad en professionell psykoanalytiker
dragit för slutsatser.

I tio år hade de hållit på. Ofta med magert resultat men ibland
med upplevelser som fått hjärnan att slå volter och verkligen
sätta ens sätt att tänka på prov.

Veronica undrade hur det skulle kännas att sluta med
hypnoterapin och om det skulle finnas några likheter med hur
det var när hon blev fri från knarket. Det hade varit rent fysiskt
smärtsamt och så skulle det så klart inte kännas. Men
saknaden och suget kanske kunde vara densamma? Nu var det
ju en skillnad på det viset att det inte skulle vara så farligt med
ett återfall. Kanske en liten session någon gång när hon kände
sig deppig eller utarbetad? Men hon hade förstått när hon
diskuterat med George, att han verkligen såg fram mot ett slut
på sin visserligen lukrativa men samtidigt krävande bisyssla.

De bestämde att träffas när det fanns gott om tid och inga måsten som låg på. Det var inte så enkelt att få till det. George jobbade mycket och Veronica var djupt involverad i en ny affär för Vånkan Fastigheter. Till slut dök det i alla fall upp en lucka som passade de båda.

***

George hade varit noggrann. Det var många anteckningar som skulle gås igenom. Under lång tid hade han antecknat allt som skulle kunnat vara av intresse. Inte bara sånt som kommit fram under hypnosen, utan även saker de pratat om efteråt och tolkningar han gjort under resans gång. Från att ha börjat som en väntjänst hade hans engagemang utvecklats till ett projekt. Det hade inte bara berikat hans profession och plånbok utan även givit honom en fascinerande resa med oväntade vändningar.

Nu kände han sig tillfreds med vad han kommit fram till och hoppades att Veronica också skulle bli nöjd. Det kunde man aldrig vara säker på. Han hade nog aldrig träffat någon som var så oförutsägbar. Han tyckte att han kände henne ganska bra vid det här laget, men så många gånger hon förvånat honom och reagerat på ett sätt han inte förväntat sig, kunde vad som helst hända.

Veronica stod i valet och kvalet om hon skulle ta bilen eller cykla. Det skulle nog vara nyttigt med lite frisk luft och att röra på kroppsdelarna, men samtidigt tog det emot när det nu var lite grådaskigt och småkallt. Efter en stunds tvekan tog hon i alla fall på sej ordentligt och hämtade cykeln från garaget. För säkerhets skull tog hon med sig en regnkappa som hon satte på pakethållaren.

Den här gången tog hon det lugnt. Trampade i maklig takt längs gatan och ägnade inte så mycket uppmärksamhet åt omgivningen och naturen. Det hade varit som en säkerhetsventil att susa fram och andas in naturens dofter. Skingra tankarna och liksom bli ett med cykeln och omgivningen. Nu kände hon inget behov av att skingra några tankar. De hade blivit mycket snällare på sista tiden och vållade sällan varken irritation eller nedstämdhet. För första gången i sitt liv kunde hon säga att hon kände harmoni över att bara finnas till.

Det började småregna och det hade hon nästan räknat med. På krönet av den sista backen innan Georges hus, stannade hon till och drog på sig regnkappan. Sen var det bara att släppa på bromsen och rulla den sista biten.

När hon kom fram stod regnet som spön i backen och långt bort hördes ett dovt muller av åska. Hon ringde på dörren och Ulla öppnade.

”Hej du! Men gud vad blöt du är i håret. Kom in så får du torka dej. Himla tur att du hade regnkappa.”

"Ja, det är ju typiskt, jag hade tänkt ta bilen men ändrade mej
i sista stund. Så klart det skulle börja regna då."

Ulla hjälpte Veronica av med regnkappan och hämtade en
badhandduk. När Veronica torkat håret, spretade det åt alla
håll och hon såg ut som om hon nyss klivit upp från badet. Då
kom George.
"Hej Veronica! Jag såg först inte att det var du. Har du cyklat
hit i ovädret?"
"Ja, som du ser. Jag tyckte att jag behövde lite motion och lite
regn har ingen dött av. Jag är ju inte gjord av socker. Men vad
fan har du gjort med fejan? Har du varit i slagsmål?"
George såg lite förlägen ut. Blåtiran han fått av holländaren på
Bahamas ville inte riktigt ge med sig och hade nu börjat skifta i
svagt gult och grönt.
"Det hände en liten olycka. Jag råkade gå in i en dörr."
"Skitsnack! Du har fått stryk. Är det inte så Ulla?"
Veronica vände sig mot Ulla som flinade och nickade lite
försynt.
"Tänker du berätta eller?"
"Du, jag tror inte att jag har någon större lust att göra det. Det
hände i fyllan och villan och jag minns nästan inte."
"Säg som det är. Du vill inte minnas, men skit samma jag ska
nog pumpa Ulla på information när inte du är med."
George suckade.
"Ja, gör det du. Vill du ha något att dricka innan vi börjar?"

"Jag kan ta ett glas vitt."

De slog sig ner i soffgruppen alla tre. George och Ulla berättade om den härliga Bahamasvistelsen men undvek de smaskigaste detaljerna. Veronica som väl kände till deras speciella intresse, förstod nog att det fanns mer att berätta men brydde sig inte om att fråga. Hon hade vid ett tillfälle efter en session hemma hos George, då han blivit tvungen att hastigt åka till sjukhuset för ett akutärende, pratat rätt länge med Ulla. Hon hade berättat ganska öppenhjärtigt om deras förhållande. Veronica hade anat sedan länge och det var inte utan att det pirrat lite vid tanken, men själv skulle hon nog aldrig våga prova på.

Det var ganska gemytligt där i soffan framför den öppna spisen. Vinet var snart slut och George frågade om hon var redo.
"Jadå. Det ska bli intressant att höra vad du har att säga. Inte för att det har så stor betydelse längre. Jag känner mej klar nu. Har nog aldrig mått bättre och jag hoppas att du inte tar illa upp, för det är din förtjänst att jag känner som jag gör."
"Det är bra. Det var ju liksom det som var meningen. Men den här analysen är lika mycket till för mej som för dej och det är bara bra om du kommer med kritiska synpunkter. Vi går ner i källaren."

Av gammal vana så satte sig Veronica ner i fåtöljen, fällde ner ryggstödet och slöt ögonen.
"Nej hör du, vi ska bara prata nu. Res upp dej."

George plockade fram en gul mapp och satte på sig sina
läsglasögon.

"Jag kommer inte att läsa allt jag skrivit för då skulle det ta
hela natten, men det finns några intressanta saker som jag vill
att du ska ta del av, sen kan vi diskutera kring det."

George började läsa. Han beskrev händelser från tiden då hon
var mycket liten. Sådant som framkommit under hypnosen och
som hon inte kunde minnas i vaket tillstånd.
Veronica lyssnade och såg bilderna framför sig. Det var både
intressant och smärtsamt. Flera gånger föll hon i gråt. Det var
något hon saknat under sin uppväxt och i sitt vuxna liv. Att få
känna befrielsen av att få ut en känsla genom tårar. Hon hade
fått uppleva svåra saker som hon förträngt och till sist hade
förmågan att kunna gråta återvänt. Först var det när hon
genom hypnosen fått lära känna sin riktiga pappa. Sedan var
det samma sak med Karin. Det var äkta tårar och inte
framtvingade av ilska som när hon blivit illa eller orättvist
behandlad på något sätt.
En företeelse som George ville diskutera närmare, var
Veronicas behov av att alltid behöva ge igen. Att hon hade ett
starkt hämndbegär var ingen nyhet, men var kom det ifrån?
George hade en teori om att det var ärftligt och inget som
berodde på saker som hänt. Veronica var inte lika säker. Hon
var övertygad om att det berodde på hur hon blivit behandlad.
Valters svinaktiga beteende, Gunhilds oförmåga att hålla

flickorna om ryggen, och sexuella övergrepp som skett i tonåren. Allt sammantaget skulle få vem som helst att vilja ge igen. Det kanske till och med var en kombination av både arv och upplevelser. Hon funderade på om den där känslan skulle ge med sig nu när hon var helad, men hade svårt att tänka sig att så skulle ske. Det fanns ju faktiskt ett visst mått av tillfredsställelse när rättvisa skipades. Visst hade hon överdrivit många gånger i sin iver att få upprättelse och hennes tillvägagångssätt hade inte alltid varit rumsrent. Kanske skulle hon i fortsättningen hämnas på ett lite mer humant och civiliserat sätt, men att det skulle upphöra helt var nog inte troligt. Om någon gjorde något dumt mot Veronica Stjerne, skulle det få konsekvenser, den saken var säker.

George läste upp vad han skrivit och pratade med Veronica om det han ville gå till botten med. Trots att han sagt att han bara skulle ta upp vissa saker, var klockan långt över midnatt när han slog ihop mappen. Det hade framkommit saker han inte tänkt på och saker som fått honom att omvärdera insikter han tidigare haft. Även för honom med hans stora kunskaper om människans inre liv, hade det varit värdefullt. Det fanns mycket som han skulle ta med sig och ha nytta av i det dagliga arbetet som psykiatriker.

Han tittade på Veronicas ansikte för att se om där fanns något som visade vad hon upplevt. Men där fanns bara värme och tacksamhet.

"Hur blir det nu då, fortsättningsvis?"

"Vad menar du?" Sa Veronica förvånat.

"Ja, kommer vi att ses?"

" Det är klart. Du är ju doktor och jag behöver service."

"Men allvarligt, vill du ha kontakt som vän?"

Veronica såg förnärmad ut.

"Men det är väl självklart, vad trodde du? För mej är du och Ulla några av mina närmaste vänner. Om inte ni känner likadant är det upp till er."

"Då kommer vi att ses" sa George och log.

***

En ljummen söndagsmorgon i juli, dagen före att Veronica skulle fylla femtionio, stod hon i trädgården klädd i bikini, gummistövlar och trädgårdshandskar och med sin långa snigelplockarpinne i högsta hugg. Hon petade undan några löv med pinnen och krafsade runt lite. Där fanns inget. Hon fortsatte att leta men kunde inte hitta några. Snart hade hon letat igenom hela gräsmattan utan att se skymten av en enda snigel. Hon kastade sig upp på cykeln och trampade som en vettvilling upp på vägen och hem till Seppo. Han stod på huk i sitt potatisland och rensade ogräs.

Flåsande och röd i ansiktet hoppade hon av cykeln och slängde den i grusgången.

"Seppo! Vad fan har du gjort?"

Seppo reste sig och tittade förvånat på henne.

”Du skrämde mej nästan. Vad är det som har hänt?”

”Jag har ju förbjudit dej att göra något åt snigeljävlarna, ändå så har du gjort det. Har du lagt ut gift?”

Seppo såg helt oförstående ut.

”Men snälla Veronica, jag har inte gjort något. Jag försäkrar.”

”Jaså! Hur kan det då komma sej att dom är borta?”

”Ja, du har väl plockat upp alla. Du är ju ute nästan varje morgon och nån gång måste dom väl ta slut?”

”Du ljuger väl inte för mej?”

”Nej, vet du vad, det skulle jag aldrig våga. Det är väl helt enkelt så att du vann till slut.”

Veronica plockade upp cykeln och trampade hemåt. Var det verkligen så, att hon vunnit kriget över sniglarna? När hon kom hem fortsatte hon att leta ända tills Dolores ropade att det var lunch. Och visst var det så. De jävlarna var besegrade.

***

På söndagskvällen när Dolores gått och lagt sig, öppnade Veronica den vänstra skrivbordslådan som varit låst i många år. Där inlindad i ett lila tygstycke låg en silverask som hon försiktigt öppnade. Där låg en liten plastpåse med ett gråvitt pulver som hon en gång tagit med sig från langaren Dick för en herrans massa år sedan. I asken låg även en spruta i rostfritt, en matsked och en tändare.

Hon tog med sig asken, tog på sig en tröja och gick ut.
Sommarnatten var ljum och tyst. Det var lite mygg men inte så
att det störde. På lätta steg trippade hon fram på den smala
stengången som ledde ner till stranden. Där på bryggan satte
hon sig och tittade ut över den spegelblanka ytan. Hon såg på
sin silverask. Där låg hennes livlina. Eller rättare sagt hennes
dödslina. Om det någon gång skulle ha känts för tungt och hon
skulle ha velat avsluta sitt liv, var det innehållet i silverasken
hon skulle använda. Hon hade tagit fram den några gånger
tidigare, men något hade fått henne att lägga tillbaka den. Om
det bara var ödet eller någon högre makt som hindrat henne,
hade hon ofta undrat över. Men det lutade nog åt ödet. Den här
gången var det definitivt, det kände hon starkt.
Hon öppnade asken och tog fram plastpåsen. Knöt upp det
smala snöret som förslöt den, slickade på sitt pekfinger och
stack ner det i påsen. Det fastnade lite pulver på fingertoppen
och hon smakade på det. Det väckte minnen. Inte alltid så
angenäma, men ändå på något vis minnen av vem hon en gång
varit. Hon tog upp den blanka sprutan och kände om nålen
fortfarande hade samma skärpa som när hon en gång använt
den. Under ett kort ögonblick tvekade hon innan hon stoppade
ner utrustningen och knäppte igen asken. Hon reste sig och
med all kraft slängde hon ut den i sjön. Det plumsade till och
vattenringarna som bildades, glittrade vackert i månskenet.
Hon skulle aldrig mer behöva den. Hon var hel nu.